L'avis

« Marie Vareille a cette plume qui sait capter notre attention très facilement, et cette verve pleine d'humour qui nous fait bien souvent rire. » Clarisse Sabard, du blog *Aux douceurs littéraires*

« C'est un roman à la fois drôle et sensible, qui se lit d'une traite et nous laisse avec un sourire sur les lèvres. Une réussite ! » Coralie Khong-Pascaud, du blog *La bulle de Coco*

« Je l'ai aimé, je l'ai adoré, je vous le recommande ! Que ce soit pour vous remonter le moral ou vous détendre, ce livre est une valeur sûre pour les filles qui aiment la chick-lit de qualité. » Marine Noirfalise, du blog *a touch of blue... Marine*

« Marie Vareille nous offre une comédie pétillante avec un sens de la répartie et des situations cocasses qui font la réussite de ce roman. » Natacha Swol, du blog *Marmelade de livres*

« Une belle histoire d'amitié avant tout mais aussi un hymne à la réalisation de soi. » Joanna Froger, du blog *Des bulles et des mots*

« C'est un livre à mettre dans sa valise pour les prochaines vacances, et à savourer sur le sable chaud ! » Hélène Emereau, du blog *Les Lectures d'Hélène*

« Un vrai petit bonheur d'avoir découvert Marie Vareille par cette histoire et je ne manquerai pas de la suivre de près. » Jennifer Hazet, du blog *Bibliobulle*

« On retrouve la plume de Marie Vareille, drôle et enjouée, une histoire bien construite truffée de situations cocasses et touchantes. » Alice Vignaux, du blog *Page 53*

JE PEUX TRÈS BIEN ME PASSER DE TOI

Marie Vareille

JE PEUX TRÈS BIEN ME PASSER DE TOI

Roman

CHARLESTON

29, boulevard Raspail
75007 Paris – France
contact@editionscharleston.fr
www.editionscharleston.fr

Retrouvez l'auteur
– sur Facebook : facebook.com/vareille.marie
– sur Twitter : @marie-vareille
– sur www.marievareille.com
– sur Instagram : @marie_vareille

ISBN : 978-2-36812-121-4

Maquette : Patrick Leleux PAO
Couverture : Atelier Didier Thimonier

Pour suivre notre actualité, rejoignez-nous sur la page Facebook :
www.facebook.com/Editions.Charleston et sur Twitter @LillyCharleston

À ma grand-mère,
Marie-Françoise Vareille,
née Palangié.

« *Never love anyone who treats you like you're ordinary.* »

Oscar Wilde

Journal
de Constance Delahaye

13 février 2013 – 20 h 45

Anniversaire de Greg annulé à la dernière minute pour cause de migraine atroce. Je serai au lit d'ici quinze minutes avec *Raisons et Sentiments* et ma nouvelle tisane anti-gueule de bois verveine-menthe-citrate-de-bétaïne.

C'est de la faute de ma sœur Anne-Marie qui m'a offert une Smartbox « Atelier découverte œnologie pour 2 » à Noël et que j'ai eu la bonne idée de planifier hier soir. J'ai dû y aller seule, évidemment, car je ne suis pas deux.

Point positif : j'ai eu le droit de boire deux fois plus de vin, que j'ai refusé de cracher, parce que c'est du gâchis.

Point négatif : mon état (ivre morte après deux verres) ne m'a pas permis de trouver l'âme sœur, comme Anne-Marie l'avait machiavéliquement planifié en m'offrant ce cadeau.

Ceci dit, comme l'atelier découverte œnologique pour deux se composait exclusivement de couples qui se dévisageaient avec des yeux de veaux par-dessus leur verre de Sancerre, mieux valait y assister saoule.

Résultat des courses : je n'ai pas trouvé l'âme sœur, mais moi qui ne buvais quasiment jamais, maintenant j'adore le vin. Je pense que je pourrais développer une véritable passion pour l'œnologie, le prof m'a d'ailleurs dit que j'avais un excellent palais. Pour la peine, je me suis inscrite aux trois prochains cours.

Note : penser à remercier cette courge d'Anne-Marie.

Chloé

J'appuie sur la sonnette une troisième fois, histoire de couvrir le brouhaha qui parvient de l'intérieur et la porte s'ouvre enfin. Charlotte m'embrasse, son ventre a encore enflé depuis lundi dernier.

— Chloé, je croyais que tu ne pouvais pas venir !

— Réunion annulée, dis-je en franchissant le seuil.

Mensonge, évidemment, mais je voulais être sûre que Guillaume serait là et ils ne nous invitent plus jamais ensemble.

Elle referme la porte derrière moi.

— Ta copine Constance vient de m'appeler, elle ne vient pas finalement.

— Oui, elle m'a prévenue.

Je remonte le couloir jusqu'au salon, dépose la bouteille de J&B que j'ai apportée sur le buffet et reste un instant saisie d'admiration. Pour mon dernier anniversaire, j'étais fière d'avoir réalisé l'exploit culinaire de planter vingt-huit bougies sur un marbré Savane, mais à côté de Charlotte, je fais piètre figure. Même enceinte de sept mois, elle a plié les serviettes en origami et a préparé un festival de mini-quiches tomate-feta et de brochettes de crudités pour les trente ans de son mari.

Elle m'a suivie dans le salon et avant que j'aie le temps de la féliciter pour son buffet, elle me complimente sur ma nouvelle coiffure, puis elle entreprend de me raconter ses rendez-vous à la maternité. Elle me colle sa dernière échographie sous le nez. J'ai toujours trouvé quelque peu surprenante, voire légèrement déplacée, la tendance de toutes les futures mamans à brandir à tout vent la photo panoramique de leur utérus. Pour lui faire plaisir, j'examine le cliché du flageolet rabougri avec attention avant d'affirmer :

— On peut déjà discerner son profil, il a un grand front, il sera intelligent.

Son visage s'illumine, alors qu'elle imagine déjà son bébé futur prix Nobel et j'en profite pour lâcher l'air de rien :

— Il ne vient pas, Guillaume ?

Son sourcil droit remonte d'un coup trois centimètres plus haut que le gauche et son sourire disparaît.

— Si, il vient, dit-elle à contrecœur avant de rajouter : tu te fais du mal.

Je hausse les épaules. Elle me connaît trop bien, Charlotte. Je soutiens son regard suspicieux, mais je sais qu'elle sait que c'est pour lui, la frange qui retombe juste en dessous du sourcil, faite en sortant du bureau, les talons aiguilles, tellement douloureux que j'ai envie de m'amputer des deux pieds et le jean slim… Parlons-en du jean, le jean pour faire genre, j'ai mis un jean, je suis venue sans me changer, parce que je suis une fille cool. Depuis le temps qu'on est copines, Cha n'est pas du style à se laisser berner par le jean ou la prétendue réunion annulée. Elle devine même probablement mes nouveaux sous-vêtements Aubade en dentelle, achetés rien que pour l'occasion. Que voulez-vous, le hasard ne favorise que les esprits préparés.

Elle le sait, mais elle ne dit rien, elle ne juge même pas, elle s'inquiète.

— Et moi qui espérais te présenter quelqu'un, soupire-t-elle, un avocat qui bosse avec Greg, il a trente ans, il est super gentil et marrant et en plus il…

Je n'écoute plus. Guillaume vient d'entrer avec son sourire tranquille, il sort une main de la poche de son costard gris foncé pour serrer celle de Greg, le mari de Charlotte, qui pointe quelques secondes le nez hors de la cuisine pour le saluer. Ils se tapent dans le dos, je lis sur ses lèvres : « Comment ça va, mec ? ».

C'est grâce à moi qu'il est comme ça, vous savez. Je lui ai appris à se tenir droit, je lui ai coupé les cheveux, je lui ai fait acheter des costards à sa taille et remplacer ses lunettes par des lentilles. J'ai fait naître sur ses lèvres cet éternel demi-sourire qui fait rougir ses stagiaires. Je lui ai donné confiance en lui. Et pourtant, je l'aimais avant, avec ses costumes mal taillés et ses lunettes d'intello, ses cheveux trop longs et sa timidité. Je l'aimais quand il rasait les murs du bureau et que les autres filles ne le voyaient même pas.

Charlotte me propose un verre et je me réveille. Je réponds que je vais aller me chercher une bière dans le frigo. J'évite le regard de Guillaume. Je souris à tout le monde sauf à lui et tout le monde me regarde sauf lui. Je suis pathétique. Dans la cuisine, je trouve Greg, concentré sur le découpage d'une pizza faite maison.

— Bon anniversaire, Greg.

Il lève la tête, brandit un couteau enthousiaste et fait gicler de la sauce tomate sur sa chemise bleu ciel.

— Chloé, ça me fait plaisir, Charlotte m'avait dit que tu ne pouvais pas venir.

— Finalement si, j'ai pas fait très original, je t'ai apporté une bouteille de J&B, comme tous les ans.

Il me fait la bise.

— Merci, il fallait pas.

Il est sympa, Greg. Lui et Charlotte forment un couple comme il n'en existe plus : jusqu'à ce que la mort les sépare. Dix ans qu'ils se connaissent et ils ont beau se disputer tout le temps, ils s'aiment encore comme au premier jour. Concrètement, si je rencontrais l'homme de ma vie demain, ce qui reste (soyons lucides) fort peu probable, j'atteindrais le stade de relation auquel ils sont actuellement en même temps que la ménopause.

Greg prend son air un peu penaud, l'air qui le fait ressembler à Marshall dans *How I Met your Mother* et me dit après s'être raclé la gorge :

— Chloé, je suis désolé, mais j'avais compris que tu ne viendrais pas et du coup je... j'ai invité Guillaume.

Derrière moi, la voix de Charlotte répond à ma place et même si je lui tourne le dos, je sais qu'elle lève les yeux au ciel.

— T'inquiète, mon cœur, ça ne dérange pas Chloé, bien au contraire...

Elle poursuit les poings sur les hanches :

— En tout cas, il y a déjà deux copains de Greg qui m'ont demandé qui tu étais. Si jamais ça t'intéresse...

J'enfourne la moitié d'une part de pizza dans ma bouche.

— Ça m'intéresse.

Elle me dévisage l'air étonné, une étincelle d'espoir dans les yeux.

— Vraiment ?

— Vraiment, dis-je en engloutissant le dernier morceau.

— Je ne sais pas comment tu fais pour t'empiffrer comme ça et avoir le corps que tu as, soupire Charlotte.

— Je fais énormément de sport, dis-je la bouche pleine, de la course à pied et du sexe avec des inconnus et j'ai un régime nutritionnel hyper sain, essentiellement à base de bière blonde.

Elle pouffe et me prend par la main pour m'emmener hors de la cuisine. Il est pas mal, son avocat. Elle connaît mes goûts, Charlotte. Plus de dix ans qu'elle me présente tous les potes, les collègues, les cousins, les collègues des potes et les potes des cousins des collègues de Greg. J'ai beau être un cas désespéré, elle ne m'abandonnera pas, pas tant que je ne serai pas mariée avec quatre enfants. Elle veille sur moi.

Je discute un peu avec l'avocat, je lui explique que je fais du conseil en stratégie dans un grand cabinet. Il semble impressionné. Je sors une cigarette, je voudrais du feu. Il me sourit, se rapproche pour me l'allumer en me regardant dans les yeux, je pose deux doigts sur sa main pour stabiliser le briquet. Un peu inquiet, il me demande si on a le droit de fumer ici et je lui tends la cigarette avec la marque de mon rouge à lèvres au bout, pour qu'il avale une bouffée. Il est sexy quand il fume, mais je ne suis pas là pour ça. Guillaume est justement en train de rappliquer, la mâchoire légèrement crispée. En ce bas monde, sachez-le, la seule chose plus prévisible qu'un homme, c'est la date du Jour de l'an.

— Chloé ?

— Tiens, Guillaume, salut, je ne t'avais pas vu.

Il tripote son nœud de cravate, ses yeux bleus vissés aux miens.

— Ça va ? Je peux te parler ?

— Oui, bien sûr.

L'avocat comprend qu'il dérange, il s'éloigne et j'ai un vague remords de l'avoir allumé.

— Nouvelle coiffure ?

— Yep. Travail de José, en bas du bureau.

Il se détend, ses yeux pétillent et se plissent quand il sourit. On se parle un peu. Dix minutes. Du nouvel iPhone qu'il vient de s'offrir. C'est très difficile, vous savez, de se mettre à dire des banalités à quelqu'un avec qui vous avez tout partagé pendant des années.

Bien pire que de ne plus se parler. Mon corps a gardé des réflexes d'avant. Le réflexe de glisser deux doigts dans son nœud de cravate pour le lui enlever, d'appuyer ma tête sur son épaule, de jouer machinalement avec les petits cheveux qui bouclent sur sa nuque. C'est fini maintenant, je n'ai plus le droit. Alors, je retiens ma tête, ma main, mes sourires et au bout de dix minutes, je lui dis avec un petit soupir :

— Allez, on ne va pas se parler toute la soirée, je ne voudrais pas qu'on croie qu'on est ensemble…

Il me sourit de ses yeux bleus, un petit pli triste aux lèvres.

— La moitié des mecs de la salle ont les yeux braqués sur toi, ça devrait pas être trop compliqué de te trouver un amoureux.

J'éclate de rire, un peu trop fort, et je lui tourne le dos, un peu trop vite. J'ai envie de pleurer.

Trois heures passent, j'ai fumé dix-sept Marlboro Light, j'ai discuté avec tout le monde, j'ai donné mon numéro de téléphone à deux types, dont l'avocat, et un faux numéro à un troisième. Dans les toilettes, je vérifie mon mascara, fais une retouche au crayon noir. Je bois de l'eau au robinet. Dans la cuisine, Charlotte dispose les bougies sur le gâteau en pestant contre les potes de Greg qui ont réveillé leur fille, Sophie. Sophie a trois ans et pleure pieds nus dans l'encadrement de la porte de la cuisine, son doudou traîne par terre. Je la prends dans mes bras.

— Allez ma belle, on va dormir.

— T'es belle comme une fée, Tati Chloé, dit-elle en sanglotant et une bulle de morve éclate sous sa narine gauche.

Je l'emmène dans sa chambre, la pose sur son lit. Elle sent la vanille, le chaud des bébés. Elle exige un câlin et j'obtempère. J'adorerais pouvoir ordonner aux adultes de me faire des câlins avec une telle assurance. Je couvre de bisous ses joues rondes et tendres, l'enroule dans sa couette en disant que je vais faire un sushi de Sophie et la manger, parce que j'adooore les sushis de Sophie. Elle crie, elle rit, elle se débat. Elle ne veut pas finir en sushi. Elle me bave sur les joues. Tant pis pour le maquillage. Elle accroche ses bras potelés autour de mon cou et me demande de lui raconter une histoire.

J'hésite, puis je referme la porte de la chambre, allume la petite lampe bleue. Je ne lis jamais d'histoires à Sophie, je les invente pour elle. J'en ai tellement dans la tête, des histoires, que j'aurais voulu les écrire. Un jour, peut-être. Depuis la chambre, j'entends les invités chanter « joyeux anniversaire » dans le salon, applaudir et siffler quand Greg souffle ses bougies. Assise sur le tapis, je raconte à Sushi-Sophie l'histoire de la Princesse qui avait tous les princes à ses pieds, mais qui tombe amoureuse du marchand de rêves de la rue des Étoiles. J'accumule les péripéties, jusqu'à ce que ses paupières se fassent lourdes et qu'on n'entende plus que le bruit de succion de ses lèvres sur son pouce.

Malgré les rires et les éclats de voix étouffés, la chambre aux meubles miniatures est étonnamment paisible. Les peluches aux yeux fixes veillent sur le sommeil de la petite fille, la lampe de chevet projette en tournant des images bleues sur le plafond et les murs. Ça doit être génial d'être Sophie, d'avoir trois ans, d'avoir Charlotte pour maman. De ne pas savoir ce que c'est qu'un smartphone, un tampax, une capote, un shot, une vie qui défile tous les jours un peu plus vite et qu'on est train de rater. De croire dur comme fer que le marchand de rêves de la rue des Étoiles vous attend pour vous emmener très loin sur sa moto volante... Mon iPhone vibre, interrompant ces profondes réflexions philosophiques et je sursaute.

23:57 – GUILLAUME FAVREAU
Je pars. Tu viens ?

Je reste assise sur la moquette rose, j'attends dix minutes. Dix minutes à regarder la lampe tournante de Sophie dessiner des licornes bleues sur le mur. Dix minutes à me dire que je devrais refuser et arrêter mes idioties, parce que c'est pas en rentrant une fois de plus avec Guillaume, que je risque de trouver mon marchand de rêves. Dix minutes à me dire que si je le fais attendre dix minutes, il se demandera si je suis partie, il me cherchera, il s'inquiétera.

00:07 – CHLOÉ LACOMBE
OK.

Que voulez-vous, c'est plus fort que moi.

J'ai droit à un smiley en retour. Je déteste les smiley, c'est de la publicité mensongère, ça rendrait adorable le pire des connards.

Quand elle me voit enfiler mon manteau derrière Guillaume, Charlotte fond sur moi les sourcils froncés et exige de savoir où j'ai l'intention d'aller.

J'explique que je vais partager un taxi avec Guillaume jusqu'à Pigalle, car je rentre chez moi. Elle me dévisage l'air suspicieux. Je lui dépose un baiser sur la joue.

— Tu es une mère pour moi, dis-je.

Ça ne la fait pas rire du tout. Elle soupire.

— Sérieux, Chloé, tu fais n'importe quoi.

Quand la porte de l'immeuble claque derrière nous, Guillaume me prend la main. J'ai quinze ans quand il me prend la main. Dans le taxi, il m'embrasse. Du bout des doigts, je caresse le creux de son poignet, là où les minuscules « C » et « G » tatoués s'entrelacent, souvenir de la période où j'étais assez stupide pour croire qu'on passerait notre vie ensemble. Il passe ses mains sous mon haut, écarte des doigts la dentelle Aubade. Je savais que c'était un bon investissement. Pendant qu'il paie, je lutte pour trouver mes clés dans mon sac à main, les fais tomber par terre. Dans l'ascenseur, on s'embrasse à pleine bouche, comme des collégiens.

— Tu vas encore te faire engueuler par Mme Gomez, si tu fais trop de bruit, Chlo, murmure-t-il la bouche enfouie dans mon cou.

Il a les mains tièdes malgré le froid de février et ses yeux sourient. J'ai du mal à glisser la clé dans la serrure.

La porte se referme, le silence. Enfin. Le silence et Guillaume, son odeur de savon, d'alcool aussi, ses cheveux bien coiffés qui s'ébouriffent sous mes doigts. Mes habits qui tombent par terre, ses mains qui me soulèvent, me posent sur la table de la cuisine comme si je ne pesais pas plus lourd qu'un sac de courses. Il s'arrête un instant, le temps que je déboutonne sa chemise. Il replace du bout des doigts une mèche derrière mon oreille, il murmure :

— J'aime bien la frange, c'est sexy.

Il ne me laisse pas répondre, et je ne veux pas répondre. Je veux qu'il décide. Mon genre d'hommes, ce n'est pas vraiment les gentlemen, les romantiques, les Ashley Wilkes ou les Mark Darcy. J'ai grandi loin des immeubles haussmanniens du seizième arrondissement, j'ai un faible pour les voyous.

Je veux qu'on termine sur le sol de l'entrée ou la table de la cuisine, parce que le lit est trop loin, je veux l'ardeur d'Heathcliff sous les éclairs des *Hauts de Hurlevent* et la passion de Rhett Butler au milieu d'Atlanta en flammes. C'est tout ou rien, je déteste les justes milieux. Que voulez-vous, j'ai lu trop de romans.

Après, il me serre contre lui, je pose ma joue sur son torse humide de sueur. La buée a envahi les vitres de la cuisine microscopique et rappelle l'hiver dehors. Il me prend dans ses bras, me porte jusqu'à mon lit. Quand j'attrape le paquet de cigarettes sur la table de nuit, il murmure :

— C'est pas bon pour toi, Chlo, tu devrais arrêter.

Alors, je le repose et il retourne dans la cuisine. Quand il revient, il est habillé et il tient un verre de lait. Je ferme les yeux, je ne supporte pas de le voir partir. Il dépose le verre sur la table de nuit et un baiser sur mon front. Je le sens s'éloigner, la porte d'entrée claque, plus un bruit dans l'appartement, il n'est plus là.

C'est pratique, les ex, on devrait toutes recoucher de temps en temps avec un ex. Je ne devrais coucher qu'avec lui, même, puisqu'il n'y a qu'avec lui que j'ai envie de coucher. Mon ex.

Mon ex, maqué depuis deux ans avec une autre. Mon connard d'ex qui se marie dans quatre mois.

Journal
de Constance Delahaye

14 février 2013 – 23 h 37

J'adore la Saint-Valentin. J'adore, j'adore, j'adore. Même célibataire, même abstinente, coincée dans le *No Sex Land*, depuis maintenant vingt-neuf mois, j'aime voir les hommes qui avancent d'un pas rapide leur rose à la main dans les rues froides, j'aime lire les menus spéciaux dans les restaurants parisiens, j'aime les fleurs et les bougies dans les salles tamisées, tout le tralala valentinesque. J'adore, en revanche, je n'assume pas du tout. Maman avait raison, je suis un cas désespéré, je suis officiellement et sans appel, complètement niaise. Je préserve heureusement ma réputation en prétendant, comme tout le monde, détester cette fête commerciale. Je clame à tout vent que je ne connais rien de plus ridicule que le concept de cet angelot trop gras, armé d'un arc et prêt à tirer sur tout ce qui bouge. En réalité, je rêvasse en secret à partir du 1er février à la Saint-Valentin idéale devant mon ordinateur.

Je ferais d'ailleurs mieux de me concentrer sur ce que devraient être mes priorités si j'étais une personne sensée, à savoir :

Priorité numéro un : le plan marketing du deuxième semestre 2014 de la nouvelle ligne de serviettes hygiéniques de Grable & Smith afin de devenir une brillante cadre dirigeante (et accessoirement, ce pour quoi je suis payée).

Priorité numéro deux : trouver l'homme de ma vie.

Saint-Valentin ou pas, je suis allée à mon groupe de lecture, comme tous les jeudis soir. J'aurais préféré qu'on profite de l'occasion pour lire un roman d'amour, mais ce n'était pas mon tour de proposer, c'était le tour de Chloé Lacombe. Je lui avais suggéré une petite relecture d'un Jane Austen, idéal pour fêter l'amour, mais elle a décidé qu'on lirait *American Psycho* de Bret Easton Ellis. J'ai détesté. Quand elle m'a demandé ce que j'en avais pensé, j'ai fait glisser mes lunettes au bout de mon nez et j'ai répondu avec un air pompeux :

— Ce livre a indiscutablement su provoquer chez moi un certain nombre d'émotions fortes, notamment une forte envie de me suicider et une nausée incontrôlable.

Elle a éclaté de rire. J'ai fait la connaissance de Chloé par le groupe de lecture il y a un peu plus d'un an, et je ne pense pas l'avoir vu rire plus de deux ou trois fois depuis.

Nous sommes allées boire un verre après l'atelier pour régler notre différend. Comme d'habitude, elle a commandé une bière et moi un mojito. Nous avons discuté dix minutes de Bret Easton Ellis, ce qui lui a donné le temps de fumer trois cigarettes et demie, et puis on a vite dérivé sur notre principal sujet de conversation : le désastre absolu de nos vies sentimentales respectives. Elle a beau se plaindre, je donnerais dix ans de ma vie et mon sein droit pour être Chloé Lacombe. Rectification. Je donnerais dix ans de ma vie et mon sein gauche (il est un peu plus gros que le droit) pour être Chloé Lacombe. Chloé Lacombe, c'est Scarlett O'Hara. D'ailleurs, elle n'a rien à faire dans notre groupe de lecture : elle n'a pas quatre-vingt-dix ans d'âge mental, contrairement à moi, et elle a l'air d'avoir cette chose visiblement passionnante qu'on appelle une vie. Et malgré cela, elle parle de Bret Easton Ellis avec une adoration quasi religieuse.

Je lui ai raconté mon nouveau projet de vie qui date d'hier. L'atelier découverte œnologique pour deux et ce commentaire du prof sur mon palais m'a beaucoup fait réfléchir. Je voudrais prendre une année sabbatique pour aller vivre un an à Marinzac. Je travaillerais dans un domaine, je ferais les vendanges, je suivrais des cours d'œnologie.

Chloé s'est montrée très enthousiaste. En plus, elle connaît très bien Marinzac, le village perdu dans le Sauternais d'où viennent ses grands-parents et les miens. Statistiquement, cinq cents habitants à Marinzac et neuf personnes dans le groupe de lecture, il fallait le faire, mais quand on s'est rendu compte qu'on y allait régulièrement toutes les deux, ça nous a rapprochées. Elle pense que c'est un projet génial. Vraiment, je devrais foncer, dans la vie on ne doit jamais renoncer à ses rêves, c'est important, parce que comme l'a un jour affirmé un grand philosophe contemporain (Patrick Bruel), il vaut mieux vivre avec des remords qu'avec des regrets.

Je pourrais la regarder parler pendant des heures. Chloé est une héroïne de roman, belle, sombre, passionnée, écorchée vive, elle a une vie palpitante et dramatique. Chloé est une artiste. Chloé écrit des poèmes depuis qu'elle a huit ans.

Sa vie me fascine. Je la vis par procuration. Il faut dire que ma propre vie est en toute objectivité complètement pathétique. Chloé, elle, n'entrera jamais dans le cercle vicieux du *No Sex Land* dans lequel je suis bloquée depuis vingt-neuf mois. Si j'étais Chloé, je pourrais sortir avec qui je veux. Je pourrais sortir avec Tristan Grant. Si Tristan la rencontrait, avec ses grands yeux bleus mélancoliques trop maquillés, cette peau de rousse hallucinante chez une brune, sa voix chaude et grave comme un verre de Sauternes, il tomberait fou amoureux d'elle. Il y a quelque chose chez elle. Une façon de parler, de souffler sa fumée, de tenir sa cigarette en se mordillant l'ongle du pouce, de vous dévisager avec des yeux d'enfant rêveur… À côté d'elle, je me sens encore plus courge que d'habitude, Tarte-woman qui prend un verre avec Catwoman.

J'ai parlé du concept du *No Sex Land* à Chloé. C'est rare que j'en parle, vingt-neuf mois sans sexe dans le monde d'aujourd'hui, il serait de très loin préférable que j'aie le choléra, sans compter que Chloé collectionne les histoires d'un soir et n'a pas la moindre idée de ce que peut représenter le *No Sex Land*. Pendant un instant infime, elle m'a regardée comme si je venais de lui annoncer que j'allais épouser Angela Merkel, mais elle n'a ni rigolé ni eu l'air effrayé. Elle est restée pensive quelques secondes, puis elle a dit que depuis cinq ans, elle n'avait jamais passé plus d'un mois sans sexe et que, peut-être, un peu d'abstinence ne lui ferait pas de mal. Selon elle, j'avais un mode de vie plutôt sain, finalement. C'est exactement pour ce genre de réflexion que j'aime bien Chloé.

23 h 59

NB pour l'année prochaine : me mettre à fumer.

Chloé

Après la prévisible débâcle de mercredi soir avec Guillaume, c'était jeudi-lecture hier soir. Ridicule de passer sa Saint-Valentin dans un groupe de lecture, non ? Mais celui-ci, je ne l'aurais loupé pour rien au monde : on avait lu *American Psycho*, un de mes livres préférés. Forcément, Constance a détesté. J'ai rencontré Constance il y a un peu plus d'un an et plus je lui parle, plus je la trouve drôle, quoiqu'un peu à côté de ses pompes. Elle s'est trompée d'époque, elle était faite pour vivre dans l'Angleterre du dix-huitième, pas dans la jungle parisienne du vingt-et-unième siècle.

Je me contorsionne pour sortir mon téléphone qui vibre dans ma poche, je fais un sourire contrit et hypocrite à la vieille que j'éborgne à moitié avec mon coude. Pourquoi les retraités prennent-ils le métro aux heures de pointe ? Ça me dépasse. C'est ma mère, deuxième fois qu'elle appelle en dix jours, ce n'est pas normal. J'hésite, puis je la laisse aller sur répondeur.

J'attends d'être sortie du métro pour écouter son message. « Pas de nouvelles, bonnes nouvelles », dit-elle. C'est sa façon de me faire un reproche. Mamie Rose a encore fait un malaise. Elle est sortie de l'hôpital, mais les médecins sont inquiets. Ça m'agace que le foyer des Pervenches appelle ma mère plutôt que moi. Mes parents n'ont pas mis un pied à Marinzac depuis six mois, moi j'y vais toutes les trois semaines. Je reste plantée devant le Club Med Gym d'Esplanade, mon téléphone encore à la main. Je suis en retard.

— Mademoiselle ?

Un jeune avec un sweat-shirt publicitaire me tend un flyer violet, je le refuse d'un geste, je ne suis pas d'humeur. Lui non plus visiblement, parce qu'il me bouscule et me lâche la porte en pleine tête.

— Connard !

C'est sorti tout seul. Je me mords les lèvres, j'ai encore perdu une bonne occasion de me taire, il s'approche, le menton menaçant.

— C'est quoi ton problème ?

— T'es obligé de me balancer la porte à la tête parce que je veux pas de ton tract pourri ?

Il hausse les épaules, me jette un regard méprisant sous la capuche de son sweat.

— Vous voulez l'égalité et après vous râlez quand on vous tient pas la porte avec une courbette. Salope.

J'ouvre la bouche, prête à l'incendier. Il me contemple, bras croisés. Malgré mes talons, il a deux têtes de plus que moi. Je soutiens son regard quelques secondes. Lui aussi il a des problèmes.

Tout le monde a ses problèmes. La vie n'est qu'une longue liste de problèmes à régler. Ça pourrait être pire, je pourrais être coincée dans le *No Sex Land* depuis vingt-neuf mois comme Constance, je pourrais être Mamie Rose, en train de mourir toute seule au milieu des vignes recouvertes de givre. Je ne passerai pas mes nerfs sur un jeune en sweat qui se gèle les miches depuis sept heures du matin pour distribuer des flyers à la sortie du métro. Je ravale mon discours, je hausse les épaules et je m'éloigne.

Évidemment, je croise Guillaume à la seconde où je mets le pied dans l'open-space. Il est en pleine discussion avec un associé sur une mission qu'il veut récupérer. Il me regarde arriver et ne dit rien. L'associé jette un coup d'œil à sa montre et hausse un sourcil. Je lui jette un regard penaud, marmonne « problème de métro » et fonce à mon bureau. J'allume mon ordinateur, passe cinq minutes sur Facebook avant de trouver l'énergie d'ouvrir ma boîte mail. Je les parcours rapidement, puis je clique sur « nouveau message » et j'écris :

Raisons pour démissionner :

Je couche avec mon ex
Mon boss est mon ex
Je couche avec mon boss
Je déteste mon job, mon ex et mon boss

J'envoie à Guillaume. Je l'observe du coin de l'œil, son Blackberry vibre dans sa poche, sans s'arrêter de parler, il jette un coup d'œil sur l'écran et je vois l'ombre d'un sourire apparaître sur son visage trop sérieux.

Il termine sa conversation et se dirige vers mon bureau, je fais semblant d'être concentrée sur un fichier Excel.

— Chloé, tu peux passer dans mon bureau quand tu as cinq minutes ?

— Oui, dans dix minutes, ça te va ?

Il ne faudrait pas qu'il croie que je suis à sa disposition.

— Ok.

J'attends quinze minutes. Tout le bureau sait qu'on est sortis ensemble pendant quasiment trois ans. Quand on a rompu, il y a deux ans, la nouvelle s'est répandue plus rapidement que celle de l'arrivée de François Hollande au pouvoir. Guillaume a demandé un transfert à New York pendant un an et moi, en dépression, j'ai pris trois mois de congés sans solde pour faire le tour de l'Asie. Je suis rentrée avec la tourista et lui avec Manue. Je pensais que ça ne pouvait pas être pire. Je me trompais. Moins d'un an plus tard, j'ai dû assister au défilé de félicitations de tous nos collègues, quand il l'a demandée en mariage. Ma vie est juste parfaite.

Je donne un coup léger sur la porte vitrée de son bureau, il lève la tête et me fait signe d'entrer. Il attend que j'aie refermé la porte.

— Ça ne va pas, Chlo ?

Son visage ne change pas, il est sérieux, les sourcils légèrement froncés, mais sa voix est inquiète, elle m'enveloppe de sollicitude, elle me réchauffe. Je me laisse tomber sur la chaise en face de lui.

— Mamie Rose a refait une attaque.

Mamie Rose a refait une attaque et je t'aime et tu te maries dans quatre mois avec une autre. Mais ça, je n'ai pas le droit de le dire. Je connais les conditions, il ne m'a jamais menti, il ne m'a jamais dit qu'il allait la quitter. Je me demande s'il continuera de coucher avec moi quand il l'aura épousée, sa Manue.

Il se penche un peu en avant, esquisse un geste, comme pour me prendre la main, mais il se ressaisit, se rappelle qu'on est au bureau. Je suis une consultante de son équipe, une collègue. Il se racle la gorge.

— Je suis désolé.

Il me propose de poser un jour pour aller la voir. Sa gentillesse me désespère. Ce serait tellement plus simple s'il était méchant. J'ai une boule dans la gorge, je la ravale.

— Tu ne veux pas descendre avec moi ? Fumer une clope ?

Il secoue la tête d'un air désapprobateur.

— Tu te fais du mal, Chlo, tu devrais vraiment arrêter.

Je ne peux m'empêcher de penser que Manue, elle, ne fume pas. Je me déteste de lui avoir demandé ça, d'avoir eu ce ton suppliant, ridicule, je savais qu'il refuserait.

De retour à mon bureau, j'ai du mal à travailler. J'envoie un texto à Charlotte :

10:42 – CHLOÉ LACOMBE
Journée pourrie.

10:44 – CHARLOTTE PERRIN-LAURENT
JE SAIS CE QUE TU AS FAIT MERCREDI SOIR.

J'ai l'impression d'être dans *Souviens-toi l'été dernier*. Ma plus grosse bêtise, dans toute cette histoire, aura été de présenter Guillaume à Greg et de les regarder avec ravissement devenir les meilleurs copains du monde. À l'époque, on était tellement contentes avec Cha de faire des week-ends à quatre, des dîners à quatre, de partir en vacances à quatre. Si j'avais su… Maintenant Guillaume va dîner chez eux avec Manue. Ma Cha à moi, ma copine de toujours, fait la cuisine pour la nouvelle copine de l'amour de ma vie. Ma vie est tout simplement parfaite.

10:44 – CHLOÉ LACOMBE
Je sais. Ça va bof.

10:45 – CHARLOTTE PERRIN-LAURENT
OK… Mama Cha à la rescousse :) Je viens dej avec toi.

10:45 – CHLOÉ LACOMBE
12h15 à Esplanade ?

10:48 – CHARLOTTE PERRIN-LAURENT
Yes. J'emmène ma progéniture par contre.
Elle a la crève donc pas de garderie :(

10:48 – CHLOÉ LACOMBE
Pas de souci. Merci.

Je me mets au boulot. C'est le seul truc qui me fait un peu oublier Guillaume, indifférent derrière la porte vitrée de son bureau. C'est une de mes rares qualités : je suis une vraie bosseuse. À HEC, je faisais partie des quelques admis de ma promo qui n'étaient pas fils de prof ou de cadres dirigeants. Parfois, mon ancien lycée m'appelle pour que je vienne expliquer mon parcours à une classe de Première ou de Terminale. Drôle à pleurer. Moi qui ai tout raté, je me retrouve à expliquer à des jeunes comment réussir dans la vie. Je n'ai aucune excuse, pourtant. Même à cinq ans, je ne rêvais pas d'être chanteuse, princesse, actrice ou maîtresse d'école. Depuis que je suis toute petite, depuis que Mamie Rose m'a mis mon premier livre entre les mains, j'ai su ce que je voulais faire de ma vie. Je voulais raconter des histoires qui font rire les enfants, qui finissent bien, des romans dans lesquels on se blottit pour oublier la réalité. Je voulais emmener les rêveurs dans des contrées lointaines, quand tout le monde dort depuis longtemps, quand il ne reste plus que le murmure des pages qu'on tourne dans le silence de la nuit, *encore un chapitre, juste un seul, un dernier.* Et aujourd'hui, les seuls mots que j'écris, ce sont des noms d'entreprises du CAC 40 sur des slides PowerPoint et des formules de taux de croissance dans des cellules Excel. Je vous l'ai déjà dit, ma vie est tout simplement parfaite.

La matinée dure environ quatre siècles, mais l'heure du déjeuner finit par arriver. Cha arrive à

12 h 38, rouge et essoufflée, le ventre gonflé à bloc et Sophie dans sa poussette. Arrivée pile à l'heure, comme d'habitude, j'étais en train d'allumer ma deuxième cigarette.

— Désolé pour le retard, mais Soph a eu un accident au moment où on partait. Ça faisait six mois qu'elle n'avait pas fait caca dans sa culotte. Tu te rends compte !

Non, je ne me rends pas compte. Je me sens toujours horriblement mal à l'aise quand les conversations de jeunes mamans dérivent sur des sujets comme les différentes consistances de caca (et, croyez-moi, quand toutes vos copines ont entre vingt-neuf et trente-cinq ans, c'est inéluctable, on finit toujours par parler consistance de caca), de rééducation du périnée ou de déchirure vaginale, de seins qui suintent du lait maternel, en large en long et en profondeur et de préférence à table. Je me suis d'ailleurs promis à plusieurs reprises que, dans l'hypothèse où quelqu'un, quelque part, serait assez fou pour vouloir faire un enfant avec moi un jour, jamais je n'aborderai ces sujets (ni celui du prix et des fonctionnalités des différents modèles de tables à langer, soit dit en passant).

Charlotte s'engouffre dans le bistrot le plus proche. Tel Moïse face à la mer Rouge, elle fend le flot des cadres en costard qui font la queue pour une table depuis vingt minutes et s'écartent devant sa Maclaren dernier cri et son ventre de baleine. Le serveur accourt, nous trouve une place à une table minuscule, coincée entre le bar et la porte de la cuisine qui s'ouvre toutes les trente secondes. D'un regard impérieux, Cha fait déplacer deux banquiers pour caler sa poussette dans un coin. Elle marmonne, enclenche le frein de la Maclaren, s'assoit enfin, la main sur son ventre, avec l'air satisfait du chat qui vient de se faire le pack de lait. C'est le moment que choisit Sophie pour hurler qu'elle a envie de faire pipi. D'humeur téméraire, je propose d'y aller, mais Charlotte, mère martyre, se relève, détache Sophie, la prend dans ses bras, fait déplacer à nouveau chaises et banquiers et entreprend de retraverser la salle en sens inverse, avec son ventre qui renverse sur son passage verres et carafes. Sophie s'est mise à pleurer en mode sirène de pompier. Charlotte revient six minutes après, rattache Sophie dans sa poussette et lui colle sa tétine dans la bouche.

— J'ai totalement changé de perspective sur les enfants battus, déclare-t-elle l'air pensif, je pense que les véritables victimes ne sont pas les enfants, mais les parents.

L'homme à sa droite lui jette un regard horrifié et elle lui décoche un sourire qui est l'équivalent d'un doigt d'honneur. Il baisse les yeux. Puis elle tente de recoiffer ses cheveux châtains emmêlés. Elle a une tache verdâtre sur son chemisier froissé et des cernes bleutés sous ses yeux bruns. Et malgré tout, c'est la première qui accourt à ma rescousse. J'ai envie de la prendre dans mes bras.

Je commande un tartare-salade, elle demande une île flottante et un crumble aux pommes sans chantilly. Le serveur prend la commande sans ciller. Je raconte ma matinée, elle écoute attentivement tout en faisant couiner à intervalles réguliers

Sophie-la-Girafe en caoutchouc devant le visage de Sophie-l'enfant-en-larmes, en la menaçant de tremper sa tétine dans du cyanure, si elle continue.

— Il faut que tu arrêtes avec Guillaume, Chlo.

Cha ne m'appelle Chlo que quand elle est sérieuse.

Je déplie ma serviette en papier sans répondre.

— Je lui ai parlé hier, continue-t-elle.

Je relève la tête, stupéfaite.

— Comment ça, tu lui as parlé hier ?

— Il est passé voir le match avec Greg, je lui ai dit que ça suffisait et…

— Tu n'as pas à lui parler de ça, Cha, ça ne te concerne pas.

— Il va se marier !

Elle a haussé la voix et les visages se tournent vers nous. Je baisse la tête et entreprends de faire des boulettes de mie de pain. Cha continue, à voix basse :

— Il ne la quittera pas, il me l'a dit, il l'aime.

J'ai le cœur qui passe au broyeur, je lui réponds les dents serrées :

— C'est ma vie, je fais ce que je veux.

Charlotte soupire, dans la poussette, Sophie se tait enfin, elle nous observe en mordant la tête de Sophie la Girafe et j'ai envie d'enfoncer mon nez dans son cou de bébé à la vanille.

— Il va l'épouser, Chloé, il n'y a que toi qui peux dire stop, que toi qui peux te protéger.

— Pourquoi tu me fais ça ? Est-ce que je me plains souvent ?

— Tu n'as pas besoin de te plaindre. Tu crois que je ne vois pas ? Tu as maigri, tu es pâle comme la mort. Ça fait deux ans et il n'y a pas un mec qui t'intéresse, sauf quand tu veux le rendre jaloux, tu restes dans ce job que tu détestes uniquement pour le voir. C'est une obsession !

— Ce n'est pas vrai, je m'en fous, j'arrête quand je veux.

— Comme les clopes, c'est ça ? Tu arrêtes quand tu veux, sauf que t'arrêtes jamais. Ça fait deux ans que tu te tapes n'importe qui, que tu dis que tu vas changer de travail, aux dernières nouvelles tu devais te mettre enfin à écrire et…

— J'ai pas besoin d'une deuxième mère, Charlotte, j'ai pas besoin que tu m'enfonces aussi, ok ?

Le serveur arrive et pose les assiettes devant nous. Les deux desserts de Charlotte tiennent à peine sur la mini-table. J'ai envie de commander un verre de vin. Charlotte a l'air sauvage avec ses mèches dans tous les sens et ses joues rouges, ses yeux brillent de colère.

— Tu sais quoi, j'en ai marre, Chloé. J'en ai marre de m'occuper de tout le monde. Tu n'as pas le droit de coucher avec lui. Il est fiancé. Tu y penses parfois, à Manue ?

Le tartare reste bloqué dans ma trachée. *Manue.* La fiancée de Guillaume, c'est un sujet tabou. Ce n'est pas *Manue.* On dit « sa copine », « sa meuf », « l'autre conne ». Manue, c'est Voldemort, Celle-Dont-On-Ne-Doit-Pas-Prononcer-Le-Nom. Elle a pris ma place, c'est elle l'illégitime, pas moi. Et Charlotte l'appelle *Manue.* Je plante rageusement ma fourchette dans le tartare.

— Cool, marmonné-je, elle m'a piqué mon mec et maintenant elle me pique mes copines.

Charlotte lève les yeux au ciel et engloutit l'équivalent de trois louches de crumble en une bouchée avant de répéter la bouche pleine :

— Réponds : tu y penses à elle parfois ?

— C'est facile de juger quand on a une vie parfaite.

— Qu'est-ce que tu penserais si une fille se tapait Greg dans mon dos ? Tu trouverais ça bien ?

— Greg ne coucherait jamais avec une autre fille, dis-je, choquée par la comparaison.

Je pose ma fourchette, je n'ai même pas faim.

— Qu'est-ce que tu en sais, Chloé ? J'ai les hormones qui me rendent infernale la moitié du temps, je n'ai même pas le temps de me laver les cheveux, je ressemble à une vache laitière. Il pourrait bien être tenté par une petite collègue, tu trouverais ça bien ?

— Arrête, Cha, ça n'a rien à voir.

Évidemment, la fille qui ferait ça à Charlotte, je lui arracherais les yeux. Elle jette sa cuillère dans l'île flottante et une goutte de crème anglaise atterrit sur son chemisier d'allaitement. Elle n'allaite pas encore, mais c'est le seul contenant envisageable pour son actuel 95E.

— Si, justement, ça a tout à voir. Je suis désolée, Chlo, crois-moi, je suis désolée que ça n'ait pas marché entre vous, mais il faut que tu arrêtes, tu vaux mieux que ça, mieux que de te faire sauter par un mec qui appartient à une autre…

— Arrête, ce n'est pas ça, c'est…

— Mais bien sûr que si, ma pauvre, c'est exactement ça ! Ouvre les yeux ! Il n'y a que toi qui ne le vois pas !

Je suis au bord des larmes. Charlotte se calme, soudain. Dans la poussette, aussi incompréhensible que cela soit compte tenu de l'agitation ambiante, Sophie s'est endormie, le pouce dans la bouche et sa girafe en caoutchouc couverte de morve serrée contre elle. Les yeux de Cha sont noirs de colère.

— Pour information, j'ai dit à Greg hier que je ne voulais plus que Guillaume mette les pieds chez nous s'il n'arrêtait pas de coucher avec toi. Je t'ai toujours défendue Chlo, toujours.

J'écrase le tartare avec le dos de ma fourchette. J'ai mal au cœur. Stupide d'avoir commandé de la viande crue.

— Je ne t'ai jamais demandé de t'en mêler et de toute façon je le vois tous les jours au boulot.

— Je sais. Mais à chaque fois que tu le vois à cause de nous, je culpabilise pendant deux semaines.

— Je suis une grande fille, capable d'assumer mes décisions, j'ai pas besoin de toi pour régler mes problèmes.

— Vraiment ?

— Arrête, Charlotte, je ne veux pas me disputer avec toi à cause de lui.

C'est vraiment une journée de merde, tout le monde m'a fait des reproches aujourd'hui. Tout le monde sauf Guillaume, finalement.

— Tu te voiles la face. Si tu assumais tes décisions, tu passerais à autre chose, parce que, permets-moi de te le rappeler, si vous n'êtes plus ensemble, tu ne peux t'en prendre qu'à toi et…

Elle s'est arrêtée au milieu de sa phrase, je la termine pour elle.

— Et c'est bien fait, c'est ça ? C'est ça que tu penses ? Ce que vous pensez tous, au fond ?

— Franchement ? Tu veux que je te réponde franchement, Chloé ?

Je me suis étranglée avec ma bouchée. Je la dévisage, je n'en reviens pas, elle ne peut pas penser ça, pas elle. Je jette vingt euros sur la table, me lève, renfile ma veste. Elle me dit d'attendre, elle s'excuse, ce n'est pas ce qu'elle voulait dire. Sauf qu'elle l'a dit. J'aurais voulu embrasser Sophie avant de partir, mais je tourne les talons. Elle n'aura qu'à se débrouiller avec sa poussette, son ventre et sa gamine. Elles me font marrer, ces filles maquées depuis dix ans, avec leur mec parfait, leurs enfants parfaits et leur vie parfaite. Ces filles qui partagent leur loyer depuis des années, qui n'ont pas dormi seule depuis une éternité, qui ne connaissent rien de la solitude, du vide, du manque et de la déception, et qui pleurnichent comme des gamines au téléphone quand leur mari part trois jours en voyage d'affaires parce que ça fait au moins une heure qu'il ne leur a pas envoyé un texto. Et elles se permettent de juger, de s'offusquer. Parfois, c'est plus fort que moi, j'attends l'avènement des deux divorces sur trois, pas pour Cha bien sûr, elle jamais, mais pour les autres. Pour voir comment elles géreront leur solitude, pour voir si elles garderont toujours leurs beaux principes, quand l'homme de leur vie sera parti avec une fille qui a dix ans de moins et qu'elles n'auront pas couché avec un mec depuis trois mois, six mois, un an, vingt-neuf mois. J'ai une pensée pour Constance. Elle comprendrait, elle, elle ne juge pas.

Je traverse l'Esplanade d'un pas vif et déjà je regrette. Je ne voulais pas me disputer avec Cha. C'est débile. Mon téléphone vibre avant même que j'ai atteint ma tour, je ne décroche pas. Elle rappelle, deux fois, puis m'envoie un texto.

13:32 – CHARLOTTE PERRIN-LAURENT
Je suis dsl, Chlo. C'est les hormones, je n'ai jamais pensé que c'était bien fait pour toi.

13:32 – CHARLOTTE PERRIN-LAURENT
Tu sais que je ne le pense pas.

13:33 – CHARLOTTE PERRIN-LAURENT
Je suis morte de culpabilité, réponds-moi.

J'appelle l'ascenseur, elle me saoule. Je n'avais pas besoin de ça aujourd'hui.

13:36 – CHLOÉ LACOMBE
Je comprends à la limite que tu le penses. Tout le monde le pense et c'est sans doute vrai. Mais vraiment pas besoin que tu me balances ça à la tête en ce moment.

13:37 – CHARLOTTE PERRIN-LAURENT
Je suis dsl, dsl, dsl, ma Chlo. Je suis une copine atroce. Dis-moi que tu me pardonnes ou je fais une fausse couche dans ton tartare.

13:37 - CHARLOTTE PERRIN-LAURENT
T'as encore rien mangé…

J'ai presque envie de sourire. Je commence à taper que je ne lui en veux pas, qu'au fond elle a raison et que si elle n'était pas là pour s'occuper de moi, je n'aurais plus qu'à m'inscrire à la SPA, mais au moment où les portes de l'ascenseur se referment et où je me penche sur mon écran, une main manucurée retient la porte. J'arrête de respirer. Elle est là, blonde comme les blés, ses yeux bleu marine, sa robe Maje impeccable, ses escarpins jaunes à talons assortis à son sac et, à son doigt, tellement brillant qu'il me brûle les yeux, le solitaire Mauboussin monté sur or blanc choisi par Guillaume pour sa fiancée.

— Bonjour, dit Manue sans me regarder.

C'est officiel, cette fois je vais vraiment vomir.

Journal de Constance Delahaye

15 février 2013 – 13 h 17

Dur dur de travailler aujourd'hui.

J'ai tout de même fait quelques actions constructives (pour moi, pas vraiment pour Grable & Smith dit G&B). J'ai voté sur Internet pour le casting de Christian Grey dans l'adaptation au cinéma de *Cinquante Nuances de Grey*. Je voudrais qu'ils choisissent Ryan Gosling, mais ce ne sera sans doute pas lui. Enfin, si c'était lui, ce serait vraiment merveilleux. Je devrais peut-être aller brûler un cierge à Notre-Dame pour mettre toutes les chances de mon côté. Même si mes cierges pour Johnny Deep et Vanessa n'ont pas eu l'effet escompté. J'ai ensuite analysé l'intégralité de la liste de mariage de mon cousin Jonathan, qui se marie en juin, à la recherche du cadeau au juste prix. Le juste prix est le montant qui me permettrait de ne pas passer pour la dernière des radines tout en ne bloquant pas ma carte bleue. Après avoir fait mes comptes, soit m'être connectée sur mon compte bancaire en ligne et avoir contemplé avec horreur la ligne de mon solde pendant dix bonnes secondes, le cerveau bloqué quelque part entre la crise de panique et la rupture d'anévrisme, j'ai compris que je ne trouverais pas le juste prix. Il me restait quatre-vingt-sept euros pour finir le mois. Je soupçonne mon conseiller BNP de s'enrichir à mes dépens. Qu'est-ce que j'ai encore bien pu dépenser ? J'en étais là de ces considérations financières dramatiques, quand j'ai levé la tête et que j'ai réalisé que mon responsable, Hans Schmidt, était planté à côté de mon bureau depuis je ne sais pas combien de temps. J'ai balbutié un « oui ? » interrogateur et, d'une voix grave et autoritaire, il a demandé comment avançait le plan marketing 2014 de la branche Serviettes Hygiéniques de G&B.

Après avoir baragouiné une phrase absolument incompréhensible pour quelqu'un de ce bas monde, j'ai fermé précipitamment la fenêtre de mon compte en banque, et le torse nu et sublime de Ryan Gosling est apparu sur mon écran. Rouge comme une tomate, j'ai fermé toutes les fenêtres en catastrophe jusqu'à ce que s'affiche enfin mon graphique représentant l'évolution du nombre de femmes réglées en France et l'impact sur les volumes de serviettes vendues, en travers duquel j'avais noté, preuve indiscutable de mon sérieux professionnel, « *prendre en compte évolution ventes tampons 2012* ». À ma grande stupéfaction, Hans Schmidt s'est contenté de lever les yeux au ciel et est retourné à son bureau sans faire de commentaire. Peut-être n'est-il pas totalement indifférent au charme de Ryan Gosling, ou alors ça le met de bonne humeur d'avoir demandé en mariage la reine des glaces qui lui sert de copine depuis quatre ans, ie : Bertha Kreidenberg, 1 mètre 78, 17 kilos, mannequin, vingt-six ans, probable connasse toxique.

En général, je m'amuse à attribuer à tous les couples autour de moi les noms d'un couple célèbre. Par exemple, ma collègue Julie et Christophe de la compta qui couchent ensemble depuis janvier dernier, ce sont Edward et Bella de *Twilight*, ils affichent des têtes de déterrés, quelle que soit la saison, on dirait qu'ils reviennent de deux semaines de vacances dans une mine de sel. Moi et Tristan Grant, si on était ensemble, on serait Elizabeth Bennet et Mr Darcy d'*Orgueil et Préjugés*. Ma copine Héloïse et son coureur de jupons qui la trompe dès qu'il a l'occasion et revient en pleurant toutes les larmes de son corps quand elle s'en rend compte, ce sont Valmont et la Présidente de Tourvel dans *Les Liaisons dangereuses*, etc. Enfin, tout ça pour dire que Hans Schmidt et Bertha Kreidenberg, sans vouloir faire de mauvaise blague, c'est Adolf et Eva, version mannequins suédois.

Chloé

Je vous jure que depuis cinq ans que je travaille dans cette boîte, jamais l'ascenseur n'a mis aussi longtemps à monter les vingt-deux étages qui mènent à mon bureau. Manue ne dit rien. Elle trie des papiers dans son sac, en sort quelques tickets de métro usagés, un flyer publicitaire violet et l'emballage vide d'un paquet de chewing-gums à la chlorophylle.

En plus, elle sent super bon. Je la déteste. Je ne la croise quasiment jamais, elle vient parfois déjeuner avec Guillaume, mais d'habitude elle l'attend en bas. Je l'observe du coin de l'œil. Je repense aux paroles de Charlotte et je me sens vaguement coupable de coucher avec son fiancé. J'imagine qu'elle sait qu'on est sortis ensemble. Je triture la fermeture Éclair de mon sac à main, plus que trois étages. On s'arrête, un homme au téléphone rentre dans l'ascenseur. Elle n'a pas l'air méchante, avec son visage d'ange blond style Vierge Marie. Ils se sont rencontrés dans un bar à New York, je sais qu'elle est prof de danse, ce qui explique le port de tête de princesse. En dehors de ça, je ne sais rien d'elle. Guillaume ne m'en parle jamais.

Elle sort de l'ascenseur sans un mot et se dirige vers le bureau de Guillaume, ondulante sur ses talons aiguilles. Au passage, elle balance d'un geste nonchalant dans ma poubelle les papiers qu'elle a triés. Le geste m'exaspère. De tous les bureaux, de toutes les poubelles de l'étage, il fallait qu'elle choisisse *ma* poubelle, *mon* bureau pour jeter ses ordures. Je la regarde entrer dans le bureau de Guillaume. Je m'assois au mien, déverrouille mon ordinateur. Ne pas regarder dans sa direction. J'ouvre Excel, j'ai les mains qui tremblent. Ne pas lever la tête, surtout, ne pas regarder.

Bien entendu, je lève la tête et je regarde. Guillaume la contemple comme il me contemplait avant, comme quelqu'un qui voit la mer pour la première fois. Il lève une main, la pose sur sa joue. Pour la première fois, à les voir ensemble, heureux, ignorants de tout ce qui les entoure, je comprends. Il va l'épouser. Cha a raison. Il va l'épouser et soit il me laissera sur le carreau, seule comme une idiote, soit je deviendrai la maîtresse d'un homme marié. Dans les deux cas, je serai malheureuse jusqu'à la fin de ma vie, et ce sera de ma faute.

13:42 – CHLOÉ LACOMBE

Viens de croiser Manue dans l'ascenseur. Horrible. Tu as raison sur toute la ligne.

13:42 – CHARLOTTE PERRIN-LAURENT

NE PANIQUE PAS. Sache que j'ai mangé ton tartare, recommandé une glace au chocolat et vendu Sophie à une Rom qui passait pour pouvoir payer l'addition. Ignore-la.

13:43 – CHARLOTTE PERRIN-LAURENT

Et au passage : j'ai toujours raison ;-)

13:44 – CHLOÉ LACOMBE

Ça me rend malade.

13:46 – CHARLOTTE PERRIN-LAURENT

T'es trop bien pour lui. Sois pas triste, tu finiras avec le prince Harry ou Barack Obama quand il aura largué Michelle.

Je soupire et repose mon téléphone. Je ne vais pas me laisser déstabiliser par une histoire de mec, je suis une femme indépendante. Je vais me remettre au travail et oublier Guillaume et Manue, observer un comportement mature et raisonnable. Mes yeux tombent sur ma poubelle, à quelques centimètres de mes pieds, tentante. Non. Je ne fouillerai pas ma propre poubelle au milieu de l'open-space pour analyser les ordures de ma rivale. Non, non, non. Je détourne mon regard de la poubelle tentatrice et me force à fixer mon attention sur mon tableau Excel.

Les chiffres sur l'écran me narguent. Je me mordille nerveusement les lèvres. Personne ne saura. Je jette un coup d'œil à droite, à gauche. Avec mes pieds, sous mon bureau, je rapproche la corbeille et la glisse entre mes genoux. Ni vu ni connu. L'air de rien, je commence mon inventaire : trois tickets de carte bleue. Un ticket du Sofitel de la Défense, il date du 14 février à 14 h 07. Je pâlis. Ils ont passé la pause dej à l'hôtel, le jour de la Saint-Valentin. Ce jour-là, j'ai sauté le dej sur demande de Guillaume pour bosser sur un dossier. La blague. Pendant ce temps, il sautait Manue au Sofitel. Un ticket de chez Claudie Pierlot, un autre de la Brioche Dorée, des tickets de métro et…

La porte du bureau de Guillaume s'ouvre, Manue rit dans l'encadrement de la porte. Guillaume jette un regard étonné sur la poubelle que j'ai toujours sur les genoux et la pile de papiers froissés qui s'amoncellent sur mon clavier. Je les prends à pleine main et les fourre dans mon sac à main.

— J'ai perdu un ticket, je fais mes notes de frais, marmonné-je.

Du regard, je défie Manue de me contredire. Je ne rougis jamais, et ce n'est pas devant elle que je vais commencer. Elle me jette un regard amusé. Notre échange silencieux dure deux longues secondes, le temps qu'elle dépasse mon bureau d'un pas tranquille. Elle a le regard tellement intense que j'oublie un instant la présence de Guillaume. Elle ne sourit plus du tout soudain, et je m'aperçois qu'elle n'est pas vraiment belle. Ses cheveux blonds californiens parfaitement coiffés et relevés mettent en valeur ses yeux maquillés avec soin, probablement son plus grand atout, mais ses traits ne sont pas particulièrement fins et elle a un nez trop grand. Malgré cela, elle est magnétique, sa démarche, sa voix, sa façon d'être dégagent une sensualité sauvage. Ils s'éloignent. Je voudrais que Guillaume se retourne, mais il passe son bras autour des épaules de Manue et elle tourne son visage vers lui, lui murmure un secret à l'oreille. Je les entends rire à nouveau. Il n'est pas quatorze heures, l'open-space est encore désert. Je mets une bonne minute à me réveiller. Je relâche mes poings crispés. Surprise, je contemple les quatre petites fentes roses que mes ongles ont faites dans mes paumes. Dans la vitre du bureau en face de moi, j'aperçois mon reflet. Ma poubelle sur les genoux, le visage contracté de désespoir. Je suis ridicule.

Et, pour la première fois, je comprends. Charlotte a raison. Il faut que je change de job. Il faut que je change d'amour. Il faut que je change de vie.

Journal de Constance Delahaye

15 février 2013 – 00 h 57

Ce soir, *Orgueil et Préjugés* (celui avec Keira Knightley) passait sur France 2. Je m'étais organisée une soirée très privée avec Elizabeth Bennet, Mr Darcy et les deux boîtes de sablés au beurre salé, achetées pour l'occasion dans une boutique bretonne, métro Saint-Paul. Je faisais bouillir de l'eau pour ma tisane « Nuit Calme » à la fleur d'oranger, mode Mémé pleinement activé, en pyjama pilou à vingt heures quinze, quand mon téléphone a sonné. C'était Chloé qui voulait savoir si j'avais envie d'aller boire un verre. Proposer une sortie à l'improviste n'est pas dans ses habitudes. Si je veux avoir une chance qu'elle me bloque une soirée dans son agenda de ministre, je dois généralement prévoir le coup au moins une semaine à l'avance. J'avais autant envie de me rhabiller et de ressortir sous la bruine glacée que de participer à une séance de *Body Attack* niveau expert au club de sport en bas de chez moi. J'ai hésité à prétendre que je n'étais pas libre, mais elle n'avait pas l'air d'avoir le moral alors je lui ai proposé de passer chez moi.

Elle n'était jamais venue. J'invite rarement mes amis ici, ce n'est pas évident d'organiser des réceptions dans vingt mètres carrés, encombrés d'un canapé-lit qui n'a pas connu la position canapé depuis l'invention de l'épluche-légumes et les empilages d'étagères Ikea qui constituent mon bien le plus précieux : ma bibliothèque. Et puis, je ne jette jamais rien, ce qui n'arrange pas les choses. Il n'y a pas un mariage dont je n'ai gardé le faire-part, pas une carte postale poussiéreuse du pays Basque qui ne soit rangée au fond d'une boîte à chaussures recouverte de Liberty, pas un porte-clés publicitaire qui soit passé par la case poubelle.

Chloé avait apporté une bouteille de vin blanc, mais nous n'en avions envie ni l'une ni l'autre. Elle m'a demandé si j'avais de quoi faire un chocolat chaud et j'ai entrepris de faire chauffer du lait. Elle a enlevé ses escarpins et s'est calée sur le lit, puis elle a balayé la pièce de son regard bleu clair.

— C'est petit, mais c'est sympa chez toi.

Elle avait l'air triste et épuisée, je la connaissais maintenant suffisamment pour savoir qu'elle n'était pas du genre à pleurer sur mes genoux toute la soirée, et que le meilleur moyen de la consoler était encore de lui changer les idées.

— Ça te dit de regarder *Orgueil et Préjugés* ? ai-je proposé.

Elle a soufflé sur sa tasse.

— Pourquoi pas… J'ai bien aimé le livre quand tu l'as proposé au groupe de lecture.

— Tu l'as lu ? Il avait été refusé finalement.

— Oui, mais je l'ai lu quand même.

J'ai ouvert la bouche, je voulais lui dire que ce roman avait bouleversé mon adolescence, que j'étais tombée éperdument amoureuse de Mr Darcy, et que je considérais Jane Austen comme officiellement responsable de l'échec absolu de ma vie sentimentale, ainsi que de celle de toutes ses fans, puisque toutes les femmes cherchent dans leur vie à rencontrer un Mr Darcy et qu'aucun homme sur cette planète n'a la moindre idée de qui est Mr Darcy. Mais Chloé était tellement pâle et triste que je me suis contentée d'allumer la télé et de sortir une couette supplémentaire du placard. Je connais le film par cœur. Qu'il passe à la télé n'est qu'une excuse bidon pour le revoir pour la dix-huitième fois, j'ai le DVD depuis le jour de sa sortie. Je pensais que Chloé en aurait marre au bout de vingt minutes, que l'histoire désuète des sœurs Bennet que leurs parents tentent désespérément de marier dans l'Angleterre géorgienne l'ennuierait à mourir, mais elle n'a pas dit un mot du film. Quand je lui ai demandé pour la troisième fois si elle voulait un autre chocolat, elle a fini par vaguement hocher la tête, les yeux rivés à l'écran, comme si sa vie en dépendait. Je crois même qu'elle a failli verser une larme quand, sous une pluie battante, Mr Darcy se déclare auprès d'Elizabeth, et qu'elle l'envoie balader comme une vieille chaussette, aveuglée par son orgueil.

Après le film, Chloé est restée longtemps silencieuse, les yeux dans le vague. Je lui ai demandé comment s'était passée sa journée, elle m'a regardée comme si elle venait de se souvenir de ma présence. Elle a remonté la couette sous son menton. Elle avait l'air au bout du rouleau. En quelques mots elle m'a raconté : sa grand-mère a fait une attaque, Charlotte lui a fait la leçon et la fiancée de son amant lui a rendu une visite surprise. Bon score dans le palmarès de la journée pourrie, il faut bien l'avouer.

Elle a sorti une poignée de papiers et de tickets de caisse de son sac à main. Elle les avait récupérés dans la poubelle, où la fameuse Manue, super-belle-sexy-prof-de-danse-qui-se-la-pète-avec-sa-bague-Mauboussin les avait balancés, fort probablement exprès pour la narguer. Je cautionne complètement qu'on fasse les poubelles pour récupérer les vieux papiers de la nouvelle copine de son ex, quoi de plus naturel ? En revanche, je ne trouve pas très stratégique de l'avoir fait sous le nez de l'ex et de la nouvelle copine en question. J'ai gardé cette réflexion pour moi et Chloé m'a collé un ticket sous le nez, les yeux étincelants de colère :

— Il est allé la sauter au Sofitel d'Esplanade, le midi de la Saint-Valentin ! Il m'avait vue la veille ! Et le midi suivant, il l'emmène au Sofitel !

Le temps d'encaisser cette nouvelle pour le moins dramatique, j'ai engouffré mon vingt-septième sablé de la soirée.

— C'est un connard ce mec, non ? ai-je dit la bouche pleine.

Elle a baissé la tête vers les papiers épars, l'air soudain abattue.

— Non, quand j'étais avec lui, c'était un mec bien.

— Je n'ai jamais vraiment su, comment et pourquoi vous vous étiez séparés d'ailleurs..., ai-je soudain réalisé.

À l'époque, je ne connaissais pas Chloé, je n'ai jamais eu les détails de son histoire avec Guillaume. Elle a détourné les yeux et elle m'a demandé si je voulais qu'elle refasse chauffer du lait. Je n'ai pas insisté.

Elle s'est levée, a ouvert le frigo. Dans le tas de papiers froissés, j'ai attrapé un carton violet qui dépassait.

— C'est quoi ça ?

— Je ne sais pas, a-t-elle dit en versant du lait dans la casserole.

À première vue, on aurait dit un flyer publicitaire, mais le papier était épais, comme une invitation à une soirée chic. Le texte était gravé en doré. Intriguée, je n'ai pas pu m'empêcher de lire les quelques lignes en italique :

> *Vous vous sentez seule ? Vous rêvez de trouver le grand amour ?*
> *Réveillez la femme fatale qui est en vous.*
> *RDV le 16 février au 13bis rue Ferdinand-Duval à 13 heures.*
> *Vous allez changer, votre vie va changer.*

— C'est marrant, on dirait une pub pour des cours de séduction.

Elle a posé les tasses fumantes sur ma table de nuit et a saisi le papier en fronçant les sourcils. J'ai demandé :

— Tu crois qu'elle prend des cours de séduction, la copine de Guillaume ?

Elle a rejeté le papier sur la couette avec une moue dubitative.

— Non, c'est des trucs qu'ils distribuaient à la sortie du métro, un type a essayé de m'en refiler un ce matin.

— Peut-être que c'est ça que je devrais faire, prendre des cours de séduction. Peut-être que si j'étais plus désirable, Tristan Grant voudrait de moi.

Chloé a levé les yeux au ciel.

— Tu ne vas quand même pas prendre des cours pour séduire un mec, Constance… C'est qui Tristan ?

Je me suis mordu les lèvres, ça m'avait échappé. Je ne parle jamais de Tristan d'habitude, pas même à mes copines. Tristan c'est mon jardin secret, mon amour platonique, personne ne peut comprendre.

— C'est un copain de mon cousin Jonathan, ai-je avoué à contrecœur.

— Il est célibataire ? Tu l'as rencontré comment ?

— Je crois qu'il est célibataire, oui. Je l'ai rencontré à l'anniversaire de Jonathan il y a un an.

Elle a haussé un sourcil et bu une gorgée de chocolat.

— Il s'est passé quelque chose ?

— Le coup de foudre ! Il est parfait : il est à moitié anglais par sa mère et il a un accent à tomber par terre, il lit beaucoup, on a parlé de livres pendant une heure, c'est un grand romantique.

— Je te demande pas si tu as eu un coup de foudre, a dit Chloé en riant, je te demande si tu as couché avec lui.

J'ai ouvert et refermé la bouche à plusieurs reprises.

— Le truc, Chloé, c'est qu'une fois que tu es dans le *No Sex Land* depuis quelque temps, ça devient très compliqué, voire impossible, de coucher avec quelqu'un. C'est un cercle vicieux.

— Tu ne pouvais pas récupérer son numéro ? Lui écrire sur Facebook ?

— Je le verrai au mariage de Jonathan en juin prochain, à Marinzac, ce sera le moment idéal pour agir.

Elle a reposé sa tasse sur la table de nuit et m'a contemplée l'air perplexe.

— Il faudrait peut-être que tu te donnes un bon coup de pied aux fesses pour en sortir, de ton *No Sex Land*, non ?

J'ai rougi. Évidemment, pour elle, c'est facile. Les hommes doivent tomber sur son passage comme les fruits pourris d'un pommier à la simple vibration de ses talons aiguilles. Je dois lui sembler ridicule avec mon histoire de Tristan Grant, croisé deux fois par hasard et espionné quotidiennement sur Facebook depuis. Mais ce n'est pas une raison pour me parler de cette manière.

— Il faudrait peut-être que tu te donnes un bon coup de pied aux fesses et que tu lâches ton job et Guillaume, plutôt que de te plaindre tout le temps sans agir, non ? ai-je répondu un peu sèchement.

J'ai regretté aussitôt, je n'avais pas envie de la blesser. Elle a eu un léger sourire, un peu énigmatique.

— Tu sais quoi, Constance, tu as raison. Il faut qu'on se mette un bon coup de pied aux fesses toutes les deux. On devrait s'automotiver pour faire ce qu'on a à faire, au lieu de parler dans le vide.

— C'est-à-dire ?

— C'est-à-dire qu'on va se challenger l'une l'autre, se donner des défis, pour arriver à nos objectifs.

— Dis donc, j'ai l'impression d'être à un séminaire d'entreprise… ce serait quoi, tes défis pour moi ?

Ses yeux pétillaient de malice.

— J'en ai deux : un, tu dois coucher avec un inconnu le premier soir avant le 30 juin ; deux, tu dois tenter ta chance avec Tristan Grant au mariage de ton cousin, quitte à te prendre le râteau du siècle.

J'ai rigolé bêtement mais je me suis arrêtée quand j'ai réalisé que Chloé, elle, ne rigolait pas du tout. C'était débile, ces défis, mais elle n'avait pas tout à fait tort. J'avais peut-être besoin qu'on me secoue un peu les puces si je ne voulais pas mourir vieille fille. Je me suis mordillée la lèvre. J'allais lui en trouver des défis, tiens.

— À mon tour, alors. Pour toi ce serait : un, tu démissionnes d'ici un mois ; deux, tu écris le roman avec lequel tu nous rebats les oreilles depuis je sais pas combien de temps, et trois…

— Attends, démissionner, ce n'est pas raisonnable, je n'ai pas de revenu, mon loyer à payer, il faut que je trouve d'abord un travail ailleurs…

— OK, je t'accorde trois mois pour changer de boulot, c'est mon dernier mot.

— Trois mois c'est court, il faut quand même que je…

— Et trois…

Elle a levé sur moi ses yeux clairs et j'ai ménagé un peu mon effet :

— Trois ?

— Trois, toi, Chloé la tombeuse, fini les histoires d'un soir, tu vas rentrer dans le *No Sex Land* jusqu'à juin prochain.

— Quoi ?! Non. Impossible. Tu n'as pas le droit de m'imposer ça ! Ce sont des défis qui sont supposés nous faire progresser, je ne vais pas devenir nonne pour te faire plaisir.

— Cap ou pas cap ?

— Six mois ? Impossible, je n'y arriverai jamais !

— Si je peux tenir vingt-neuf mois, crois-moi, tu peux tenir six mois. Tu n'as pas envie de voir ce que ça fait ? Juste par curiosité ? Et puis, ça te fera un sujet pour ton livre quand tu n'auras plus de boulot…

Nous nous sommes défiées du regard, chacune d'un côté de mon lit, sous les couettes à fleurs. Son mascara avait légèrement coulé, c'est l'effet *Orgueil et Préjugés*. J'ai levé mon mug rose, dans lequel il ne restait plus qu'un fond de chocolat froid.

— Chloé Lacombe, cap ou pas cap ?

Une étincelle s'est allumée dans ses yeux, l'étincelle d'excitation du randonneur qui a décidé sur un coup de tête de monter l'Everest en tongs et qui ne reviendra plus en arrière. Elle a levé sa tasse et l'a fait rebondir sur la mienne.

— Cap.

Chloé

Lundi matin. Métro. Le métro c'est Paris. Si je devais écrire un livre qui parle de Paris, la moitié de l'intrigue se passerait dans le métro, ou alors, ce ne serait pas vraiment un roman parisien. Mon jogging de ce matin ne m'a pas calmée. Parfois, j'ai l'impression que Guillaume m'a gâché plein de choses en me quittant, tout ce qu'on faisait ensemble avant, et que j'ai dû réapprendre à faire seule. Chaque fois que je cours, je pense à nos joggings du dimanche matin. Je ne peux plus aller au jardin du Luxembourg, ça me rappelle trop nos dimanches après-midi. Quand le métro s'arrête à la station Blanche, je ne peux pas m'empêcher de le chercher des yeux dans la foule, et quand je ne l'aperçois pas sur le quai, j'ai toujours un pincement au cœur. Il n'y a qu'avec lui que j'ai ce sentiment, les autres passent sans laisser de traces. Heureusement d'ailleurs, parce que si je devais éviter tous les quartiers de Paris où j'ai un ex, il faudrait que je déménage en banlieue.

Elle m'a bien eue, Constance, avec son défi. Six mois d'abstinence, je n'aurais jamais imaginé qu'elle me demanderait pareil engagement. Ceci dit, ce n'est peut-être pas si terrible, peut-être que les âmes perdues dans le désert du *No Sex Land* sont même plus belles que les autres : Mère Teresa, le Dalaï-lama, les sept nains... Ce week-end, je ne suis pas sortie, je n'ai ramené personne chez moi et, contre toute attente, j'ai survécu. Mon blues du dimanche soir a même commencé un peu plus tard que d'habitude, à 13 h 30 au lieu du 10 heures du matin traditionnel. La réalité, c'est que je ne pense jamais autant à Guillaume que quand je me réveille à côté d'un type que je connais à peine. C'est de sa faute, toutes ces nuits grises, sans espoir de lendemains qui chantent. Je devrais lui en vouloir au lieu de lui courir après. Avant Guillaume, j'étais presque romantique. Avant Guillaume, je n'avais jamais couché le premier soir. Avant Guillaume, j'avais couché avec trois garçons dans ma vie.

Au fond, je crois que j'aimerais être Constance, vivre dans Jane Austen, attendre mon Mr Darcy en buvant du thé dans des tasses fleuries. Il suffit de voir son appartement pour la comprendre : des livres partout, empilés en désordre, des placards dégoulinants de sucre, de chocolat et de sablés Marks & Spencer, une demi-étagère recouverte de guides de Londres et de l'Angleterre, alors qu'elle n'a jamais mis les pieds de l'autre côté de la Manche. C'est tout à fait révélateur du problème de Constance, d'ailleurs, cette pile de guides londoniens feuilletés, cornés et annotés mille fois : elle attend en buvant du Earl Grey de rencontrer un beau gosse sur un sentier du Yorkshire comme Jane Eyre, mais elle ne sort jamais le nez de son studio. Si ça se trouve, l'amour de sa vie arpente la campagne anglaise depuis dix ans à sa recherche et la seule chose qu'il a une chance de croiser, c'est un troupeau de moutons.

Vibreur.
Guillaume ?

09:07 – CONSTANCE DELAHAYE
Suis allée au cours de séduction samedi !!!! Faut absolument que je te raconte :-) Opération T.G. enclenchée !!!! :-)

09:07 – CHLOÉ LACOMBE
Séduction ? TG ?

09:08 – CONSTANCE DELAHAYE
TG = Tristan Grant !!!! :-) Je parle du flyer violet !! Celui de la poubelle :-) J'y suis allée !!!!

Malgré une horripilante tendance à gaspiller la ponctuation et les smileys aux quatre vents, cette fille est géniale. Elle est objectivement folle, mais il y a quelque chose de brillant dans son délire. Moi, je n'essaye jamais rien. Je n'essaye pas d'oublier Guillaume, bien au contraire, je n'essaye pas d'écrire le roman dont je parle depuis des années, j'attends que la vie décide pour moi et après je me plains.

Je n'ai pas envie d'aller bosser. Je sors à la station Esplanade et remonte les escalators du bout du quai, comme tous les matins depuis cinq ans. Cha a raison, je ne reste dans ce job que pour voir Guillaume. Depuis le premier jour de mon stage, depuis le jour où il m'a tendu la main officiellement et où le responsable RH m'a dit « Guillaume Favreau, tu vas travailler avec lui », il constitue mon unique raison d'aller au boulot. Un peu faible, comme plan de carrière, non ?

Pathétique. Je suis une pauvre fille pathétique.

Si je n'y allais pas ? Si je redescendais sur le quai et reprenais le métro dans l'autre sens ? Si j'allais à Montmartre faire dessiner mon portrait ? Si j'allais au casino d'Enghien-les-Bains et si je misais toutes mes économies sur le numéro 13 ? Si j'emmenais Sophie à Disneyland Paris ?

Mais la vie n'est pas un roman. Je rentre dans ma tour, je prends l'ascenseur jusqu'au vingt-deuxième étage. Guillaume est en pleine discussion avec le même associé que l'autre jour. Il a les mains dans ses poches et je reconnais le pli au-dessus de son nez. Il est de mauvaise humeur. Je tends l'oreille au passage :

— Je suis désolé, dit l'associé, mais finalement on a donné le dossier à Louis Courtin, je sais que vous y teniez…

Je ralentis, je cherche son regard. Il lève la tête et m'aperçoit. Au moment où je tente un sourire, il me dit d'un ton froid :

— Chloé, il faut que tu fasses un effort sur les horaires, on n'est pas au Club Med, ici.

Si je m'étais pris une benne de purin en pleine tronche, j'aurais affiché la même expression. Je ne réponds pas et fonce vers mon bureau. Inutile de préciser que je ne souris plus du tout. Tout le monde a entendu et un silence stupéfait est tombé dans l'open-space. Guillaume, d'ordinaire, économise les remontrances. Il fait des reproches gentiment, toujours en privé et seulement quand il a été poussé à bout. Et avec moi, jamais. Jamais depuis la première fois où il m'a embrassée au bout de mes six mois de stage à la fête de Noël du cabinet, jamais il ne m'a fait la moindre critique sur mon travail ni le moindre reproche sur mon comportement.

Les dents serrées, j'allume mon ordinateur. Il repasse d'un pas vif devant moi et je garde les yeux sur mon clavier. Il claque la porte de son bureau. Je sursaute, relève la tête et croise le regard entendu des deux stagiaires sur ma droite. Ils rigolent en douce. Dès qu'ils voient que je les ai remarqués, leurs sourires disparaissent et ils baissent la tête. Ce regard de connivence, tout ce qu'il y a dedans de jugement et de curiosité malsaine, m'humilie encore plus que la remarque de Guillaume.

On n'est pas au Club Med, ici ? Non mais pour qui il se prend ? J'ai besoin de renforts.

09:47 – CHLOÉ LACOMBE

G. vient de m'engueuler devant tout l'open-space, parce que j'ai dix minutes de retard !

09:48 – CONSTANCE DELAHAYE

Quel rustre !!! Démissionne et envoie-le

promener !!! Moi je travaille à ma partie du défi ! Tu prends du retard !

09:49 – CHARLOTTE PERRIN-LAURENT
IL FAUT QUE TU changes de job.

Je ne sais jamais si Charlotte comprend le sens des majuscules, ou si elle ne sait simplement pas comment passer en mode minuscule sur son iPhone. En tout cas, on dirait que les grands esprits de mes copines se rencontrent et qu'elles sont toutes d'accord quant à la meilleure façon de gérer ma vie.

Je tapote nerveusement du bout des ongles sur le faux bois de mon bureau. Les stagiaires me jettent des regards en coin. Je leur décoche mon plus beau sourire, et ils baissent à nouveau la tête, gênés. Je ne vais pas me laisser faire comme ça, comme n'importe quelle courge sans personnalité, je ne vais pas me laisser insulter publiquement, et surtout pas par lui.

Je pousse la porte vitrée sans frapper. Guillaume lève la tête, il a toujours ce froncement au-dessus du nez.

— Oui ?

Je referme la porte derrière moi.

— Tu n'as pas le droit de me parler comme ça, et devant tout le monde en plus !

Il soupire.

— Tu vas me faire une scène au bureau ? C'est ça ?

Derrière la vitre, je sens tous les yeux de l'étage fixés sur ma nuque. Contrairement à lui, je n'ai jamais été une calme, une douce, une Constance. J'ai les ongles qui s'enfoncent dans les paumes et des envies de lui éclater son clavier d'ordinateur en travers de la figure.

— Tu n'as pas à m'humilier publiquement. Je ne suis pas responsable de tes échecs professionnels.

— T'humilier publiquement ? Tu ne crois pas que tu en rajoutes un peu ? Tu te pointes comme une fleur à neuf heures quarante-cinq, tu me fais passer pour le mec qui ne sait pas gérer ses équipes et…

— Ce n'est pas parce que depuis cinq ans, tu récoltes tout le bénéfice du travail que je fais mieux que toi que je suis « ton équipe ».

Il devient aussi blanc que le col de sa chemise impeccable de petit cadre bien propre sur lui.

— Baisse d'un ton, Chloé.

Je ne peux pas m'en empêcher, j'éclate d'un rire nerveux. Je ne sais pas pourquoi j'ai une pensée pour Manue, Manue qui a le droit de se pointer dans son bureau sans frapper en exhibant son solitaire, alors que moi, il m'ordonne de baisser d'un ton et m'engueule comme si j'avais douze ans. On se dévisage quelques secondes, lui, ses yeux bleus plus sombres que d'habitude, moi qui rigole de plus en plus nerveusement.

Je croise les bras sur ma poitrine et lui sors avec un grand sourire :

— Tu sais quoi ? Je t'emmerde.

Le voilà qui rougit, il se lève, pose les deux poings sur son bureau, tremblant de fureur.

— Je suis ton supérieur hiérarchique et…

— Tu es mon supérieur hiérarchique et je t'emmerde. Tu es surtout le mec maqué qui me saute une fois par semaine, la moindre des choses, c'est que tu ne m'engueules pas comme une gamine devant tout l'open-space quand j'ai dix minutes de retard.

— C'est toi qui veux que je te saute une fois par semaine !

Le rire nerveux, à nouveau.

— Pauvre chou, je t'ai violé peut-être ?

Il ne répond pas tout de suite. Il se laisse retomber sur sa chaise et se prend la tête dans les mains. La colère semble l'avoir quitté en emportant avec elle toute l'énergie qui lui restait. Il a l'air épuisé.

— Tu sais très bien ce que je veux dire, murmure-t-il, tu te ramènes toujours avec tes robes trop courtes et tes regards d'aguicheuse, tu insistes jusqu'à ce que je cède... Je vais me marier, Chlo, et toi tu me sautes dessus à chaque fois que tu me vois, Greg et Charlotte me claquent la porte au nez, parce que soi-disant je suis ton bourreau, au boulot j'ai une réputation catastrophique à cause de toi. Je tiens à toi, beaucoup trop même, mais ça ne peut plus durer... Je suis à bout. À bout.

Il a un regard désespéré, la seule fois où je l'ai vu avec ce regard, c'était quand... Bref. Il continue, plus bas cette fois, mais j'ai déjà le cœur en miettes et ma colère s'est envolée. Je n'ai jamais supporté qu'il soit malheureux. Il fixe sur moi ses yeux tristes.

— Je suis désolé, Chlo.

Je tripote un bouton de ma veste qui commence à se découdre. Le silence se prolonge. Je hoche la tête plusieurs fois, comme une marionnette. Il y a un temps pour tout. Un temps pour faire des conneries et un temps pour tenter d'avancer. Et je finis par lui dire ce qu'il veut entendre, pas parce que c'est mieux pour moi, mais parce que, malgré tout, je refuse d'être responsable du triste découragement que je lis sur son visage. J'ai fait foirer notre relation et maintenant je l'empêche d'en construire une autre avec quelqu'un de mieux que moi. Je relève la tête, entre mes doigts le bouton se détache, trois petits fils moches pendouillent sur ma veste Mango.

— Il faut que je démissionne.

Il ne bronche pas. Quand il répond, chaque mot qu'il prononce semble lui demander un effort hors du commun.

— Je ne te demande pas de partir tout de suite, il faut que tu trouves autre chose d'abord et…

— Non. Je pars, aujourd'hui… Maintenant. Je ne sais pas ce qu'il faut que je signe, ou que j'écrive, vois avec les RH, mais je veux être partie à midi.

Je n'ai jamais été aussi calme, aussi sûre de moi. Je compte jusqu'à cinq intérieurement, est-ce qu'il me retiendra ? Il ne dit rien, tant pis, ou tant mieux. Je sors et je referme la porte. Dans l'open-space, les murmures s'arrêtent net. Je ressens un étrange soulagement, comme si un poids qui pesait sur ma poitrine avait subitement disparu. J'étouffe la voix qui murmure qu'il va peut-être sortir de son bureau, me supplier de rester, qu'il s'est emporté, que c'est ridicule, qu'il est de mauvaise humeur, car il n'est plus sûr de vouloir épouser Manue.

Jusqu'à midi. Jusqu'à midi je reste assise, droite et immobile. Les chiffres défilent lentement en bas à droite de mon écran. Deux heures et treize minutes plus tard, je suis partie. J'ai écrit ma lettre de démission, Guillaume Favreau, mon supérieur hiérarchique, a accepté de réduire ma période de préavis à zéro jour. Je range quelques affaires, je ne suis pas du genre à empiler les photos et les souvenirs au boulot. Mon bureau est toujours vide et rangé. Exactement le contraire de ma vie. Quand je passe devant la porte de son bureau, Guillaume a l'air malheureux derrière la porte de verre, mais il détourne les yeux. Mes collègues viennent me dire au revoir, ils me demandent d'un air affolé ce qu'il s'est passé. Je souris, je réponds :

— Rien, il ne s'est rien passé. J'ai juste pris une décision que j'aurais dû prendre il y a deux ans.

Ne pas paniquer, sourire, sortir. Je réfléchirai demain.

Journal
de Constance Delahaye

19 février 2013 – 18 h 34

Pas eu le temps d'écrire avant. Je suis débordée par un nouveau projet d'envergure internationale comme dirait mon boss Hans Schmidt I dit l'Atroce :

À PARTIR DE MAINTENANT, JE PRENDS MA VIE EN MAIN.

Première étape du développement de ma nouvelle personnalité : achat de *Améliorer sa confiance en soi au quotidien*, *Réussir sa vie*, *Trouver l'âme sœur en 26 jours* sur Amazon.

NB : l'action a eu un impact immédiat : j'ai reçu un mail de ma banque m'indiquant que j'étais à découvert. Ce problème mineur de ruine financière sera réglé à moyen terme grâce à ma réussite professionnelle imminente.

Objectif numéro 1 : Devenir une nouvelle personne, belle, intelligente, avec une carrière brillante et des chaussures sublimes.

Il faut cependant se fixer des objectifs mesurables, quantifiables et réalisables (source : *Réussir sa vie*, p. 67).

Rectification de l'objectif numéro 1 : devenir une nouvelle personne moins moche, moins bête et éviter de se faire virer.

Deuxième étape de ma transformation : je suis allée au cours de séduction samedi dernier. Chloé a vraiment été inspirée de récupérer ce flyer dans sa poubelle. J'ai pris le métro jusqu'à Saint-Paul et après quelques minutes de marche, je me suis retrouvée dans une ruelle du Marais. Arrivée à l'adresse indiquée, j'ai repéré une pancarte mauve sur la boîte aux lettres :

> *Leçon de séduction n°1*
> *Au fond de la cour à droite*
> *4e étage*

Dès que la lourde porte a claqué derrière moi, le bruit de la rue s'est évanoui comme par magie. On n'entendait plus que le roucoulement des pigeons nichés dans les façades mal entretenues. J'ai traversé la cour déserte et, sur la droite, j'ai monté un escalier étroit et vétuste jusqu'au quatrième et dernier étage. Il n'y avait pas de sonnette et pas un bruit. J'ai frappé à la porte.

Une fille au visage rond, à moitié recouvert par d'énormes lunettes écossaises qui lui donnaient l'air d'une chouette m'a ouvert. Avec un sourire crispé, elle m'a fait signe de rentrer. Je me suis retrouvée dans un loft quasiment vide au parquet ciré, qui sentait la peinture encore fraîche. Tout un pan de mur avait été transformé en verrière. Au milieu de la pièce, se dressait un cercle de chaises en bois, comme celles qu'on utilise dans les salles de classe au collège, une table, un tableau Velleda et une caméra sur pied. Trois filles étaient déjà assises. Tête-de-chouette a trottiné jusqu'à sa chaise et s'est rassise bien droite, l'air toujours aussi stressée. L'une m'a souri d'un air gêné, pendant que les autres examinaient le parquet avec application.

Nous sommes restées quelques minutes en cercle à nous analyser du coin de l'œil. J'ai hésité à leur demander leur nom, mais finalement j'ai préféré me taire. Dans le silence, on n'entendait que le tic-tac de l'horloge. L'aiguille des heures s'est positionnée sur le « 1 ». Dehors, un battement désordonné d'ailes de pigeons a fait suite au fracas assourdi de l'énorme porte cochère qui se refermait. Un bruit de talons a résonné dans la cour, puis dans la cage d'escaliers, toujours au même rythme saccadé. Les talons se sont arrêtés sur le palier. Nous avions toutes les yeux braqués sur la porte, des yeux d'enfants qui s'attendent à voir le grand méchant loup entrer dans la pièce.

J'avais à la fois envie de pouffer nerveusement et de m'enfuir en courant. Puis la porte s'est ouverte et un soupir admiratif s'est échappé de nos bouches entrouvertes.

À la seconde où je l'ai vue, j'ai su que j'avais bien fait de venir. La femme qui se tenait dans l'encadrement de la porte avait de longs cheveux blond caramel lâchés sur ses épaules en vagues de boucles brillantes. Moi aussi, je suis blonde, mais plutôt un blond botte de foin desséché après passage de la moissonneuse-batteuse. À côté de cette fille, même Barbie doit ressentir l'urgente nécessité de détaler chez le coiffeur. Elle portait un manteau bleu marine ouvert sur une robe gris clair qui lui arrivait au-dessus du genou, courte et moulante sans être vulgaire, des escarpins vernis et vertigineux d'un surprenant jaune poussin, assortis à son sac à main. Pas de cernes, pas de boutons, pas de taches, juste une peau photoshopée, lisse et claire comme sur la feuille de papier glacée d'un *ELLE*. Elle portait des bas ultra-fins à couture apparente, qui rappelaient les films des années cinquante.

Elle s'est retournée pour fermer la porte et automatiquement mes yeux ont remonté la couture sur ses mollets et j'ai eu l'intuition, peut-être à cause de sa démarche ondulante, qu'elles menaient tout droit à un porte-jarretelles. Je rêverais d'être cette fille.

— Bonjour, je suis Emma, a-t-elle annoncé en accrochant avec soin son manteau au portemanteau.

Emma. Elle a prononcé son nom d'une voix un peu rauque, de celles qui enveloppent dans un nuage de chaleur sucrée. *Emma*, comme dans Jane Austen, mais elle n'a pas l'air d'être du genre à vivre sa vie par procuration dans Jane Austen, contrairement à moi. Pour la première fois, je regarde son visage. Elle a des yeux bleus, soigneusement maquillés, des pommettes hautes. Un sourire à peine perceptible sur ses lèvres fines.

Elle s'est assise sur une chaise, a croisé ses jambes avec nonchalance et posé ses deux mains sur les genoux. Je le jure, à cet instant, j'ai failli devenir lesbienne.

— C'est toi que je n'ai pas eu au téléphone ?

C'est à moi qu'elle parlait. J'ai rougi, paniqué et fini par lui répondre :

— Je... je ne sais pas, je ne savais pas, j'ai trouvé un flyer, je...

Elle m'a souri et soudain, de nouveau, je me suis sentie bien.

— Ne t'inquiète pas, il n'y a pas de problème.

Elle s'est tournée vers la fille assise à sa droite – c'était Tête-de-chouette – qui s'est immédiatement éclairci la gorge.

— Bonjour, je m'appelle Anne-Marie, je suis célibataire et c'est de ma faute.

— Bonjour Anne-Marie, a répondu Emma.

— Bonjour, je m'appelle Adélaïde, je suis célibataire et c'est de ma faute.

— Bonjour Adélaïde, ont-elles toutes scandé en chœur.

Les deux suivantes, Pauline et Sophia, ont fait de même. J'avais encore la mâchoire au niveau des doigts de pieds, quand tous les regards ont convergé vers moi avec bienveillance. Je pouvais sentir les gouttes de sueur couler le long de ma colonne vertébrale.

— Bonjour, je m'appelle Constance, je suis célibataire et…

J'ai hésité. Franchement, je ne sais pas si c'est de ma faute. J'ai eu une relation sérieuse et normale pendant huit ans. Ce n'est tout de même pas de ma faute si mon unique ex, Anthony, est parti avec ma voisine de palier, une végétarienne obsédée par ses plantes vertes. Ma mère pense que c'est de ma faute, bien sûr, toute ma famille, pour être honnête, pense que c'est de ma faute, mes collègues aussi, voire certaines de mes copines. Ils ne comprennent pas. Je ne suis pas *trop difficile*, je ne sais pas sortir avec quelqu'un si je n'ai pas un coup de cœur. Je ne suis pas *trop indépendante*, j'ai appris à vivre seule. Je ne m'inscris pas sur Meetic parce que je ne crois pas à l'amour sur commande et encore moins sur Internet. Je ne cherche pas, parce que je crois au destin.

Ce n'est pas de ma faute.

Tête-de-chouette m'a donné un léger coup de coude et j'ai sursauté.

— … et c'est de ma faute, ai-je lâché.

— Bonjour Constance, ont dit les chœurs en harmonie.

Ou peut-être que c'est un peu de ma faute ?

Emma m'a adressé un sourire encourageant, puis elle a sorti une télécommande de sa poche et, sur le mur blanc du fond, une image est apparue la photo d'une fille châtain, très commune, un peu trop ronde, l'air maussade.

— Vous savez quel était le point commun entre Marilyn Monroe, Cléopâtre et Mata Hari ?

Nous avons secoué la tête sans répondre et elle a poursuivi avec une surprenante douceur :

— Elles étaient brunes, elles étaient moches et elles avaient tout compris.

Sans plus se préoccuper de la fille sur l'écran, elle s'est levée et, les mains derrière le dos, a commencé une sorte de cours magistral, on ne peut plus sérieux. C'était la première et dernière fois qu'on entendait nos vrais prénoms dans le cadre de cet atelier. Emma nous a expliqué qu'on devait se réinventer et pour se réinventer, il nous fallait un nouveau nom, le nom de la femme fatale qui dormait en chacune de nous et qui n'attendait que d'être réveillée. Blablablabla… La femme fatale qui dort en moi, elle est dans le coma depuis 1870 et il faudrait une guerre nucléaire et la résurrection de Mr Darcy pour la réveiller. Pauline a levé la main précipitamment et a demandé si elle pouvait être « Marilyn ». Adélaïde s'est empressée de choisir « Lolita », Anne-Marie, *alias* Tête-de-chouette, a piaillé « je veux être *Princesse Sarah* » (comme quoi, il y a pire que moi). Seules Sophia et moi sommes restées silencieuses.

Emma a hoché la tête à ces suggestions, le nez légèrement froncé, elle a contemplé Sophia avec attention.

— Tu t'appelleras « La Traviata » et à partir d'aujourd'hui tu es à moitié florentine, a-t-elle déclaré.

Puis elle m'a jaugée à mon tour, et de nouveau, tous les yeux se sont braqués sur moi. Elle a posé son index sur ses lèvres et fait une petite moue pensive puis elle a fini par dire :

— Toi, Constance, tu vas garder ton sourire pour les occasions importantes et tu deviendras « Icequeen ».

Mon sourire s'est volatilisé. *Icequeen,* vraiment ? Je suis tout sauf Icequeen, je suis panique-queen, échec-queen, je-dis-tout-ce-qui-me-passe-par-la-tête-sans-réfléchir-queen, mais pas *Icequeen.*

Emma ne m'a pas laissé le temps d'exprimer mon opinion sur la question. Elle s'est tournée vers Anne-Marie *alias* Princesse Sarah, *alias* Tête-de-chouette et lui a dit que si elle ne changeait pas de surnom, elle ne pourrait pas la prendre dans le cours, car elle n'avait pas de temps à perdre avec les cas désespérés. J'ai cru que Princesse Sarah allait se mettre à pleurer, mais elle s'est reprise et a demandé si elle pouvait s'appeler « Scarlett ». Emma a levé les yeux au ciel.

— Je vais avoir du travail avec toi, mais va pour Scarlett, puis elle a poursuivi : Moi, je suis Baby-Doll ou Baby-D (prononcer « Beillebi-di » bien évidemment). Vous assisterez à dix cours, celui d'aujourd'hui est gratuit, ensuite ce sera cent cinquante euros par séance et…

Je l'ai interrompue avec un gargouillement de stupéfaction et elle a croisé les bras sur sa poitrine.

— Un problème, Icequeen ?

Les autres me regardaient avec une désapprobation craintive, et j'ai compris qu'elles ne me soutiendraient pas, c'est pourquoi, tel Martin Luther King ouvrant la bouche pour prononcer « I Have a Dream », j'ai dit :

— Non, non… pas du tout, enfin, c'est-à-dire que… cent cinquante euros… wahou, je sais pas, quand même… C'est un peu cher, non ?

Elle a eu le sourire d'une institutrice qui négocie avec un enfant demeuré, avec moi dans le rôle de l'enfant demeuré.

— Tu trouves que cent cinquante euros par séance pour devenir moi, c'est trop ?

J'ai rigolé stupidement.

— Non, bien sûr…, mais franchement je vois pas comment je vais devenir toi, enfin vous, et franchement, pour le moment…

Elle s'est approchée de ma chaise pour se planter devant moi. Elle sentait bon.

— De quand date ta dernière relation amoureuse, Icequeen ?

Tous les yeux se sont braqués sur moi, je n'aime vraiment pas ce surnom et, surtout, je n'aime vraiment pas cette question.

— Hmmm… Ça dépend ce que vous entendez par relation amoureuse… Je sais pas… Je veux dire… Il y a ce type au boulot qui m'a invitée à boire un verre, mais j'ai dit non, parce que je pense tout le temps à Trist…

— Très bien. Je vais être plus claire. De quand date ta dernière relation sexuelle, Icequeen ?

Silence de mort. J'ai réfléchi à toute vitesse à une réponse plausible. Hors de question de dire la vérité, vingt-neuf mois sans sexe, ça n'arrive à personne. Personne, sauf peut-être les gens vraiment bizarres comme moi, les fous, les prêtres ou les enfants. Vingt-neuf mois, c'est presque trois ans, c'est un pourcentage non négligeable de ma vie d'adulte. Les échanges de salive (avec un collègue ivre mort à la soirée de Noël de Grable & Smith), ça compte ? Les palpations mammaires (par ma gynéco il y a un an), ça compte ? Vingt-neuf mois ! Tous les yeux fixés sur moi. Je n'ai pas répondu.

Elle a attendu que je sois définitivement devenue écarlate, puis elle est allée se rasseoir.

— Cent cinquante euros par séance, Icequeen, dix séances, tu arrêtes quand tu veux. À prendre ou à laisser.

J'ai baissé les yeux, honteuse. Elle avait raison. Je suis célibataire et c'est de ma faute. Vingt-neuf mois... Je suis prête à payer le triple pour qu'un homme s'intéresse à moi.

À mon grand soulagement, elle est revenue à la fille sur la photo. Suspense insoutenable, musique dramatique... On s'en doutait, mais elle nous l'a confirmé : la fille en question, c'était elle. Mais ça, c'était avant, avant qu'elle ne soit mutée à Manhattan, pour vivre dans l'abstinence la plus totale, pendant trois ans et demi dans la ville du serial dating. Trois ans et demi d'abstinence totale après une rupture difficile. J'ai eu l'impression de lire entre les lignes de son discours : « Tu vois, il y a bien pire que toi ». Elle n'était ni plus moche, ni plus bête qu'une autre, et pourtant...

Sa vie avait changé le jour où, dans un bar de Soho, elle avait rencontré Cléopatra, Cléopatra qui avait fait naître sa nouvelle personnalité : Baby-Doll. Parce qu'aujourd'hui, Emma, dite Baby-Doll, est une star reconnue sur les forums de séductrices. Oui, apparemment, il existe des forums de séductrices... Si j'avais su qu'il suffisait de googler « devenir une femme fatale » pour trouver la solution à tous mes problèmes, j'aurais agi plus tôt. Quant à Baby-

Doll, elle se targue désormais de pouvoir séduire en moins de sept minutes n'importe quel homme maqué, marié, amoureux d'une autre, homo, voire tout ça à la fois…

Pour clore cette première séance, Emma nous a raconté sa propre expérience et a fait état de son palmarès : 117 amants en trois ans. Puis elle a conclu que la prochaine session aurait lieu au même endroit samedi prochain. Vienne qui veut, mais si on revient, il faudra signer un accord de confidentialité et apporter le premier chèque de cent cinquante euros.

Mon but n'est pas d'arriver à séduire n'importe qui. Je veux juste séduire Tristan Grant. Et si je réfléchis bien, mis à part l'intégralité de mes économies sur les dix prochaines années et ma fierté, qu'est-ce que j'ai à perdre ?

Chloé

Constance a réussi à me traîner à son cours de yoga. Quarante-huit heures que je ne travaille plus et je n'ai jamais été aussi stressée. Je m'ennuie comme un rat mort, je tourne en rond depuis deux jours dans mon deux pièces comme une mouche sous un verre retourné. La prof est totalement allumée et bien entendu Constance l'adore. Le genre illuminée qui mange du quinoa et des graines germées toute la journée en mode Dalaï-lama. Elle prétend s'appeler Abhilasha Srinivasan (mais on peut l'appeler Abhi). Sur la licence affichée à l'entrée du centre, c'est pourtant écrit *Marie Favin*, ceci dit, je sens qu'il serait malvenu que je le fasse remarquer. Tout le monde est en blanc, et bien sûr j'ai choisi de porter mon legging bleu électrique et un débardeur jaune fluo. Je pensais aller à un cours de sport, pas à un enterrement à Tokyo. Pleine de bonne volonté, je m'approche innocemment d'Abhilasha Srinivasan.

— Je suis désolée, il fallait venir en blanc ? Constance ne m'a pas dit…

Elle joint les mains, les yeux brillants comme les guirlandes de Noël des Galeries Lafayette.

— Vous êtes ici dans un espace de liberté, laissez ces pensées conformistes s'évader de votre âme embrigadée, venez dans la couleur qui reflète le mieux votre souffle vital.

— Très bien, car je n'ai quasiment pas de vêtements blancs, je vous avoue que ça m'arrange de…

— Je dois toutefois admettre que l'harmonie des corps dans une couleur pure et unique tel que le blanc favorise l'équilibre intérieur lors d'un moment de communication collective avec nos êtres profonds comme celui-ci, m'interrompt-elle sèchement.

Il fallait bien venir en blanc. Merci Constance. Je soupire et vais me rasseoir sans rien dire, je sens que le moment de communication collective avec nos êtres profonds va être long.

Constance arrive à ce moment-là, coiffée comme si elle venait de mettre les deux doigts dans une prise de courant, mais en blanc. Elle étale son tapis à côté du mien et entreprend de me raconter son cours de séduction.

Mille cinq cents euros. Mille cinq cents euros pour apprendre à ramener un mec de boîte de nuit, alors que la moitié des mecs en boîte de nuit paieraient mille cinq cents euros pour être ramenés de boîte de nuit. Ça me dépasse. Constance est mignonne, elle pourrait perdre cinq kilos, se maquiller un peu et faire connaissance avec cet outil salutaire qu'on appelle une brosse à cheveux, et elle serait sans doute plutôt jolie. Il n'y a pas un mec célibataire hétéro qui traîne en boîte un samedi soir qui lui dirait non si elle tentait sa chance. Mais avec sa théorie du cercle vicieux du *No Sex Land*, elle n'essaye même pas.

Je tente d'imiter la position invraisemblable que préconise Abhilasha Srinivasan qui consiste à attraper son pied à l'arrière de sa tête et qui s'appelle *le pigeon royal sur une jambe.* Comme j'ai promis à Constance que je ne ferai pas de remarques sarcastiques, je me mords les lèvres pour ne pas pouffer. *Le pigeon royal sur une jambe*, sérieusement ? Contorsionnée dans une position ridicule qui n'a rien à voir avec la pause gracieuse d'Abhi, je marmonne entre mes dents :

— Si c'est vraiment important pour toi, pour cent euros, je te ramène le mec chez toi, j'éteins la lumière et je te laisse la place, il n'y verra que du feu. Mais ton cours de séduction, crois-moi, c'est une arnaque.

—Non, mais tu l'aurais vue, Emma, la prof, avant et après, la transformation, je t'assure, ce n'est pas si cher…

Abhilasha nous adresse un sourire serein, pour la deuxième fois, mais qui signifie très clairement qu'elle voudrait qu'on la ferme et qu'on s'assoie sur nos *shogis*, sorte de petits bancs en bois, pour former le cercle de la paix, ce que nous nous empressons d'exécuter. Elle joint les mains et tout le monde fait de même. Je me tortille sur le minuscule tabouret en bois. Pour votre premier cours de yoga, je vous déconseille le string en dentelle, même blanc, qui ne favorise en aucun cas l'équilibre intérieur lors d'un moment de communication collective avec nos êtres profonds comme celui-ci.

— Je voudrais tout d'abord remercier ceux qui m'ont appris ces mouvements il y a bien longtemps, Thérèse Rocher et Marc-Antoine Fréla. Paix à leur âme.

Silence. J'ouvre un œil, puis deux, observe autour de moi le cercle de la paix. Tout le monde a l'air grave, même Constance. Abhilasha soulève une paupière et me jette un regard un peu moins cool que le précédent. Je referme les yeux vite fait bien fait.

— Nous allons commencer la séance par cinq minutes de retour à soi. Concentrez-vous sur votre posture.

Difficile de se concentrer sur autre chose que ma posture, le tabouret est encore plus inconfortable que la position du *pigeon royal sur une jambe.*

— Faites le vide dans votre esprit…

Le vide ? Je n'ai plus de travail, plus de Guillaume, plus de revenus et par conséquent bientôt plus d'appartement, ce n'est pas dans mon esprit que j'ai fait le vide, c'est dans ma vie. Constance ouvre un œil, vérifie qu'Abhilasha a les siens fermés et se penche vers moi.

— J'ai trouvé une super idée pour ton livre, maintenant que tu vas avoir du temps pour écrire…

— Si des pensées se présentent à votre esprit, laissez-les passer et poursuivre leur chemin, votre esprit doit être vide, vous devez entendre le vent dans votre crâne.

Inutile de préciser que je n'entends pas le vent dans mon crâne, en revanche j'entends très distinctement les chuchotements de Constance.

— Quelle idée ?

— Je t'ai parlé de mon Tonton Gonz à Marinzac ?

— Ton tonton Gonz ?

— Oui… Gonzague Delahaye, on l'appelle Tonton Gonz.

— Vous pouvez sentir la paix se diffuser dans votre cœur…

— Il est d'accord pour t'héberger pendant six mois au domaine.

Je me retiens d'éclater de rire.

— Quoi ? Mais qu'est-ce que tu veux que j'aille faire dans le domaine de Tonton Gonz ?

— Non, non, c'est parfait, chuchote Constance : tu seras à la campagne, pas d'hommes pour te détourner de l'abstinence, pas de loyer à payer et le calme et la nature pour écrire…

C'est plus fort que moi, je rigole et je me prends un « chut » agacé d'Abhilasha.

— Posez vos shogis derrière vous et asseyez-vous, le dos droit et le menton baissé.

— Hors de question que je parte à la campagne. Je ne suis pas une paysanne.

— Faites la fontaine jaillissante pendant trois cycles respiratoires.

Constance renverse son shogi en se redressant pour faire la fontaine jaillissante, tout le cercle de la paix sursaute en harmonie.

— C'est parfait ! Tu serais à deux pas de ta grand-mère et tu pourrais rendre ton appartement à Paris.

— Jaillissez, jaillissez, jaillissez !

Abhi nous jette des regards furieux.

— Je ne supporte pas la campagne, dis-je entre mes dents.

— Concentrez-vous sur vos mouvements, le silence est le premier pas vers le recueillement harmonique.

Cette phrase nous est clairement destinée, mais Constance n'a pas l'air de vouloir avancer d'un pas vers le recueillement harmonique.

— Tu préfères rester à Paris et regarder Guillaume organiser son mariage ?

L'argument est recevable, mais moi à la campagne ? Ridicule.

— Non, mais tu rigoles, Constance ? Marinzac, il y a quoi ? Cinquante habitants ?

— Presque cinq cents, répond Constance.

— SILENCE ! hurle soudain Abhilasha, plus du tout en harmonie avec quoi que ce soit.

Je m'empresse de faire la fontaine jaillissante, Constance rougit et fait de même avec un zèle impressionnant. Et nous nous taisons définitivement, sous peine de prendre deux mille ans de mauvais karma en pleine poire. Le reste du cours se déroule sans encombre. Après avoir exécuté le triangle, l'arbre de vie, le bateau, la guerrière, la posture du Janu Sirsasana et celle du sage Marichy, nous avons le droit de nous allonger sur nos tapis pour cinq nouvelles minutes de retour à nous. Je ferme les yeux et respire un grand coup pour faire germer la graine de paix que j'ai plantée dans mon cœur sur les conseils d'Abhi. Et puis après tout, pourquoi pas ? Mamie Rose est malade et toute seule. Si je veux vraiment essayer d'écrire, rien ne sert de rester à Paris où je dilapiderai mes économies en quelques mois. Guillaume va se marier, même si je ne suis pas là, je sais que Greg et Cha iront au mariage, je ne pourrais pas m'empêcher de demander des infos. À Marinzac, je serai tranquille, déconnectée de tout. Pas de bruit, pas de mecs, pas de problèmes... Constance me donne un léger coup de pied et je réalise que je suis la seule encore allongée, tout le monde est désormais à genoux, les mains jointes.

— Namasté, dit Abhilasha les mains jointes en se penchant vers l'avant.

Je n'ai pas l'impression que le cours l'ait particulièrement détendue. Elle a l'air épuisée. Je me tourne vers Constance.

— C'est comment, chez Tonton Gonz ?

Journal de Icequeen

24 février 2013 – 12 h 45

J'ai assisté à mon deuxième cours de séduction intitulé « techniques de base ». Je pensais que je serais la seule godiche désespérée, capable de vider mon compte en banque pour rencontrer un homme, mais elles étaient toutes revenues : Marilyn, Lolita, La Traviata et même Scarlett, *alias* Tête-de-chouette, qui restera toujours *Princesse Sarah* dans mon cœur, parce que parfois, ça fait du bien de rencontrer des gens et de réaliser qu'ils sont encore plus mal-barrés que soi.

Baby-Doll n'a pas eu l'air étonnée. Elle s'est contentée de nous remercier et d'empocher nos chèques. Mille cinq cents euros, quand même. Pour ce prix-là, Tristan Grant a intérêt à m'emmener sur un cheval blanc et à me faire quatre enfants la première année, puis le petit déjeuner au lit pendant les cinq cents suivantes. Elle nous a fait signer un contrat et un accord de confidentialité. J'ai trouvé ça un peu exagéré, mais marrant. À partir d'aujourd'hui, nous ne sommes plus autorisées à utiliser nos vrais noms, uniquement nos surnoms. Si nous nous croisons en dehors du cadre de l'atelier, nous devons prétendre ne pas nous connaître. Une fois les dix séances terminées, nous ne devrons plus jamais recontacter qui que ce soit de l'atelier ou évoquer l'atelier.

Je ne peux pas m'empêcher de me demander dans quelle galère je me suis encore fourrée et si Baby-Doll n'est pas juste une arnaqueuse de première, mais j'ai quand même signé.

Nous avons appris les six étapes de la séduction. J'ai pris des notes dans un joli carnet avec une couverture de cuir rouge, que j'ai acheté pour l'occasion et je les recopie ci-dessous :

1) Lancer une accroche :

Accroches possibles à adapter en fonction de la situation :

« Salut, ça va ? Tu bois quoi ? »

« Tu n'as pas un cocktail à me conseiller ? »

« Tu ne veux pas faire signe au barman, je suis trop petite, il ne me voit pas. »

« Tu n'aurais pas une cigarette ? »

Bien entendu, ces exemples sont valables dans le contexte d'un bar ou d'une soirée, si on rencontre l'âme sœur à une séance de taekwondo ou à un enterrement, il faut adapter son accroche.

Accroches à éviter :

« Tu sais où sont les toilettes ? »

« Tu me présentes ton ami, il est super mignon ? » (Tentative de créer la jalousie inefficace car vexante, suggérée par Princesse Sarah.)

« Ton pull, tu l'as trouvé dans une poubelle ? » (Éviter de se moquer de quelqu'un qui nous intéresse, pour masquer son malaise ou sous prétexte de faire des blagues hilarantes, y compris si c'est vraiment hilarant et qu'on est vraiment très mal à l'aise.)

2) Faire preuve d'intérêt : les hommes aiment qu'on les complimente, ils veulent se sentir forts et importants. Leur faire comprendre qu'on est intéressée en disant : « Au fait, je m'appelle Constance, et toi ? » ou : « Tu penses quoi de la couleur de mon tee-shirt ? », ce qui leur donne l'impression qu'on a quelque chose à faire de leur opinion.

3) Initier un contact : poser la main sur son avant-bras en riant ; prendre son poignet sous prétexte de regarder l'heure, si assis, presser sa cuisse contre la sienne. Le premier contact ne doit jamais dépasser trois secondes, sous peine de passer pour une allumeuse.

4) Créer le manque : sourire, trouver un faux prétexte et s'éloigner.

Exemples de faux prétextes impactants : « J'ai un coup de fil à passer à mon agent pour un job de mannequin à NYC / à mon médecin, relatif à mon addiction au sexe. »

5) Attendre qu'il rapplique en discutant agréablement avec différentes personnes, en alternant

personnes de sexe masculin et féminin et en riant beaucoup, comme une fille sympathique, équilibrée et indépendante. S'il est un minimum intéressé, il reviendra.

Pendant cette étape clé, il est nécessaire d'éviter absolument les erreurs de débutantes du type :

LE FIXER INTENSÉMENT avec la tête d'un serial-killer devant une collégienne,

LUI COURIR APRÈS comme une pauvre fille pathétique,

RICANER AVEC SES COPINES en le montrant du doigt,

DRAGUER toutes les personnes présentes dans le bar, dans le but de le rendre jaloux,

DÉCIDER SOUDAINEMENT DE FAIRE UNE DÉMONSTRATION DE POLE-DANCE sur le bar, dans un excès subit de confiance en soi, ou d'ivrognerie, sauf éventuellement si vous êtes Christina Aguilera.

6) Quand il revient, sourire, garder l'air normal et équilibré. Attendre qu'il demande notre numéro / nous embrasse / nous demande en mariage. Éviter de préférence de transpirer, rougir, bégayer, partir en courant aux toilettes, s'étaler par terre, s'évanouir, faire une crise cardiaque, se mettre à le regarder comme si on avait devant soi George Clooney tartiné de Nutella des pieds à la tête.

Bilan : je fais régulièrement l'intégralité des éléments à ne pas faire et n'oserais jamais mettre en œuvre les éléments à faire. Parfait.

J'ai été rangée par Baby-Doll dans la catégorie « vrais challenges qui marquent une carrière », ce qui reste tout de même moins dramatique que Princesse Sarah, baptisée « son Everest ».

Conclusion : je ne suis pas sortie de l'auberge, l'évacuation du *No Sex Land* risque d'être plus complexe que prévue, mais je suis optimiste. Je vais y arriver, parce que je crois que je vais y arriver (*Réussir sa vie*, p. 54).

Rien à voir, mais Chloé a déménagé à Marinzac hier. Je n'ai eu aucune nouvelle, bizarre.

Chloé

J'arrive à la gare de Langon par le dernier train, celui qui était supposé arriver à 21 h 20, mais qui suite à un problème de signalisation (et mon putain de karma) est finalement arrivé à 23 h 18. Il fait nuit noire et il pleut des cordes. Je maudis Constance et ses plans foireux. Je maudis Charlotte qui a trouvé que c'était une merveilleuse idée de partir en retraite à la campagne. Je maudis Abhilasha qui a déclaré que j'avais impérativement besoin d'un retour à la nature pour restaurer mon aura éclopée. Trempée, sans parapluie, mes deux valises qui pèsent une tonne chacune posées devant moi dans une flaque d'eau, j'attends. Je n'ai plus de batterie. Le fameux Tonton Gonz que je n'ai réussi à avoir qu'une fois au téléphone avant mon arrivée avait promis de venir me chercher, mais j'ai deux heures de retard et les quelques rares passagers qui sont descendus en même temps que moi sont maintenant rentrés chez eux. Rien ne m'oblige à rester. Si je veux, je repars dès demain. Enfin, financièrement, je n'ai plus vraiment les moyens d'habiter Paris. Je pense très fort à l'explosion de joie de Mamie Rose quand je lui ai dit que je pourrais passer la voir tous les jours pendant six mois. C'est la seule chose qui me retient de louer une voiture et de remonter directement à Paris.

La gare n'est pas plus grande qu'une maison. L'air sent la pluie et la terre mouillée. Le lampadaire à côté de moi clignote et j'ai l'impression d'être dans un mauvais film d'horreur. Mes talons vernis s'enfoncent dans les flaques boueuses, un gravillon pointu a trouvé le chemin qui mène à mon escarpin droit. En équilibre sur un pied, je retire ma chaussure. Deux petits cailloux tombent avec un « ploc » dans la flaque devant moi, mais c'est trop tard, mon collant est filé au talon. J'entends un rugissement de moteur à travers le tambourinement incessant de la pluie. Je tourne la tête, une lumière jaune tremblote derrière le rideau d'eau : un vieux Kangoo borgne aux essuie-glaces frénétiques s'approche à toute berzingue. Ma chaussure à la main, je veux faire un pas en arrière, mais je réagis trop tard, la camionnette pile dans la flaque juste devant moi et une gerbe d'eau boueuse m'éclabousse des pieds à la tête. Je perds l'équilibre et mon pied nu atterrit en plein dans l'eau. La fenêtre côté passager se baisse et à ma grande horreur, l'homme assis à la place du conducteur se penche en avant :

— Je vous emmène ?

Je le foudroie du regard avec l'envie de lui enfoncer mon talon dans la narine droite.

— Ne vous excusez pas surtout ! Et non, vous ne m'emmenez nulle part, j'attends quelqu'un.

La semi-obscurité de l'habitacle et sa barbe m'empêchent de distinguer le bas de son visage, mais j'aperçois une étincelle amusée dans ses yeux sombres.

— Vous êtes sûre ? Parce qu'il est presque minuit et vous êtes trempée...

Exactement ce dont j'ai besoin. Me faire draguer par un local en utilitaire Renault qui vient de me bousiller une paire de pompes à deux cents balles.

— Je sais lire l'heure et pour la deuxième fois, j'attends quelqu'un.

— Il n'y a visiblement personne qui vous attend et qu'est-ce que vous faites pieds nus dans une flaque ?

La patience ne fait malheureusement pas partie de mes qualités. Je prends le temps de remettre mon escarpin avant de lui répondre avec un grand sourire.

— Sois gentil, laisse tomber, ok ? Regarde-toi, regarde-moi, t'as aucune chance.

Pendant une demi-seconde, il me semble voir l'éclat blanc de son sourire dans le noir. Il va sans doute me traiter de pétasse et repartir en dérapant dans la flaque, histoire de me baptiser une nouvelle fois, mais il se contente de hausser les épaules.

— Comme tu veux, Cendrillon, mais ce n'est pas les Champs-Élysées ici, tu vas avoir du mal à retrouver ton carrosse.

Il remonte la vitre à la main et repart lentement, en évitant la flaque. Il aurait pu dire au revoir, tout de même. Je me retrouve de nouveau seule, comme une imbécile, sous la pluie battante et je regrette presque de l'avoir envoyé balader. Après avoir mis vingt minutes à trouver une cabine téléphonique et à comprendre son fonctionnement, j'appelle trois taxis d'affilé avant de tomber sur quelqu'un qui accepte de m'emmener à Château-Lyran. Je poireaute quinze minutes à l'abri de la cabine, le temps que le chauffeur se rhabille et fasse le trajet jusqu'à la gare.

Constance m'a décrit Château-Lyran comme un genre de paradis sur Terre, mais elle n'a jamais dû arriver de nuit, par temps pourri. Le taxi me laisse devant une grille rouillée, derrière laquelle j'aperçois à peine une longue bâtisse noire, avec une unique fenêtre éclairée. Vu l'absurdité de la situation, je me dis que je devrais prendre des notes pour mon livre, sur la pluie qui me glace le sang, la boue, l'ombre menaçante de la chartreuse… Un peu cliché, mais je vois déjà la quatrième de couverture : *Après une enfance malheureuse et un grave échec sentimental et professionnel, une jeune femme au bout du rouleau se retrouve par hasard locataire d'une mystérieuse maison, perdue au milieu des vignes…* Ambiance sœurs Brontë. Qui sait, peut-être qu'un ténébreux M. Rochester observe mon arrivée derrière les vitres sombres. Évidemment, personne ne répond à la porte d'entrée, je traîne mes valises à roulettes dans la bouillasse jusqu'à l'unique fenêtre éclairée et je tape au carreau. Une petite porte s'ouvre sur le côté. En guise de ténébreux Edward Rochester, le visage fripé d'une vieille dame au sourire inquiet apparaît dans l'ouverture.

— C'est vous l'écrivain ?

Je me sens autant écrivain que botaniste, mais il y a une heure pour débattre et une heure pour aller se coucher.

— Chloé Lacombe, bonsoir, désolée de…

— Rentrez vite, vous êtes trempée.

Elle me tire à l'intérieur et m'aide à rentrer mes valises. J'essuie mes pieds avec soin sur le paillasson de l'immense cuisine. Je considère en silence la longue table en bois recouverte d'une toile cirée à carreaux rouges et blancs, la cheminée monumentale en pierre grise où rougeoient encore quelques braises et les casseroles de cuivre à l'ancienne suspendues au-dessus de l'âtre. C'est officiel, j'ai été téléportée dans *Jane Eyre.*

— Je suis Jacqueline, M. Delahaye est allé se coucher, mais je vais vous installer.

— Je suis désolée d'arriver si tard, j'ai mis longtemps à trouver un taxi…

Elle s'excuse mille fois, me dit que la voiture est en panne, que le voisin devait venir me chercher, mais avec l'orage, la ligne a dû être coupée et il n'a peut-être pas eu son message. Je hausse les épaules.

— Le train avait deux heures de retard, il n'a pas dû attendre.

— Bizarre, marmonne-t-elle.

Puis elle me dit qu'elle va me montrer ma chambre, je dois être épuisée, pauvre petite, je suis trempée jusqu'aux os, est-ce que je veux quelque chose à manger ? À boire ?

Elle a la corpulence d'une petite fille trop maigre, le dos un peu courbé sur le côté. Elle porte une robe beige à pois bleu ciel et un gilet noir aux boutons dorés complètement démodés, mais étrangement habillés pour accueillir une inconnue couverte de boue au milieu de la nuit. Ses cheveux blancs sont serrés dans un maigre chignon et ses yeux bruns brillent d'intelligence et de gentillesse. Je la remercie, je n'ai ni faim ni soif. Je m'attends presque à ce qu'elle se saisisse d'un chandelier pour traverser la maison obscure, mais, contre toute attente, l'électricité fonctionne dans l'enfilade de pièces que nous parcourons. Elle éteint soigneusement derrière nous et referme une par une toutes les portes.

— Pensez bien à refermer les portes, c'est mal isolé et l'hiver est froid cette année.

Nous passons dans une bibliothèque au haut plafond, paradis de l'enfance de Constance qui me l'a décrite en long, en large et en travers, en omettant toutefois les courants d'air glacés et la pluie qui goutte dans la cheminée, le salon de bridge, le bureau, le petit salon avec ses tentures aux fleurs fanées, le grand salon aux fauteuils défoncés, la salle à manger dont la table ovale recouverte de poussière sent la cire rance, puis nous arrivons enfin dans le hall d'entrée.

Je refuse qu'elle m'aide à monter mes bagages dans le majestueux escalier de pierre qui monte à l'unique étage. Dans le large couloir, pavé de tomettes ocre qui dessert les chambres aux portes closes, les tapis élimés assourdissent le roulement de mes valises. La pluie bat les carreaux et fait craquer les murs. Un paradis sur Terre ? Constance s'est bien foutue de moi. Quand je pense que je pourrais être dans mon deux pièces de la place de Clichy, en train de dormir comme un bébé sous ma couette Ikea. Jacqueline ouvre une porte et appuie sur un interrupteur.

— Voici votre chambre.

Je m'attends au pire. J'entre dans une petite chambre et mes talons s'enfoncent dans un épais tapis persan aux arabesques roses et crème. À côté de la fenêtre, une bergère aux grosses rayures beige et bordeaux, assortis à la courtepointe du lit en fer forgé, semble me tendre les bras. J'observe avec circonspection les pâtres en porcelaine sur les meubles en bois vernis, les paysannes souriantes qui attendent leurs bergers sur la toile de Jouy. Je pousse un soupir et Jacqueline lève vers moi son regard étonné :

— Ça ne vous plaît pas ? C'est la chambre de Constance.

Sans blague.

D'habitude, j'aime les couleurs froides, le blanc, le noir, les lignes droites et épurées, le vide. Pourtant, c'est peut-être le feu qui crépite dans la cheminée, ou la fatigue, qui altèrent mes capacités de raisonnement, mais je me sens bien dans cet encombrement de rose et de crème, à classer niveau sept sur l'échelle de cucul-la-praline.

— Si, c'est très joli.

— La salle de bains est juste en face, les serviettes sont dans l'armoire à côté de la baignoire, je vous préviens, l'eau chaude ne marche pas tous les jours.

Elle attend quelques secondes avant de conclure :

— Si vous n'avez besoin de rien, je vais vous laisser dormir, vous devez être épuisée.

Elle se tient souriante dans l'encadrement de la porte et je cherche quelque chose à lui dire. Je n'ai aucune envie qu'elle me laisse toute seule dans ce château, très probablement hanté, mais je ne trouve rien. Je lui rends son sourire.

— Non, rien, merci pour tout.

Elle me souhaite bonne nuit et referme sans bruit la porte derrière elle. Je me retrouve seule avec mes deux valises dans la lumière rose pâle. Le claquement de la pluie sur les carreaux persiste. J'ouvre ma valise à même le sol et n'en sors que ma brosse à dents. J'enlève mes chaussures, constate qu'elles sont bonnes à jeter à la poubelle, et traverse le couloir. Il me faut trois bonnes minutes pour comprendre que la lumière s'allume en tirant sur une ficelle raccordée à une ampoule pendue au plafond. Le contact du carrelage glacé sous mes pieds nus m'ôte l'envie et le courage de me doucher. Je me lave les dents et me rince le visage en vitesse. Je suis tombée sur un jour sans eau chaude. De retour dans ma chambre, je me déshabille devant les flammes tremblotantes et me glisse en culotte sous l'épaisse couette. Lumière éteinte, je m'enfonce dans l'épaisseur douillette du matelas et pose ma joue sur un énorme oreiller en plumes. Il faudra que j'aille m'acheter un pyjama en pilou au Leclerc de Langon. Je ne tiendrai pas une semaine ici.

Je me réveille frissonnante, longtemps après. Le feu dans la cheminée est éteint et l'édredon est tombé par terre. Je me lève et sors de ma valise un bas de jogging et un sweat-shirt que j'enfile. J'ouvre les rideaux puis la fenêtre, et m'assois sur le rebord.

J'allume une cigarette, la pluie a cessé pendant la nuit. Une lumière pâle balaye un vignoble vallonné qui s'étend à perte de vue. Les pieds de vignes, noirs et alignés en rangs serrés sur la terre recouverte de gel, se détachent sur le ciel blanc comme une armée de mains crochues. Je remonte la capuche de mon sweat et souffle la fumée dans l'air glacé. Légèrement en hauteur, au beau milieu des vignes, se dresse un imposant château de pierre grise. La moitié du bâtiment, visiblement rénovée, est recouverte de tuiles orange flambant neuves et détonne avec la seconde partie, dont la toiture noire semble parsemée de trous. Le bâtiment est flanqué de deux tours aux volets clos et d'un pigeonnier en ruines. Exactement le genre d'endroit qui pourrait me donner l'inspiration pour un roman fantastique… Si j'avais l'intention de rester ici, ce qui n'est pas le cas. Sur la table de nuit, le réveil au tic-tac antique indique dix heures et quelques. Je me demande s'il est à l'heure. Je réalise que je n'ai pas regardé mon portable depuis la veille. Je le branche et attends qu'il soit suffisamment chargé pour se rallumer. Pas de message de Guillaume. En revanche un mail de Charlotte qui me demande si je suis bien arrivée et un texto de Constance qui réclame des nouvelles de mon déménagement.

Le froid du carrelage transperce la laine de mes chaussettes de ski, je traverse les couloirs, descends l'escalier de pierre en effleurant de ma main la rampe glacée en fer forgé. Les murs sont recouverts de photos de famille, de mariage de toutes les époques. Je cherche Constance parmi les visages blonds, elle est toujours derrière, à huit ans, à dix ans, à quinze ans, à vingt ans, les mains derrière le dos, la tête bien droite comme une danseuse de l'Opéra Garnier. Elle affiche son beau sourire d'enfant rêveur, les yeux fermés sur la quasi-totalité des photos. Je retrouve le chemin de la cuisine à l'odeur de café. Jacqueline est en grande conversation avec un homme chauve et bedonnant. Il se retourne vers moi, je suis un peu gênée par mon jogging et mon sweat trop grand, mais il me tend une main ferme avec un large sourire :

— Gonzague Delahaye, soyez la bienvenue dans mon humble demeure, Mademoiselle.

Je lui souris, il y a quelque chose de rassurant chez lui.

— Chloé Lacombe, merci de m'accueillir.

Jacqueline me fait asseoir et me sert un bol de café, elle pose devant moi des tartines qui semblent avoir été découpées pour le petit déjeuner de Hulk, une motte de beurre et un pot de confiture maison. Je décide d'attendre la fin du petit déjeuner pour leur annoncer que, finalement, je ne suis pas sûre de rester. Jacqueline entreprend de nettoyer une espèce de vase en argent avec un produit qui sent le rance et Tonton Gonz s'installe en face de moi et se sert un bol de café au lait. À peine est-il assis qu'un chat au poil blond saute sur ses genoux. D'une main distraite, il lui gratte le cou. Il a deux grosses chevalières au petit doigt et au majeur, pas d'alliance.

— Je vous présente Champagne, Mademoiselle Lacombe, une grande amie de Constance.

Je souris poliment. Je n'aime pas les chats. Je n'aime que les chiens. Un chien c'est affectueux, sincère, un chat c'est obséquieux, hypocrite. Il poursuit :

— Nous sommes absolument ravis de vous accueillir ici. Constance vous a-t-elle dit que je connaissais votre Grand-Mère ? J'ai fait le rapprochement, Rose Lacombe, petit monde, vraiment. Une femme délicieuse, c'était la plus jolie fille de Marinzac à l'époque. D'ailleurs, vous le savez sans doute, mais vous lui ressemblez énormément.

— Merci, dis-je avec un sourire poli.

— Oui, les mêmes yeux azur, une femme charmante, quel dommage que nous nous soyons perdus de vue.

Les premières gorgées de café m'ont réchauffée et je tergiverse, encore un peu endormie, entre la motte de beurre jaune et la confiture de mûres.

— Prenez les deux, me dit Tonton Gonz avec un sourire, vous avez de la marge, vous êtes fine comme un roseau. D'où connaissez-vous Constance ? Nous sommes tellement contents Jacqueline, Champagne et moi d'avoir de la compagnie, et un écrivain, en plus.

J'étale un demi-centimètre de beurre sur ma tranche de pain et, suivant les bons conseils de mon hôte, j'ajoute une bonne dose de confiture par-dessus. La bouche pleine, je lui explique le groupe de lecture, Constance, que je ne suis pas écrivain, mais que je rêve d'écrire un livre. Il hoche la tête.

— Vous êtes une artiste, cela ne m'étonne pas, j'ai senti une certaine mélancolie en vous, dès que vous êtes entrée, vous êtes… poétique.

J'ai envie de rire, mais je ne dis rien. Tonton Gonz me regarde manger, tout en caressant Champagne.

Ça ne me dérange pas. J'engloutis deux tartines et me coupe une troisième, je n'avais pas eu aussi faim depuis une éternité.

— Vous savez sur quoi vous allez écrire ?

— Pas vraiment, je me dis que la région pourrait être inspirante, je voudrais visiter un peu d'abord.

— Très bonne idée, très bonne idée, c'est passionnant. J'aurais voulu être un artiste moi-même, comme dans la chanson. J'ai fait un peu de peinture, un peu de violon, j'ai même passé un an aux Beaux-Arts, mais je n'avais absolument aucun talent ! Un certain œil pour la mode, certes, mais c'est tout. Vincent pourra vous emmener visiter la région, il la connaît comme sa poche, c'est un passionné des vignes.

Je lève le nez de mon bol.

— Vincent ?

— En parlant de Vincent, il ne l'a même pas attendue hier, interrompt Jacqueline sans le laisser répondre, elle a dû patienter sous la pluie, puis venir en taxi.

Tonton Gonz dépose un léger baiser sur la tête de Champagne qui ronronne de plaisir.

— Hier, on était le 23 février non ? demande-t-il soudain.

Jacqueline s'arrête de frotter et son air sévère s'adoucit.

— Oh, oui, c'est vrai, j'avais complètement oublié quand je lui ai demandé d'aller chercher la petite.

Je les dévisage l'un puis l'autre avec des yeux ronds, le temps que ma tartine imbibée de café au lait s'égoutte dans le bol en porcelaine. C'est officiel, je ne suis pas faite pour la campagne.

— Qui est Vincent ?

— Vincent Laborde, notre voisin, votre chambre donne sur son domaine.

— Le château gris à moitié en ruine ?

— Oui, le domaine s'appelle Laneyronie, c'est un des plus beaux vignobles de la région, excellent vin. Malheureusement la famille a connu des déboires il y a quelques années, la grêle a détruit la quasi-totalité de son vignoble, depuis, il fait de grosses pertes. Quant à hier, Vénus était en panne.

— Vénus ?

— Oui, Vénus, la DS, ma voiture. Elle est en panne un jour sur deux. Bref, on a demandé à Vincent Laborde d'aller vous chercher. Il a dû oublier, c'est un garçon fort sympathique, mais parfois un peu rustre, je dois admettre. Enfin, il y a des âmes que la vie n'épargne pas…

J'avale *in extremis* un morceau de tartine imbibé de café au lait avant qu'il ne vienne s'exploser dans mon bol. Il me semble que Tonton Gonz serait plus à sa place dans un bar du Marais que coincé à Marinzac, mais je les aime bien, lui et Jacqueline.

— Qu'avez-vous prévu aujourd'hui, belle Chloé ?

— Je vais aller voir ma Grand-Mère, dis-je la bouche pleine.

— Prenez donc la voiture de Jacqueline, en attendant qu'on ait réparé Vénus.

J'acquiesce. J'hésite à lui dire que je ne vais sans doute pas m'éterniser, mais il me regarde avec une telle douceur que je me tais. Maintenant que je suis là, autant rester une petite semaine.

Je suis une citadine à 100 %. Je ne possède que des chaussures à talons, des jeans moulants ou des petites robes d'hiver, aucun vêtement pour un séjour prolongé à la campagne en plein hiver. J'opte pour une robe grise en laine. J'ai un pincement au cœur en songeant qu'elle rendait fou Guillaume quand je la mettais au bureau.

La voiture de Jacqueline est un vieil Espace gris foncé, qui crachote un peu quand je mets le contact. Je pousse le chauffage à fond, j'allume la radio et tombe sur Sud Radio. Je pose mon iPhone sur le tableau de bord, GPS réglé. J'ai rentré l'adresse du foyer des Pervenches, où Mamie Rose habite depuis maintenant deux ans. J'y vais régulièrement, mais d'habitude, je me contente de faire l'aller-retour depuis la gare ou l'aéroport dans la journée.

Il me faut à peine quinze minutes pour faire le trajet. Je me gare sur le parking aux trois quarts vide. J'éteins la radio et reste une minute dans le silence. J'ai la phobie des hôpitaux, depuis toute petite. Depuis les mercredis après-midi où j'allais voir ma mère et où je passais des heures assise face à son lit, à parler toute seule de ce que j'avais fait à l'école pendant qu'elle regardait par la fenêtre sans écouter, les yeux vitreux, abrutie par les antidépresseurs. La mort a une odeur, vous savez. Une odeur qu'on retrouve dans les hôpitaux et dans les maisons de retraite, une odeur accablante, froide et grise. Mais Mamie Rose a besoin de couleurs vives et de rires, pas d'idées sinistres. Je ramasse sur le siège passager le sac plastique que je lui ai rapporté de Paris : tous les magazines people de la semaine, un paquet de Mi-Cho-Ko, un de fraises Tagada et un pull Mango bleu clair qui fera ressortir ses yeux. Elle a une passion pour les pulls bleus. Je sors de la voiture et vérifie mon maquillage dans le rétro. Je remonte l'allée de graviers, encore luisante de pluie. J'aurais préféré être en baskets, mais Mamie Rose n'aime pas les femmes mal habillées, elle dit toujours qu'une femme sans talons et en pantalon, c'est aussi ridicule qu'un homme imberbe et en jupe.

La porte vitrée s'ouvre devant moi avec un bruissement. Un homme est accoudé à l'accueil et monopolise l'employée. De dos, il a une carrure de bûcheron. Je me plante derrière lui, et examine, pour faire passer le temps, l'écran vide de mon téléphone. Guillaume n'écrit pas. Au bout d'une minute, je commence à tapoter du pied. L'homme est affalé sur son casque de moto posé sur le comptoir. Il murmure je ne sais quoi à l'oreille de la fille qui doit avoir vingt ans. Elle pouffe comme une imbécile, sa main devant la bouche, tout en se penchant en avant de manière à faire dégouliner devant son interlocuteur une paire de seins à l'ampleur suspecte. Je me racle la gorge, une fois, aucune réaction. La fille éclate de rire, l'homme se penche encore plus vers elle et la petite main blanche et potelée de l'idiote disparaît sous la large main brune. Mon deuxième raclement de gorge se double d'un soupir à peu près aussi discret qu'un aspirateur à feuilles au démarrage. La fille arrête de rire et l'homme se retourne. Pour la première fois, je vois son visage. Il doit avoir trente-cinq ans, sous les poils bruns de sa courte barbe son demi-sourire laisse apparaître ses dents blanches. Il porte une chemise à carreaux rouges et noirs qui a dû servir de modèle pour le shooting du catalogue de La Redoute de l'année 1995 et un Levi's délavé, pas fashion-délavé, plutôt clodo-délavé. Il s'adosse au comptoir et m'examine des pieds à la tête d'un air tranquille. Je me fiche habituellement du regard des autres, et pourtant, je prends soudain conscience de l'absurdité de la robe grise et des bottes à talons dans une maison de retraite perdue dans la cambrousse. Il a les yeux noirs, affûtés comme des lames. Avec un léger sourire, il me fait signe de passer devant lui. Les manches de sa chemise sont remontées jusqu'aux coudes et sur son avant-bras droit j'aperçois le début d'un tatouage. Ce n'est pas le genre de mec que j'aurais envie de croiser à Barbès en allant choper le dernier métro. Je m'avance et il se rapproche imperceptiblement. Il sent le savon de Marseille, ce qui laisse supposer que ses fringues ont beau être moches, elles sont propres, mais pas suffisamment pour couvrir la légère odeur de pastis de son haleine quand il se rapproche de moi.

— Après toi, Cendrillon.

Je reconnais sa voix en même temps que le surnom et je me dis que j'ai eu raison de ne pas monter dans la camionnette de ce type, parce que s'il commence à boire du pastis à onze heures du mat, je n'ose même pas imaginer l'état dans lequel il devait être la veille à minuit.

— Je viens voir Rose Lacombe, dis-je à la fille.

Elle pianote sur son clavier :

— Vous êtes Chloé ? Chloé Lacombe ?

— Oui.

Il n'y a que mon nom dans le système, preuve que mes parents n'ont pas dû venir la voir, contrairement à ce qu'ils avaient promis. Je demande pour la forme :

— Elle n'a pas eu de visite, depuis la dernière fois ?

— Non, il n'y a que vous.

Qu'est-ce qui m'a pris de dire à Mamie Rose que j'arriverais à faire venir ses enfants ? Combien de claques il va falloir que je me prenne dans la figure pour comprendre, enfin, que les gens ne sont pas fiables, surtout dans ma famille ? Je me mordille la lèvre, hoche la tête un peu trop vite.

— Merci.

Je me retourne et je sursaute. L'homme brun a toujours le regard fixé sur moi. Il y a une telle acuité dans ses yeux sombres que pendant un bref instant, je me demande si je n'ai pas pensé tout haut. Je passe devant lui sans rien dire et je fais claquer mes talons bien fort sur le sol en plastique, histoire de prouver que j'assume totalement ma tenue trop élégante, même dans une maison de retraite au fin fond de la Gironde. Je ne suis pas arrivée à l'ascenseur que j'entends les murmures reprendre. Le rire cristallin de la fille résonne à nouveau, au moment où les portes se referment sur moi.

Mamie Rose est assise devant la fenêtre de sa chambre sur une chaise en plastique pliante, ses yeux bleu clair perdus dans les pins de la forêt des Landes. Sur le plaid qui recouvre ses genoux repose *Le Nœud de vipères* de Mauriac. Sans Mamie Rose, je crois que je n'aurais jamais ouvert un livre.

— Tu t'es coupé les cheveux ?

Elle se retourne, me sourit, porte la main à ses cheveux blancs et courts avec un air étonné. Il y a des jours où je retrouve la Mamie Rose de mon enfance, à l'humour à l'arsenic et aux grands débats intellectuels. Il y a des jours où son âme s'envole et elle est une autre femme. Une femme qui pense qu'elle a eu quatre enfants, qu'on est en 1944 et que je suis, selon les jours, la femme de mon père, l'infirmière ou une complète inconnue qui veut l'agresser.

— Oui, c'est vrai, murmure-t-elle, je me suis coupé les cheveux. Comment vas-tu, ma Chloé ?

Elle tapote son collier de perles avec un petit sourire. La tension dans mon dos se relâche, elle me reconnaît, aujourd'hui, elle est là. Je m'assieds à côté d'elle, dépose un baiser sur sa joue. Je lui raconte un peu ma vie, je lui montre sur l'iPad que je lui ai acheté l'année dernière les photos les plus récentes de ses arrière-petits-neveux et nièces. Elle pose des questions, elle est étonnamment lucide.

— Et toi et Guillaume, vous vous mariez quand ?

— Bientôt, on se marie bientôt, Mamie.

Ne me jugez pas, ce n'est qu'un demi-mensonge après tout. Guillaume se marie en effet bientôt. Dommage que ce ne soit pas avec moi. Je n'ai jamais voulu parler de notre rupture à Mamie Rose. Elle aimait beaucoup Guillaume et elle n'aurait pas supporté que je sois malheureuse. Elle fronce les sourcils.

— Tu dis toujours ça, bientôt, bientôt… Vous attendez quoi ? De ne plus vous aimer ? Ou alors, tu me caches quelque chose…

— Non, Mamie chérie, qu'est-ce que tu veux que je te cache ?

— Tu n'es pas obligée de te marier, tu sais, si tu t'ennuies avec lui. Moi, j'ai toujours été fidèle à mon mari, mais j'ai eu des amants à ne plus savoir qu'en faire avant mon mariage.

Je ris doucement.

— Moi aussi j'ai des amants à ne plus savoir qu'en faire, Mamie.

Elle pose sa main sur ma joue, me scrute comme si elle voulait lire en moi.

— Ça ne doit pas te rendre triste, les amants, Chloé, au contraire, c'est fait pour rendre heureux, pour se sentir belle.

Je ne dis rien. Je remonte le plaid sur ses genoux. Je propose d'aller lui chercher un café et elle me réclame un chocolat, je lui ouvre le paquet de fraises Tagada. Quand je reviens, elle est penchée sur son iPad, elle me montre un article du doigt.

— Ce livre, Chloé, je voudrais le lire. Tu me le feras envoyer par l'amazone ?

Je jette un coup d'œil à l'article, j'éclate de rire.

— *Cinquante Nuances de Grey* ? Tu es sûre que tu veux lire ça, Mamie ? Ce n'est pas du Mauriac, tu sais…

— Oui, je sais, mais j'ai envie de le lire. Je m'ennuie ici avec toutes ces vieilles coincées, on ne peut même pas parler de sexe. Tu l'as lu, toi ?

— Non, et je n'ai pas vraiment l'intention de le lire, mais je vais te l'envoyer.

— Par l'amazone ?

— Par l'amazone, tu le recevras très vite, c'est promis. Les trois tomes si tu veux.

— Et mon *Elle*, je ne reçois plus mon *Elle*, soupire-t-elle.

Je me mords les lèvres, j'ai oublié de la réabonner.

— Pareil, tu l'auras vendredi prochain.

Elle sourit.

— Tu as maigri ma Chloé, il faut manger. Raconte-moi alors, tes projets, tu l'écris sur quoi, ton livre ?

— Je ne sais pas, Mamie Rose, peut-être sur ici, la région, je veux dire… puisque je suis là…

Elle pince les lèvres.

— Toi ? Écrire sur les Landes ? Mais c'est ridicule, c'est comme si Victor Hugo avait décidé d'écrire sur la guerre du Vietnam. Il faut parler de ce qu'on connaît, ma chérie, Mauriac écrit sur les Landes parce qu'il connaît les Landes…

— Mais maintenant que je suis là, je vais visiter, apprendre à connaître la région et…

— Tu vas faire un tour pour touristes, tu vas voir trois vignes, déguster deux sauternes et tu vas prétendre que tu connais la région ? Chloé, tu dois écrire sur ce que tu connais, sur ce que tu ressens, crois-moi, j'en ai lu des livres, c'est important.

Je pourrais dire à Mamie Rose que je ne connais rien. Ou plutôt si, je m'y connais en ventes privées, en mec, enfin, surtout en connards. J'ai une licence en connards, un master même, j'ai validé la théorie, la pratique haut la main, première de ma promo. Mamie Rose m'examine, les sourcils froncés.

— Pourquoi Guillaume ne vient-il plus me voir ?

C'est le problème des jours où elle se souvient.

— Il a beaucoup de travail. Mamie, tu veux qu'on sorte, qu'on aille au restaurant toutes les deux ?

Un silence, elle tourne ses yeux clairs vers la vigne et pose sa main sur son livre.

— Je suis un peu fatiguée, ma Chloé, murmure-t-elle, demain, demain on ira au restaurant, là je vais me reposer, je vais lire Mauriac.

— Oui, je reviendrai demain.

— C'est bien que tu ne sois pas loin, tu sais, ça me fait plaisir, et puis si vraiment tu veux écrire sur ici, je te raconterai ma vie, ça te donnera des idées, il m'en est arrivé des choses, ma Chloé, j'ai connu la guerre, moi, la faim, le monde avant toutes ces choses technologiques.

— Je sais, Mamie chérie.

— Mais tu sais ce qui frappe, c'est qu'au fond rien ne change, les gens surtout, les gens ne changent jamais, ils te déçoivent toujours en fin de compte.

Je fais des petites tresses avec les franges de son plaid, je ne sais pas quoi répondre.

— Je vais rappeler Gérard et Benoît, Mamie, ils sont loin, tu sais, ils ont des soucis aussi, mais ils viendront te voir bientôt, j'en suis sûre.

— N'appelle pas ton père par son prénom, Chloé, dit-elle d'un ton autoritaire, ça me fait de la peine.

Je garde sa main dans la mienne, de l'autre, elle mange ses fraises Tagada par petites bouchées et ses lèvres se colorent de rouge. Dix minutes plus tard, sa tête se penche en avant, dodeline avec douceur et ses paupières se ferment. Je dépose un baiser sur sa joue et je sors sans bruit de la chambre. Je croise une infirmière dans le couloir, elle me salue :

— Vous l'avez trouvée comment ?

Je referme mon manteau.

— Très lucide.

— Oui, je vous ai dit, c'est mieux de venir le matin, elle est toujours plus en forme. Elle m'a dit que vous vous installiez quelque temps dans la région ?

J'ouvre la bouche, j'hésite, je revois son visage doux, endormi, ses mains confiantes croisées sur le plaid et je murmure :

— Oui, six mois, juste le temps… le temps d'un projet, je passerai tous les matins.

— Elle est tellement heureuse de vous avoir pas loin, si vous saviez !

Je hoche la tête. Je sais déjà que je ne rentrerai pas à Paris, pas tout de suite en tout cas. Il n'y a rien à Paris pour moi. Il n'y a qu'ici que je suis utile à quelque chose, à quelqu'un. Dans l'ascenseur, je sors mon iPhone, coince ma carte bleue entre mes dents, le temps de lui commander les trois tomes de *Cinquante Nuances de Grey*. Elle m'étonnera toujours, Mamie Rose.

Journal de Icequeen

2 mars 2013 – 00 h 45

Je suis un boulet. Voilà ce qu'aurait dû être mon nom de séductrice : THE Boulet. Aujourd'hui, Emma, *alias* Baby-Doll, nous a emmenées dans un bar pour une application pratique des thèmes de la semaine dernière. Avant de sortir, elle nous a fait une récap du cours précédent. C'était pourtant simple :

Lui dire un truc
Le flatter
Lui toucher le poignet
Partir
Attendre qu'il revienne en ayant l'air ultra-cool
Essayer d'avoir l'air normal

Liste de ce qui s'est bien passé : Rien

Liste de ce qui s'est mal passé : Tout

Nous sommes allées au Rosa Bonheur. Le Rosa Bonheur, c'est à l'autre bout de Paris, inaccessible (il faut traverser la moitié du parc des Buttes-Chaumont), ça ferme à minuit et dès qu'il fait plus de huit degrés, ce qui n'était pas le cas, il faut faire une heure de queue. Mais c'est à la mode et selon Baby-Doll, c'est surtout l'endroit idéal pour rencontrer de beaux jeunes hommes à la recherche de l'âme sœur. Sauf le dimanche, parce que le dimanche, c'est soirée gay. Baby-Doll m'avait sommée de m'habiller comme une femme et non comme une enfant de douze ans. Il était notamment impératif de mettre des talons hauts. Seule Princesse Sarah, qui fait un mètre quatre-vingt-un, avait reçu l'ordre de mettre des ballerines et de rester assise.

Baby-Doll nous a fait attendre à un des tonneaux qui servent de tables dans un coin du bar et elle est partie chercher une bouteille de vin. Nous regardions avec une légère appréhension les tables qui nous entouraient, en tentant de repérer des cibles potentielles. Nous avions toutes fait un gros effort vestimentaire. J'avais moi-même essayé cinq tenues différentes avant de sortir, et investi la veille dans une jupe plissée Comptoir des Cotonniers gris clair, trop courte à mon goût, mais qui avait suscité un regard approbateur de Baby-Doll.

La semaine dernière, Baby-Doll a dit qu'il fallait qu'on réfléchisse à la femme qu'on voulait être : la femme fatale, la femme-enfant, la jeune fille cool, la chieuse, l'intello, etc. et qu'on étudie des modèles de femmes de notre catégorie, leurs expressions, leurs vêtements, leur regard... Selon elle, pour plaire à l'homme moderne, il faut être une vraie cruche ou une vraie emmerdeuse. Rien ne sert d'être un intermédiaire, la demi-cruche, comme la demi-emmerdeuse, ne sont pas appréciées à leur juste valeur. Je ne me suis pas surestimée, trop bonne poire de nature pour être une bonne emmerdeuse, j'avais intérêt à miser sur mon côté cruche. J'ai choisi le style romantique sexy, avec pour modèle Audrey Hepburn dans *Breakfast at Tiffany's.* Je suis blonde, donc forcément, je ne peux pas ressembler exactement à Audrey Hepburn dans *Breakfast at Tiffany's*, sans compter que je ne suis pas sûre d'assumer la robe longue et le fume-cigarette au bureau. J'ai toutefois fait dix ans de danse classique, et à défaut d'avoir la ligne d'Audrey Hepburn, j'ai son port de tête, ce qui constitue un bon début. Je me suis, par ailleurs, résolue à reprendre le sport, ou plus exactement, à *prendre* le sport, car comme la tortue de la fable, j'ai toujours pensé que rien ne servait de courir, ni de partir à point, d'ailleurs, quand on peut prendre le métro et arriver en retard.

Baby-Doll est revenue avec une bouteille de bourgogne et six verres. Elle nous a demandé si on avait repéré des cibles. Bonne élève, je lui ai indiqué un blond adossé au bar, qui discutait avec un copain.

— Il a au moins trente-cinq, a-t-elle dit.

Je n'y voyais pas d'inconvénient : sortir avec un homme plus âgé est source de nombreux avantages, notamment si sa mère est déjà morte.

— Pas mal, a déclaré Marilyn en remplissant son verre à ras bord, moi, j'aime bien son copain.

— Allez-y ensemble alors, a déclaré Baby-Doll, vous vous asseyez à côté d'eux et vous commandez un verre.

— Mais on a déjà un verre, a fait Scarlett en s'agrippant au pied de son verre à vin, l'air terrifié.

J'ai regardé Marilyn, elle m'a fait un sourire paniqué. Baby-Doll a levé les yeux au ciel et a dit :

— Ok, je vais avec toi, Icequeen, pour cette fois.

Je n'ai pas osé dire non, j'ai avalé cul sec mon verre de vin, ce qui, à défaut de me donner du courage, a provoqué une envie de vomir quasi instantanée. J'avais les mains moites et je voyais trouble.

— J'ai la nausée.

Baby-Doll m'a empoigné le bras.

— Pense que tu es dans un jeu vidéo, à chaque fois que tu approches quelqu'un, tu gagnes cent points, et tu as cinq points de bonus si tu te prends un râteau.

Nous nous sommes dirigées vers le bar, Baby-Doll, la tête haute et belle comme une madone et moi qui me liquéfiais un peu plus à chaque pas, essayant de me mettre dans la peau d'une Audrey Hepburn, version Super Mario. Je ne me suis jamais sentie aussi peu à ma place, sauf peut-être la fois où je me suis retrouvée au beau milieu du congrès annuel des Transsexuelles de Luxembourg parce que je m'étais trompée de salle de séminaire au boulot. Chloé et Charlotte avaient failli mourir de rire quand je leur avais raconté. Mon responsable, Hans Schmidt, avait été nettement moins amusé.

Nous nous sommes accoudées au bar à côté de nos cibles et nous avons fait semblant de regarder la carte. Baby-Doll a poussé un petit soupir, s'est retournée et a regardé d'un air intéressé le cocktail du brun, celui que Marilyn trouvait mignon. Elle a levé les yeux sur lui, a souri et a demandé avec un battement de cils quasiment imperceptible :

— Excuse-moi, qu'est-ce que tu bois ?

Je n'aurais pas ressenti plus d'admiration pour Baby-Doll si elle avait résolu le conflit israélo-palestinien en trois mots. Au fond de la salle, je pouvais voir les filles, les yeux rivés sur nous, avec la même expression éblouie que la mienne.

— Un *Long Island Iced Tea*, a répondu le brun.

— C'est bon ?

— Pas mal.

Elle lui a adressé un sourire de remerciement, puis elle s'est retournée à moitié vers le bar, suffisamment pour qu'il pense que la conversation était terminée, mais pas assez pour lui tourner le dos. Elle a lancé au serveur :

— Deux *Long Island Iced Tea* pour ma copine et moi, s'il vous plaît.

J'ai vu l'homme hésiter. Elle l'avait pris par surprise et déjà il n'écoutait plus rien de ce que lui racontait son copain blond. Il a jeté un coup d'œil aux fesses de Baby-Doll qui, en toute innocence, se trouvaient pile dans son champ de vision et dans une posture avantageuse. Elle a fait semblant de chercher son portefeuille dans son sac à main, il a posé sa carte bleue sur le comptoir.

— C'est pour moi, a-t-il dit.

— Oh, merci beaucoup c'est adorable, a-t-elle dit et elle lui a décoché le sourire ravi d'un enfant au matin de Noël.

Ce sourire, elle l'appelle sa botte secrète : le moment où elle révèle la petite fille derrière la bombe. Moi aussi, j'ai essayé de trouver ma botte secrète. Je suis restée des heures devant la glace à tester des dizaines d'expressions différentes : mordillement de lèvre, regard langoureux, sourire bouche ouverte, sourire bouche fermée, avec ou sans rouge à lèvres, haussement de sourcils, battements de cils… À défaut de ma botte secrète, j'ai découvert l'existence d'un léger strabisme dont j'ignorais jusqu'ici l'existence et un don certain pour les grimaces désopilantes.

Baby-Doll a entamé la conversation avec le brun. Je restais plantée à côté d'elle, l'air aussi à l'aise qu'un épouvantail sur un podium à la *Fashion Week* et c'est à ce moment-là, précisément, que j'ai réalisé qu'il fallait que les choses changent. Baby-Doll, en réalité, n'est pas plus belle que moi. J'en avais ras-le-bol de toujours passer pour la gourde de service. La solution s'est présentée d'elle-même, évidente : il faut tout simplement que j'arrête d'être moi. Je vais arrêter de lire *Orgueil et Préjugés* en buvant du chocolat chaud et en m'empiffrant de sablés, à attendre qu'un Mr Darcy qui n'arrivera jamais vienne me séduire. À partir de maintenant, j'adopte une stratégie agressive : je vais me taper tout le monde, et à force, je finirai bien par trouver un mari. Adios, Constance Delahaye, hello Icequeen. C'est décidé, ma vie va changer, pas demain, pas la semaine prochaine, mais ici et maintenant. Aujourd'hui sera le premier jour du reste de ma vie.

J'ai jeté un coup d'œil au blond. Il avait l'air de s'embêter, son copain l'ayant laissé tomber comme une vieille chaussette pour contempler Baby-Doll avec des yeux de merlan frit. Bientôt, ce sera mon tour et les hommes tomberont sur mon passage comme des mouches sous narcoleptiques. J'ai pris une grande inspiration, me suis tournée d'un seul coup vers lui et lui ai sorti d'un ton autoritaire :

— Tu n'as pas une cigarette ?

Il m'a répondu, laconique :

— Je ne fume pas, désolé.

Que répondre à ça ? J'avais passé des heures à préparer cette accroche et à aucun moment je n'avais envisagé l'éventualité de tomber sur un non-fumeur. J'ai repensé à tous ces efforts inutiles, ces longues heures passées à fumer devant la glace de la salle de bains en imitant Audrey, à mes poumons et mon studio désormais envahis par le goudron et la nicotine et je me suis sentie aussi anéantie qu'un coureur de quatre cents mètres qui s'entraîne depuis des années et qui se casse les deux jambes la veille des jeux Olympiques.

Il n'a rien dit d'autre. Constance Delahaye se serait sans doute laissée abattre, pas Icequeen. J'ai oublié mon regard sexy et j'ai aspiré d'un grand coup la moitié de mon *Long Island Iced Tea.* J'avais les mains moites, donc impossible d'initier le contact physique et, de toute façon, vu ma probable tête de folle à cet instant, il risquait de m'accuser d'attouchements. Le blond a sorti son smartphone de sa poche, signifiant clairement qu'il n'avait pas du tout l'intention de poursuivre cette conversation.

J'ai alors effectué un acte d'une bravoure inouïe, limite kamikaze. Je lui ai demandé :

— Tu t'appelles comment ?

Je me répétais en boucle : « S'il me met un râteau, je m'en fiche, il y a d'autres merlans dans l'océan et d'autres hommes en manque en boîte de nuit. » Et là, miracle, il a rangé le téléphone dans sa poche et il a relevé la tête.

— Bertrand.

Je voulais l'interroger sur ce qu'il faisait dans la vie, mais j'ai eu une espèce de réflexe de collégienne qui engage une conversation le premier jour de colo, je ne sais pas ce qui m'a pris, peut-être le demi *Long Island* que j'avais avalé d'un trait et qui m'avait donné l'impression qu'on avait enfermé mon cerveau au congélateur, toujours est-il que je lui ai demandé :

— Et tu as quel âge ?

Douleur aiguë au côté droit. La honte ? Non, le coude que Baby-Doll venait de m'envoyer dans les côtes. Elle m'a décoché un regard tellement furieux que je me suis de nouveau jetée sur ma paille.

— Trente-cinq ans.

Il a esquissé un sourire. De nouveau, j'ai voulu lui dire *Et tu fais quoi dans la vie ?* et je ne sais pas pourquoi, j'ai dit

— Comme moi !

Alors que j'ai vingt-sept ans et l'air d'en avoir vingt-cinq.

Il faut vraiment que j'aille voir un psy. J'ai eu envie de me mettre une baffe, sentiment visiblement partagé par Baby-Doll qui m'a écrasé le pied de son talon aiguille. Je me suis mordu les lèvres pour étouffer un gémissement de douleur. Bertrand a éclaté de rire, franchement cette fois. Il a désigné du menton mon verre dans lequel il n'y avait plus que des glaçons et m'a dit :

— Tu les fais pas. Tu en veux un autre ?

Il avait les yeux bleu foncé. J'aimais bien sa voix grave, son ton amusé et surtout j'aimais bien le *Long Island Iced Tea.*

— Je ne sais pas…

Regard courroucé de Baby-Doll, haussement de sourcils surpris de Bertrand, j'ai poursuivi à toute vitesse (ce n'est pas évident de réfléchir avec le cerveau congelé) :

— Je ne suis pas sûre que ce soit raisonnable, parce que je viens de boire celui-là en moins de quatre minutes et je tiens mal l'alcool, d'un autre côté, si je vous dis non…

— Tu peux me tutoyer.

Il a croisé les bras et m'a dévisagée avec une évidente envie de rire à nouveau et je me suis sentie complètement ridicule (à juste titre, soit dit en passant). Je crois même que Baby-Doll et sa cible ont interrompu leur conversation pour observer le brillant one-woman-show que j'étais en train de donner à l'insu de mon plein gré, puis Bertrand s'est tourné vers la serveuse et lui a fait signe.

— Deux *Long Island,* dont un pas trop chargé pour mademoiselle. Tu t'appelles comment ?

— Constance Delahaye.

C'est la seule phrase de la soirée sur laquelle je crois ne pas avoir fait d'erreur, bien qu'avec le recul, je réalise que n'étant pas à un entretien d'embauche, j'aurais pu me passer de donner mon nom de famille.

— Et tu fais quoi dans la vie, Constance Delahaye, à part accoster des inconnus dans les bars ?

Inutile de préciser qu'à ce stade, mon visage était passé du rouge écarlate à la limite du violet. J'ai essayé d'aspirer dans la paille pour me donner une contenance, mais le verre était vide. Bertrand m'a pris le verre des mains et l'a remplacé par le nouveau. Au passage, il a frôlé mes doigts, je me suis dit qu'il avait les mains tièdes et sèches et que les miennes étaient tremblantes, glacées et humides à la fois. Tentant désespérément de renvoyer une image positive de ma personne, comme l'avait recommandé Baby-Doll, j'ai réussi à répondre sans m'évanouir :

— Du marketing. Je suis chef de produit.

Il ne me lâchait pas des yeux, ce qui me mettait atrocement mal à l'aise. J'ai entrepris de déchiqueter une serviette en papier qui traînait sur le comptoir. Je pense qu'il attendait que je développe, mais je ne veux pas développer. Impossible. Dire que je fais du marketing pour le département serviettes hygiéniques de Grable & Smith, c'est revendiquer le sex-appeal d'une huître.

— Du marketing pour qui ?

J'ai paniqué. J'ai désespérément cherché une esquive intelligente. Je me suis souvenue que Baby-Doll nous avait recommandé de surprendre, de sortir la conversation des sentiers battus, faire une impression. Il me fallait quelque chose de caractéristique sur moi, quelque chose qui me définisse positivement et je lui ai balancé à toute vitesse :

— Tu veux entendre une anecdote amusante ? Je suis née le troisième lundi du mois de janvier, c'est officiellement le jour le plus déprimant de l'année, en Angleterre, ils appellent ça le « Blue Monday ».

Pour ma défense : je suis vraiment née un Blue Monday. Il a bu une gorgée de son cocktail, l'air pensif.

— Ah.

— C'est le jour de l'année où il y a le plus de suicides, ai-je expliqué, on attribue ça au temps en général pourri, l'euphorie des fêtes qui est passée et le printemps qui paraît encore très loin…

Je crois que j'étais arrivé à un point où Baby-Doll avait abandonné la guerre des coups de coudes et de talons. Bertrand a hésité, il a jeté un coup d'œil à son copain, toujours hypnotisé par Baby-Doll. Il a regardé sa montre et il m'a dit :

— Je suis désolé, j'ai un coup de fil à passer.

Game Over.

Il ne s'était pas éloigné d'un mètre que Baby-Doll m'a attrapée par le bras, abandonnant au bar le brun tout déconfit. Je pensais qu'elle allait m'insulter, me virer du cours, me dire que j'étais l'élève la plus nulle qu'elle ait jamais vue, mais elle a murmuré :

— T'inquiète, la première fois est toujours la pire, puis elle a continué en me tirant vers le tonneau où les autres nous attendaient, « je suis née le jour d'un pic de suicides », vraiment ? Tu n'avais rien de mieux que ça ?

Elle a éclaté de rire et j'ai vu pendant quelques secondes la fille qu'elle devait être vraiment, en dessous du maquillage et des gestes calculés de femme fatale.

— J'ai dit le premier truc qui me passait par la tête, ai-je marmonné.

Quand nous sommes revenues à la table, elle a passé son bras autour de mes épaules.

— Vous devez toutes un verre à Icequeen qui a affronté l'ennemi sans ciller. À qui le tour, maintenant ?

J'ai enfin osé lever la tête. Les filles ne me regardaient pas de haut, comme je m'y attendais après le râteau monumental que je venais de me prendre, mais plutôt comme si j'étais un Ninja qui rentrait vivant d'une mission suicide. Marilyn a levé une main timide :

— Moi, je veux bien y aller.

Baby-Doll m'a fait un clin d'œil.

Liste de ce qui s'est bien passé : Rien

Liste de ce qui s'est mal passé : Tout

Points positifs : je me suis pris un râteau, j'ai survécu et j'adore le *Long Island Iced Tea.*

02 h 37

Idée de génie pour aider Chloé à respecter son pacte. IDÉE DE GÉNIE. Viens de laisser un message vocal à Tonton Gonz. Ai probablement été Machiavel dans une autre vie. Besoin d'une aspirine. Je hais le *Long Island Iced Tea.*

Chloé

Une semaine et je n'ai pas écrit un mot. Pas un mot. Je me lève le matin vers huit heures. Je vais courir au hasard des routes de campagne pendant quarante-cinq minutes, plus si je me perds. Ensuite, je passe mes matinées au foyer. Je raconte à Mamie Rose que j'écris et que Guillaume m'appelle tous les jours. Elle me raconte *Cinquante Nuances de Grey*. Elle trouve que c'est mal écrit, mais elle adore. Je ne sais pas laquelle de nous deux vit le plus dans la fiction. Je déjeune avec Jacqueline et je dîne avec Tonton Gonz. Mon cercle social a été réduit à trois personnes. La vie parisienne, le contact humain ne me manquent pas. Guillaume n'a pas écrit une seule fois. J'observe avec étonnement mes ongles rongés et jaunis par la nicotine. Je les vernissais toujours en rouge foncé avant, maintenant ils ne ressemblent plus à rien. Je ne ressemble plus à rien.

Tonton Gonz a mis à ma disposition un petit bureau au premier étage. L'après-midi, je m'assieds au secrétaire en bois devant la fenêtre, j'allume mon MacBook et je regarde dehors. J'ai trouvé une paire de jumelles dans un tiroir et je passe des heures les yeux collés aux verres à étudier dans les moindres détails le château d'en face. *Laneyronie*, je murmure les quatre syllabes. C'est un joli nom. De temps en temps, une camionnette se gare devant l'entrée de la cour et la grille rouillée reste ouverte quelques heures. Certains volets s'ouvrent parfois, tout au bout de l'aile ouest, et se referment le soir. Toujours les mêmes. Jacqueline y va tous les jours, elle apporte des confitures ou des cèpes dans un sac Leclerc au mystérieux propriétaire.

Par curiosité, j'ai demandé à rencontrer le maître des lieux, Vincent Laborde, fascinée à l'idée qu'il puisse vivre seul dans ce château à moitié en ruine. Tonton Gonz m'a dit qu'il était d'humeur fantasque, surtout à cette période de l'année, et qu'il valait mieux attendre l'été. Évidemment, cette remarque à la limite de l'absurdité m'a donné envie d'en savoir plus, mais lui qui d'habitude me raconte tous les potins du village avec délectation, n'a pas voulu développer.

Tous les jours, j'appelle Charlotte et Constance. La première se plaint de sa grossesse, la deuxième me détaille par le menu ses cours de séduction et les misères imposées par son boss, qu'elle dépeint comme un néo-nazi sans cœur. Moi, je n'ai plus rien à raconter. Oui, je vais bien, oui, j'écris, non, je ne pense pas à Guillaume. Je raccroche, j'écrase ma cigarette et je reprends mes jumelles. J'observe les vignes, j'écoute le silence. J'attends l'inspiration.

Je fume un paquet par jour. L'inspiration ne vient pas. Je n'arrive même plus à lire. Les cigarettes s'empilent dans le cendrier. Les idées m'effleurent, fugitives comme des courants d'air. Quand je tente d'en saisir une, elle se volatilise. Du vent. Il y a une histoire à raconter sur le château dans les vignes, j'en suis sûre, mais mon esprit est vide, comme la feuille sur mon écran où clignote le petit bâton noir. J'ai le cerveau atrophié, l'imagination sous somnifères. Même si la petite Soph était là, je n'aurais plus d'histoires à lui raconter.

Je n'ai plus de vie, mais j'ai deux obsessions. Le château de Vincent Laborde et Guillaume. Le premier je l'observe avec mes jumelles, le deuxième je l'observe sur Facebook. Je passe des heures à faire des recherches sur Manue, chose que je ne m'étais jamais abaissée à faire avant. Elle a monté son école de danse dans le Marais, elle a même reçu un prix d'entrepreneuriat. Son profil Facebook est archi-privé, je ne peux rien voir, même pas sa photo. Guillaume est parfois tagué dans des photos de soirée, mais elle n'est presque jamais dessus, ou alors dans l'ombre, la tête baissée, le visage dissimulé derrière un voile de cheveux dorés. Je n'ose pas demander de nouvelles de Guillaume à Charlotte. Je pensais que s'il ne me voyait plus au bureau, j'allais lui manquer. Visiblement c'est le contraire, il m'a oubliée.

Je compte les jours avant son mariage. Je compte les jours en attendant qu'il m'appelle. Je me demande si une fois qu'il sera marié, je compterai les jours avant son divorce. Si je serai assez stupide pour gâcher ma vie pour lui, lui, qui ne m'aime pas, ou qui ne m'aime plus, ou qui ne m'aime tout simplement pas assez pour être avec moi. Je me comporte comme la dernière des imbéciles, je le sais, mais c'est plus fort que moi.

Il faut que je vous avoue quelque chose. Si je me taisais, j'aurais l'impression de vous manipuler. Guillaume m'a quittée, il m'a brisé le cœur. Enfin, brisé le cœur, quelle expression débile… Il serait plus approprié de dire qu'il l'a haché menu, passé au mixeur, carbonisé au lance-flammes avant de pisser sur les cendres. Mais c'est de ma faute, c'est bien fait. J'ai couché avec un autre. Je l'ai trompé. J'ai trompé mon Guillaume, qui allait chercher les croissants tous les dimanches matins à la boulangerie qui est plus loin, parce que j'avais décidé que celle d'en bas n'allait pas, Guillaume qui partait faire les courses et me rapportait mon après-shampoing avant même que j'aie remarqué que la bouteille était vide, Guillaume qui venait un samedi par mois voir Mamie Rose avec moi alors qu'il bossait soixante-dix heures par semaine.

Je ne suis qu'une connasse, une connasse doublée d'une imbécile, assez stupide pour avoir trompé l'amour de ma vie.

Parfois, je fais la liste de mes excuses. Il travaillait trop, ma mère s'est fait hospitaliser à nouveau, Mamie Rose a commencé à perdre la tête. Mon père a eu une maîtresse pendant vingt ans. Je croyais que c'était normal. Pour moi, la fidélité n'était qu'une jolie théorie, un idéal vers lequel il fallait tendre, l'objectif inatteignable qu'on se fixe au marathon parce que c'est encore le moyen le plus efficace de donner le maximum de soi-même, même si, en réalité, on ne l'atteint jamais tout à fait. Guillaume, bien entendu, n'avait jamais trompé personne et surtout pas moi. La métaphore du marathon ne l'a pas fait rire. Maintenant, je suis toute seule, il va épouser Manue qu'il a trompée à multiples reprises avec moi, et tout le monde se ment, tout le monde est malheureux. Elle, lui et moi. Tout ça pour quelques heures de mauvais sexe avec un mauvais coup, que je ne reconnaîtrais sans doute pas si je le croisais au Franprix du coin. Je bousille tout, j'ai un vrai talent pour le gâchis.

Je joue machinalement avec mon briquet. La nuit commence à tomber et la brume grise s'accroche aux ceps tordus. Je sursaute quand on frappe à la porte. Jacqueline passe la tête dans l'ouverture, elle appuie sur l'interrupteur.

— Ne restez pas dans le noir comme ça, Chloé, vous allez vous abîmer les yeux.

— Merci.

— Vous êtes occupée ? Si jamais vous voulez descendre dans la bibliothèque, Vincent Laborde est ici et comme vous vouliez visiter son domaine… Mais si vous écrivez, ne vous dérangez pas, je ne voudrais pas…

Je pose le briquet sur le bureau, soulagée par l'intervention.

— J'arrive tout de suite.

— Quand vous voulez, il reste dîner de toute façon.

Elle referme la porte sans un bruit. Tonton Gonz et Jacqueline ont un respect quasi religieux pour ce qu'ils appellent « mon temps d'écriture ». Ils marchent sur la pointe des pieds quand ils passent devant la porte du bureau, ils chuchotent, ou du moins essayent de chuchoter, dans le couloir. Une fois par jour, en général pendant que je cours, Jacqueline ose rentrer dans le sanctuaire de l'artiste pour vider le cendrier rempli de mégots et la poubelle qui déborde de canettes de Coca Light. Ils s'émerveillent de ma discipline, ils me prennent pour Marguerite Duras. Ils n'osent pas me poser de questions, ce qui m'arrange bien, puisque n'écrivant absolument rien, j'aurais bien du mal à leur répondre quoi que ce soit. Je ne suis pas écrivain, je suis un imposteur. La preuve en est que je ne sais même pas si imposteur se décline au féminin.

Je devrais peut-être me changer. Je jette un coup d'œil dans la glace. J'ai l'impression que je n'ai pas vu mon reflet depuis des semaines. Je porte un vieux sweat-shirt bordeaux trop grand qui appartenait à Guillaume sur des leggings noirs, j'ai les yeux cernés. Sans maquillage, sans vernis à ongles ni talons hauts, bizarrement, je fais enfin mon âge. D'habitude, on me donne la trentaine et on m'appelle « Madame ». C'est le régime clope-vodka-Redbull-nuit-blanches qui donne un peu trop de sagesse au coin des yeux avant l'âge. Il fait noir dans le couloir. Je connais le chemin maintenant, je n'ai plus besoin de lumière. Je repasse dans ma chambre, le temps d'enfiler une paire de grosses chaussettes en laine noires. Mamie Rose aurait honte de moi si elle me voyait dans cet accoutrement. Toujours dans l'obscurité, je descends l'escalier de pierre et me dirige vers la bibliothèque. La porte entrouverte dessine une barre de lumière vive sur les tomettes ocre du couloir. J'entends un éclat de rire grave, qui n'est pas celui de Tonton Gonz, le bruit caractéristique des glaçons qui s'entrechoquent dans un verre en cristal. Ici, la vigne est sacrée. On ne boit que du bordeaux ou éventuellement du Lillet, l'apéritif du coin. On n'entend guère le bruit des glaçons. La porte grince, mais les deux hommes ne me remarquent pas. Ils sont assis devant le feu, dissimulés par les hauts dossiers des fauteuils en cuir élimé. Le profil de Tonton Gonz, la pommette rosie par l'alcool, semble un peu flou dans la lumière orangée des flammes. Champagne, qui se prélasse sur le tapis élimé, lève la tête et s'achemine vers moi. Elle se frotte sur mes chaussettes et je me penche pour la ramasser, plus parce que j'ai froid que par affection pour elle. Elle se blottit contre moi, plus par ennui que par affection pour moi.

Je m'avance un peu, Champagne serrée contre moi, et j'aperçois le bras du deuxième homme sur l'accoudoir du fauteuil. Je pousse un léger soupir. Je me doutais que ce serait lui. Je me doutais que Vincent Laborde, quelle que soit l'ampleur de ses problèmes personnels qui décuplaient le 23 février, n'aurait pas laissé une fille attendre devant la gare de Langon au milieu de la nuit sans prévenir personne. J'avais passé tellement de temps à observer son château à travers mes jumelles qu'il m'avait bien semblé reconnaître son Kangoo et sa silhouette massive arpentant son vignoble.

La chemise à carreaux, remontée jusqu'au coude, là où commence le tatouage, la main de bûcheron autour du verre de whisky ne me surprennent donc pas. Il se tourne, contemple mon accoutrement grunge avec le même regard scrutateur qu'au foyer des Pervenches.

— Bonsoir Cendrillon.

J'ai presque envie de sourire. Il n'est pas étonné non plus, il s'attendait à me voir.

— Bonsoir.

— Chloé, ma belle, vous ne connaissez pas encore Vincent Laborde, notre cher voisin, dit Tonton Gonz en se levant pour me laisser son fauteuil.

Je m'installe à sa place et replie mes jambes sous moi, Champagne se roule en boule sur mes genoux.

— On s'est croisés, dis-je.

Il porte son verre à sa bouche, avale une gorgée et passe sa langue sur ses lèvres sous les poils bruns de sa barbe. Il ne me lâche pas du regard, j'ai l'impression d'être au collège. Le premier qui baisse les yeux a perdu.

— Je suis désolé de ne pas être allé te chercher à la gare.

Il a le regard des mecs en boîte qui cherchent une fille pour la nuit, le regard qui faisait pouffer et rougir la fille de l'accueil du foyer des Pervenches. Des mecs comme lui j'en croise tous les samedis soirs depuis deux ans. Je hausse les épaules.

— Pas de problème, je suis une grande fille, j'ai trouvé le chemin toute seule.

Il ouvre son paquet de Marlboro, en coince une entre ses dents avant de me le tendre. Je me sers, sans rien dire, il sort un briquet métallique de sa poche et se penche vers moi pour allumer ma cigarette. Son index frôle mon menton. Je devrais lui dire « même pas en rêve », mais par réflexe je m'approche un peu trop près et pose ma main sur la sienne pour stabiliser la flamme, le temps que le feu prenne. Je fais toujours ce geste quand un homme m'allume une clope. J'ai toujours pensé que c'était le khôl et les talons aiguilles qui leur plaisait, mais au feu sombre qui apparaît dans ses yeux, quand ma main touche la sienne, je prends soudain conscience que malgré ma tenue de clocharde, le contact est ambigu. Je retire ma main, je baisse les yeux.

Sans rien dire il se lève, jette trois glaçons au fond d'un verre et le remplit de whisky. Quand il se retourne pour me le tendre, je reste penchée sur Champagne qui ronronne pendant que je lui gratte le cou. Je prends le verre sans remercier. Je ne veux pas qu'il me drague. Il ne me plaît pas. Quand est-ce que séduire est devenu un automatisme ? Je pense à Guillaume et au pacte avec Constance. J'ai promis, et lui, il est sûrement passé sur toutes les filles de la région.

— Tu es la petite-fille de Rose Lacombe ?

Tonton Gonz répond avant moi :

— Oui, j'ai connu Rose à son âge, la ressemblance est saisissante, les yeux surtout, un bleu aussi pur, ça ne s'oublie pas, vous avez de la chance d'en avoir hérité.

J'avale une gorgée, le liquide brûle ma gorge.

— C'est un sacré numéro ta grand-mère, je lui parle de temps en temps au foyer.

Je me contente de hocher la tête et vide mon verre d'un coup de poignet. Tonton Gonz nous regarde l'un puis l'autre un peu étonné de mon silence.

— On va passer à table, je suis sûr que votre ferveur créative a réveillé votre appétit, jolie Chloé.

Ma ferveur créative aurait endormi un insomniaque à un concert d'AC/DC, mais je souris poliment et je me lève avec soulagement. Je veux que Vincent Laborde arrête de me regarder comme si j'étais le plus gros baba au rhum de la pâtisserie. Champagne me suit, elle est tombée amoureuse de mes chaussettes. Au moment où je sors, j'entends Tonton Gonz se racler la gorge et murmurer quelque chose à l'oreille de Vincent Laborde, je ne comprends pas le sens de sa phrase, mais j'ai entendu distinctement mon nom et celui de Constance. Je me retourne et je vois le visage de Vincent changer d'un seul coup. Il me dévisage avec stupéfaction.

— Vous êtes sûr ? demande-t-il.

— Absolument sûr, répond Tonton Gonz.

Je tique.

— Sûr de quoi ?

Tonton Gonz sursaute, il n'avait pas vu que je m'étais arrêtée. Il rougit.

— Rien, rien mon enfant, passons à table.

Le regard de Vincent n'est clairement plus le même, l'étonnement laisse place à un sourire amusé, mais plus franc. Pour l'occasion, Jacqueline a mis la table dans la salle à manger, nappe blanche, porcelaine de Limoges, deux bouteilles de Saint-Émilion sur la table.

— C'est Vincent qui offre le vin, dit Tonton Gonz, c'est son anniversaire.

— Bon anniversaire, marmonné-je.

Vincent tire une chaise et me fait signe de m'y installer, le geste m'étonne, mais j'obéis. Il fronce les sourcils quand il aperçoit les trois assiettes sur la table, insiste pour que Jacqueline dîne avec nous, mais elle refuse. Elle doit rentrer s'occuper de son mari qui est malade. Il lui demande si on a enlevé le plâtre de son petit-fils, si sa petite-fille fait toujours des cauchemars la nuit. Jacqueline donne des détails, visiblement touchée qu'on s'intéresse « aux drôles ». Je réalise que je ne lui ai jamais posé de questions, je ne savais même pas qu'elle avait des enfants, encore moins des petits-enfants. J'ai un peu honte, elle est tellement gentille. Elle nous laisse avec le confit de canard. Tonton Gonz nous sert d'énormes plâtrées de purée aux truffes et des cèpes, cueillis le matin même.

Vincent ouvre le vin, en verse un fond dans un verre, le fait tourner dans la lumière avec un regard rêveur. Il le goûte avant de remplir mon verre.

— Laisse-le s'aérer un peu.

— Chloé voulait que tu lui fasses visiter tes vignes, dit Tonton Gonz en dépliant sa serviette, elle écrit un livre sur la région.

— Je n'ai pas le temps de faire visiter le domaine à tous les Parisiens de passage, répond Vincent avec flegme.

L'impolitesse de sa réponse confirme qu'il ne me drague plus et le malaise de la bibliothèque me quitte. Quoi que lui ait murmuré Tonton Gonz à l'oreille, Vincent en a déduit qu'il ne voulait pas de moi. Tant mieux. Je goûte, laisse fondre la viande sur le bout de ma langue, prends une gorgée de vin. Même moi, adepte du fast-food et des Dominos pizzas du dimanche soir devant *Games of Thrones*, je dois admettre que je n'ai jamais aussi bien mangé que depuis que j'habite à Marinzac.

Nous nous concentrons une bonne minute sur la dégustation du confit et on n'entend plus que les bruits de mastication. Je finis par rompre le silence. J'ai vraiment envie de le visiter, son château.

— Et si je t'aide, je ne peux pas le visiter, ton domaine ? Je pourrais faire les vendanges, non ? Quelques jours ? Tu n'aurais pas à me payer et ça me donnerait de l'inspiration…

Vincent hausse un sourcil ironique.

— Les vendanges en mars ?

— Ou plus tard, quand ce sera les vendanges, je n'en sais rien, moi…

Ce n'est pas parce que je n'ai pas fait une thèse sur la maturité du grain de raisin qu'il a le droit de me prendre de haut.

Il termine sa bouchée avant de répondre.

— Tu seras encore là à l'automne ?

Je marmonne la bouche pleine :

— J'espère pas.

Tonton Gonz sourit, tapote sa bouche avec sa serviette avant de boire.

— Chloé est une pure Parisienne, elle n'a pas l'habitude de vivre en province.

— J'avais compris, dit Vincent. En parlant de Paris, elle va bien la petite Constance ?

Je m'étonne du ton avec lequel il a posé la question, presque tendrement. Constance ne m'a jamais parlé de lui et je ne la vois pas copine avec ce genre de rustre.

— Ça va. Je crois qu'elle voudrait changer de travail.

— Elle a un amoureux ?

J'hésite, la fourchette interrompue en plein vol, je ne crois pas être supposée raconter les détails de la vie sexuelle de mes copines aux inconnus louches.

— Je ne sais pas trop, je ne crois pas…

Il faudra que je demande à Constance quelle est exactement la nature de ses relations avec Vincent Laborde.

Le dîner ne s'éternise pas. Après le fromage, Vincent part brusquement avec un vague signe de main en guise d'au revoir. Plus tard, je n'arrive pas à dormir, je me retourne dans mon lit. Je rallume mon portable, écris un texto, l'efface, le réécris, soupire, change un mot, recommence. Je finis par l'envoyer.

00:04 – CHLOE LACOMBE
Miss you.

J'attends, comme une idiote, mon téléphone à la main, il est minuit passé de toute façon. Vibreur. J'ai les mains fébriles.

00:17 – GUILLAUME FAVREAU
Tu me manques aussi, ma Chlo.

Journal
de Constance Delahaye

5 mars 2013 – 21 h 56

EXCELLENTE JOURNÉE. J'ai eu aujourd'hui confirmation qu'avoir une attitude positive influence le destin dans votre sens. Je suis indéniablement en train de devenir une déesse de la séduction alliée à une businesswoman accomplie. Changement de vie en cours extrêmement efficace.

Choses négatives : la couleur de mon visage (écarlate tirant sur un bordeaux assez hideux).

Choses positives : tout le reste.

Je pense que je peux dire sans me vanter que ma transformation en femme fatale est actuellement au top. J'ai même commencé des cours de pole dance, puisque Baby-Doll, entre autres qualités, est professeur de pole dance. Je ne maigris pas à vue d'œil, mais me couvre d'ecchymoses, ce qui, comme chacun sait, dissimule en partie les bourrelets.

Hier, pour la première fois de ma vie, j'ai séché le travail pour une séance d'UV chez l'esthéticienne, toujours sur les conseils de Baby-Doll. Pour éviter de me prendre un savon, il me fallait prévenir Hans Schmidt, mon boss (*mein Führer* pour les intimes). S'il n'était pas insupportable, j'aurais trouvé hilarant qu'Hans Schmidt s'appelle Hans Schmidt et qu'il passe son temps à aboyer des ordres autoritaires avec l'accent allemand dans l'open-space, c'est presque aussi absurde que de s'appeler E.T. et de passer ses journées le doigt levé en réclamant un téléphone.

J'ai donc téléphoné à Hans Schmidt pour le prévenir, non pas que j'allais faire des UV, mais que j'avais une grippe carabinée et quarante de fièvre. Il a poussé un soupir au bout du fil et m'a demandé si j'étais vraiment sûre de ne pas pouvoir passer au bureau : « Êtes-fou sour dé né pas pouvooir passer au bürô Constance ? » D'accord, j'exagère un peu, Hans Schmidt n'a quasiment pas d'accent, son français est d'ailleurs bien meilleur que le mien. J'ai donc été obligée d'évoquer un risque d'hospitalisation et la nécessité de faire des analyses. Je lui ai précisé que suite à une recherche sur doctissimo.fr, je me soupçonnais même d'être atteinte d'une nouvelle forme mutante de choléra. Il m'a demandé si j'avais l'intention de venir le lendemain, donc aujourd'hui, et je lui ai répondu dans un râle que j'essaierais, car ma conscience professionnelle me le préconisait, mais qu'il était possible que je vienne en scaphandre hermétique, afin de protéger mes collègues de la contamination. Il a raccroché avant que je ne termine ma phrase. Je n'ai pas de préjugés, mais il faut avouer qu'Hans Schmidt, en bon Allemand, n'a aucun humour.

Note : essayer de comprendre l'humour allemand pour améliorer future évolution professionnelle, rechercher une blague typique sur une histoire de saucisses.

Étant très pâle de nature, je suis ressortie de la cabine de bronzage avec la tête de quelqu'un qui vient d'avaler cul-sec une bassine de Tabasco et, vingt-quatre heures plus tard, malgré un lourd investissement en Biafine, la situation ne s'était pas arrangée. En correspondance avec ma nouvelle personnalité de femme épanouie et rationnelle, j'ai alors décidé de ne pas paniquer et de lister mes options, comme il est conseillé de le faire en période de crise à la page 49 de *Réussir sa vie.*

Option numéro 1 :

Faire l'acquisition d'un scaphandre anti-contamination, ce qui permettrait, d'une part, de dissimuler mon teint d'écrevisse et, d'autre part, de chasser tous les doutes d'Hans Schmidt concernant ma maladie.

Estimation de la faisabilité : l'étude du prix des scaphandres sur Google et de l'état de mon compte en banque – paix à son âme – entraînent l'élimination de l'option numéro 1.

Option numéro 2 :

Faire appeler ma mère pour qu'elle annonce à Hans Schmidt d'un ton sinistre que je viens de décéder des suites de ma contamination par une forme inconnue du virus du choléra.

Estimation des risques futurs : je ne vois aucune objection à ne plus jamais remettre les pieds au bureau, je n'ai toutefois pas encore les moyens financiers d'accomplir ma vraie vocation (rentière) et je ne suis pas sûre qu'on puisse toucher le chômage quand on est mort. Sans compter que la probabilité pour que ma mère accepte de se prêter au jeu est quasi-nulle et que je ne suis pas d'humeur à l'écouter me sermonner pendant une heure. Élimination de l'option numéro 2.

Option numéro 3 :

M'emplâtrer le visage de fond de teint beige clair et affronter le danger, maquillée comme un camion volé, mais en adulte, la tête haute.

J'ai adopté l'option 3, car je suis devenue une femme d'action courageuse et déterminée, et aussi car c'était malheureusement la seule option envisageable. Je me suis assise à mon bureau avec une discrétion exemplaire. J'ai allumé mon ordinateur et j'ai commencé à lire mes mails et à dresser très professionnellement la liste de ce que je devais faire aujourd'hui. Hans est passé une première fois devant mon bureau à dix heures, je lui ai marmonné un « bonjour », la tête baissée sur mon clavier pour qu'il ne remarque pas ma face de grande brûlée. Il a à peine répondu et s'est enfermé dans son bureau. Je commençais à respirer quand sa porte s'est ouverte à nouveau.

— Constance. Dans mon bureau. Maintenant.

Voilà exactement pourquoi il m'énerve. Au moment précis où je veux aller prendre un café, faire une pause ou écrire un mail perso, il ouvre à peine sa porte, passe sa tête dans l'ouverture et m'ordonne de venir, sans se préoccuper de savoir si je suis disponible ou pas. J'adorerais avoir mon propre bureau, passer la tête dans l'entrebâillement de la porte et dire :

— Hans. Dans mon bureau. Maintenant.

Inutile de dire qu'une fille comme moi n'aura jamais ce pouvoir-là.

Je me suis assise en face de lui. Il tapait quelque chose sur son clavier, les sourcils froncés, ce qui m'a laissé le temps d'observer la photo de sa fiancée sur son bureau. Cette fille a toutes les qualités : blonde, yeux bleus, quadrilingue, anorexique. Le genre de fille qui t'explique quand tu la rencontres à une soirée qu'elle était mannequin chez Etam Lingerie pour financer ses études à Polytechnique, pendant que toi, tu bossais chez McDo pour financer une licence en littérature, que tu as abandonnée au bout d'un an quand tu as compris qu'elle ne déboucherait jamais sur un travail. Une personne à classer dans la catégorie des gens à éviter absolument quand on est une fille normale et qu'on ne veut pas développer des tendances suicidaires (cf. *Améliorer sa confiance en soi au quotidien*, p.132).

— Constance, vous souvenez-vous que c'est aujourd'hui qu'a lieu votre entretien annuel ?

Crotte. Je savais que cette semaine était importante. D'habitude, la semaine qui précède mon entretien annuel d'évaluation, je mets en place mon plan machiavélique de manipulation au travail : je reste au bureau jusqu'à vingt heures, j'envoie des mails toute la journée à Hans avec les listes de ce que j'ai fait et effectue des allers-retours devant la porte vitrée de son bureau, mon téléphone collé à l'oreille et une pile de dossiers sous le bras en déclamant des phrases comme « le retard sur ce projet est inacceptable, j'attends les créa pour la nouvelle serviette hygiénique triple action absorbante, ce soir au plus tard ! ».

Il n'y voit que du feu. Mais cette fois avec cette histoire d'UV, l'entretien m'était complètement sorti de la tête. J'avais trouvé malin de prétendre avoir le choléra plutôt que de préparer ma demande d'augmentation. J'ai lu un jour dans *Grazia* qu'un des facteurs principaux des différences de salaire entre hommes et femmes résidait dans la capacité des hommes à négocier systématiquement leur salaire, alors que les femmes n'osent jamais rien demander. Depuis, avant mon entretien annuel, je me monte la tête devant la glace de la salle de bains. Je me répète que je n'ai personne pour partager mon loyer, et ma connexion Internet, et accessoirement personne pour la réparer non plus, l'histoire ayant montré à multiples reprises qu'il ne suffit pas de payer une connexion Internet pour avoir Internet. Je dois lutter seule, face à l'adversité (les impôts) et la tentation (Vente-privee.com) pour boucler les fins de mois. Si je veux un jour avoir la chance de me balader avec des Louboutin aux pieds comme la fiancée de Hans qui a vraiment une tête à s'appeler Gretel, soit dit en passant, je dois apprendre à me battre. J'arrive ensuite complètement remontée à l'entretien, et Hans, impressionné par mon sérieux et mes capacités de négociation, me donne presque toujours une augmentation. Je dois reconnaître qu'il n'est pas radin.

J'ai tergiversé sur la réponse appropriée, mais après tout, Hans n'est pas très perspicace et dans la vie, il faut oser quand on veut réussir (*Réussir sa vie*, je ne sais plus quelle page) et j'ai donc affirmé avec conviction :

— Bien sûr que je me souviens !

Il s'est appuyé sur le dossier de son fauteuil, a joint ses mains devant lui en posant ses deux index sur ses lèvres fines et la température a chuté de dix degrés.

— Vous aviez oublié, Constance, sinon vous m'auriez bombardé comme tous les ans d'e-mails détaillant chacune de vos tâches de la semaine dernière par le menu, tout en déambulant devant mon bureau, chargée de dossiers fictifs pour me faire croire que vous travaillez. En tout cas, je constate que vous vous êtes remise du choléra, et que vous avez même pris des couleurs.

Note : ne plus jamais modifier les réglages de la cabine UV, programmée par une professionnelle de l'esthétique, y compris si c'est très cher et qu'on pense que pour ce prix-là, elle devrait régler la puissance à fond.

S'il avait parlé en souriant, j'aurais qualifié cette boutade d'amusante, mais compte tenu de son regard, je me suis liquéfiée sur place. J'ai marmonné quelque chose comme :

— Hum… fais les analyses… erreur… guérie… je…

— Intéressant. Surtout sachant que Mylène a évoqué votre statut Facebook d'hier qui était, je cite : « Rien de mieux qu'une journée de vacances ensoleillée pour fêter l'approche du printemps. »

Note : penser à bloquer cette pauvre tarte de Mylène sur Facebook.

Essayer d'échapper à Hans Schmidt qui attend une explication, c'est aussi naïf que de s'acheter un pantalon en 38, en prévision des trois kilos qu'on imagine qu'on va perdre. En proie à une crise de panique muette, j'ai laissé le silence s'installer, il me contemplait de son regard glacé d'agent de la Gestapo, sans dire un mot. J'aurais voulu disparaître sous terre. Et là, je ne sais pas ce qui m'a pris, je me suis souvenue que dans la vie, parfois, il faut savoir s'avouer vaincue et reconnaître ses erreurs (*Réussir sa vie,* p. 3). Alors, au lieu de m'excuser et d'invoquer un décès familial pour justifier mon absence, comme n'importe qui de raisonnable l'aurait fait, je lui ai tout déballé. Une fois que j'ai ouvert la bouche, je n'ai plus été capable de m'arrêter. Je lui ai expliqué que j'étais consciente que ma carrière était dans une impasse, que quand j'avais postulé chez Grable & Smith, dit G&B, il y a quatre ans, ce n'était pas pour faire le marketing des serviettes hygiéniques, mais parce que j'espérais être mutée au bout de six mois dans leur filiale de Londres BTPTD (*British Traditional Pastries Tea and Desserts*), que j'avais même suivi des cours du soir de cuisine en anglais dans cette optique. Certes, ce n'était pas professionnel de mentir, mais je ne prends quasiment jamais de jour de congé et je savais qu'il ne m'accorderait pas un congé moins de vingt-quatre heures à l'avance pour faire des UV, parce que, parfois, avec tout ce qui est procédure, il est limite nazi... heu... tatillon. Et que j'étais désolée, que je rattraperais le jour perdu. Comme il ne m'interrompait toujours pas et que le silence m'était insupportable, j'ai meublé en lui expliquant, qu'accessoirement, parce que j'avais lu trop de romans d'amour, ma vie sentimentale était tout aussi catastrophique que ma vie professionnelle (j'ai quand même sorti tel Flaubert un grandiloquent « Madame Bovary, c'est moi ! », que je ne suis pas sûre d'assumer, avec le recul), que je n'avais parlé que trois fois à Tristan Grant, *alias* l'homme de ma vie, et que j'étais obligée de prendre des cours de séduction pour le conquérir d'ici trois mois, que j'étais nulle et que ma prof de séduction m'avait pris un rendez-vous à la dernière minute pour faire des UV en plein milieu de la journée, évidemment, il ne pouvait pas comprendre, parce qu'il avait Gretel et tout ça, mais moi, mon bonheur futur dépend de mon attitude avec Tristan au mariage de mon cousin Jonathan et j'étais soumise à un tel stress qu'il ne fallait pas s'étonner que je craque psychologiquement parce que...

— Bertha, a-t-il interrompu.

Je suis restée la bouche ouverte et l'ai regardé comme s'il était devenu fou.

— Quoi ?

— Ma fiancée s'appelle Bertha, pas Gretel.

Je suis restée coite quelques secondes. Ce qui m'a permis d'évaluer l'énormité de ce que je venais de lui sortir. J'ai dû tomber dans une marmite de vodka quand j'étais petite. Il s'est massé le front quelques instants, les yeux fermés, comme s'il avait mal à la tête. Il allait très certainement me licencier, qui voudrait travailler avec moi ? J'ai fermé les yeux, en attendant la condamnation.

— Constance, si vous avez besoin de poser des jours à la dernière minute, ce n'est pas la peine de prétendre avoir le choléra, je ne pense pas vous avoir déjà refusé des congés.

— Non, mais dans l'intranet, la…

— Pour des raisons exceptionnelles il est possible de ne rentrer votre demande de congé dans le système informatique qu'*a posteriori*.

— Oh, je ne savais pas, la dernière fois, j'ai…

— Pour des raisons EXCEPTIONNELLES, Constance. Maintenant je souhaiterais clore le sujet de votre vie homérique pour nous concentrer sur celui de votre promotion.

Autre point détestable chez Hans Schmidt : il est arrivé en France il y a six ans et il parle français comme un dictionnaire de l'Académie française. C'est le comble de l'impolitesse. Est-ce que moi quand je vais en Espagne, je m'inscris à des corridas pour montrer au toréador de naissance que je peux trucider un taureau deux fois plus vite que lui ? Je trouve que. Attendez… Quoi ?

— Promotion ?

— Oui, promotion. Agnès a annoncé sa démission, vous allez passer chef de produit senior, votre augmentation s'élève à cent quarante-trois euros brut par mois et vous serez responsable de la stagiaire de l'équipe.

J'ai poussé une exclamation de joie incrédule et me suis retenue de faire une petite danse de triomphe.

— C'est génial ! Une stagiaire, c'est comme avoir une équipe, je suis Manager, ma carrière va enfin décoller !

— Oui. Félicitations. Constance, puis-je toutefois me permettre une réflexion d'ordre personnel ?

— Oui, oui, bien sûr, ai-je répondu avec un sourire crétin sans croire à ma chance.

— Vous êtes une fille intelligente, quoique parfois un peu... excentrique, vous apprenez vite et vous faites preuve, visiblement malgré vous, d'une efficacité que je pourrais qualifier de germanique, si elle était due à votre motivation et non à l'impatience que vous manifestez à quitter le travail dès que vous y avez mis un pied...

— Ah non mais alors là pas du tout, j'adore mon tra...

— Laissez-moi finir. Il y a des opportunités dans cette entreprise qui correspondraient sans doute plus à votre personnalité très... hum... comment dire... très créative.

Mon sourire crétin a disparu aussi vite qu'il était venu.

— Qu'est-ce que ça veut dire ? Vous allez me virer ?

Il a poussé un soupir excédé.

— Non, je ne vous aurais pas promue pour vous licencier trois minutes après et tant que votre travail est fait correctement, ce qui est le cas, je me montrerai satisfait, j'ai toutefois l'impression que vous seriez plus épanouie dans d'autres secteurs d'activité.

J'ai protesté avec véhémence et affirmé qu'il n'y avait rien qui me passionnait plus que de vendre des serviettes hygiéniques, surtout depuis qu'elles sont triple action absorbantes, et que je ne changerais pour rien au monde. Il a hoché la tête d'un air dubitatif, puis il m'a dit avec un geste évasif de la main :

— Bonne journée, Constance.

Je me suis levée pour partir, je l'ai remercié pour la promotion. Au moment où j'ai posé la main sur la poignée de la porte, il s'est raclé la gorge.

— Un dernier point, Constance.

— Oui ?

— Les quintaux de biscuits secs brûlés ou trop cuits dont vous avez gavé quotidiennement l'open-space la première année de votre poste ici, c'était en lien avec votre désir d'être mutée à Londres dans notre filiale BTPTD ?

Je me suis mordu les lèvres. J'aurais pu mentir, mais au point où j'en étais…

— J'avais postulé à un poste chez BTPTD à l'époque, mais ça n'a pas marché et… il est possible que ma période biscuits anglais concorde avec ma candidature.

Il n'a rien répondu, mais au moment de refermer la porte, j'ai cru apercevoir sur la mâchoire carrée d'Hans Schmidt une espèce de crispation qui ressemblait presque à un sourire.

Chloé

Il faut que je sorte. Les vaches, les vignes, la campagne, le *No Sex Land*, ça va bien cinq minutes ! Ce n'est même pas l'abstinence qui me pèse le plus. L'air pur m'étouffe, la verdure m'angoisse, le silence me casse les oreilles. Je dépéris. J'ai besoin de respirer le parfum des pots d'échappement, de m'asphyxier au dioxyde de carbone, d'entendre un haut-parleur me murmurer à l'oreille que le trafic est perturbé sur la ligne une, de courir dans les escalators comme une folle pour attraper un métro, alors que le suivant est dans moins d'une minute trente. Je sais ce que vous pensez, mais ça m'est égal, je suis un rat des villes.

Aujourd'hui, Mamie Rose ne m'a pas reconnue. Elle m'a parlé pendant une heure en me prenant pour sa sœur, qui est morte il y a huit ans. Je ne l'ai pas contredite, à quoi bon ? Comme d'habitude, coincée devant mon écran, je n'arrive pas à écrire une ligne valable depuis le début de l'après-midi. Le tintement de l'horloge du hall d'entrée me fait sursauter, à Château-Lyran, on mange tous les jours à dix-neuf heures trente pétantes, soit dans une demi-heure et je n'ai pas faim. J'ai besoin d'un verre, d'entendre autre chose que les histoires de potager de Jacqueline ou l'exposé de la généalogie des Delahaye depuis l'*Homo sapiens* de Tonton Gonz. Je descends les escaliers à la recherche de mes hôtes, et trouve Jacqueline en train d'épousseter un à un tous les livres de la bibliothèque, du haut d'une échelle branlante. Elle ne m'entend pas rentrer, je me racle la gorge.

— Bonsoir Jacqueline.

— Chloé, nous allons dîner d'ici une demi-heure.

— Je ne suis pas sûre de dîner avec vous ce soir, je voulais vous demander… Il n'y aurait pas un bar dans le coin ?

Elle pose un instant son chiffon et réfléchit, la main sur le montant en bois.

— Je ne sais pas si c'est vraiment votre genre d'endroits, mais il y a le *Café de la Poste* à Marinzac, c'est en face de la Poste.

Elle me fait un doux sourire et je la remercie. Je remonte en trombe dans ma chambre, pas le temps de sortir le grand jeu, mais je me maquille légèrement. Comme dirait Mamie Rose, c'est la beauté intérieure qui compte, mais un peu de rouge à lèvres n'a jamais tué personne et une paire de chaussures bien choisie peut changer une vie (cf. cas Cendrillon).

En redescendant, je tombe sur Tonton Gonz debout dans l'escalier, les mains dans le dos et les lunettes sur le bout du nez. Il examine les photos poussiéreuses sous les cadres de verre en marmonnant tout seul, me confirmant par la même occasion que je n'invente rien : la vie à la campagne rend les gens bizarres.

— Vous avez l'air nerveuse, Chloé, me dit-il.

— Oui, je sors, j'ai besoin de prendre l'air.

Je lui fais un sourire crispé et il pose une main rassurante sur mon bras.

— Il pleut des cordes. Prenez donc Vénus, elle est enfin réparée.

Je le remercie et pars en courant vers la lumière au bout de mon tunnel : le bar PMU de Marinzac. Dans ce cas précis, il aurait été plus adapté de parler d'une étincelle au fin fond d'un trou noir spatio-temporel, mais faute de grives on mange des merles et le bar PMU de Marinzac, que j'imagine meublé d'un baby-foot, d'un flipper et de quatre habitués bourrés, me paraît un havre de civilisation dans mon isolement d'ermite.

Je galère pour démarrer Vénus qui ronchonne, mais qui finit par obtempérer et je la gare juste devant le Café de la Poste ce qui, je dois bien l'avouer, n'arriverait jamais à Paris. Je me hisse sur un des tabourets hauts devant le bar et commande une bière. Je trempe mes lèvres dans la mousse et ferme les yeux pour savourer l'instant. Enfin. J'aime le vin, surtout dans la région, mais en temps de crise, rien ne remplace une bonne bière.

— Salut.

Je lève la tête, une fille brune aux cheveux bouclés se tient à côté de moi, elle arbore un joli sourire un peu timide. Je vérifie que c'est bien à moi qu'elle s'adresse. Un scan rapide des cinq autres clients de l'établissement me le confirme. J'aurais préféré me faire aborder par un beau propriétaire de vignoble, par exemple, un héritier de Bernard Arnault, mais elle a l'air sympa et c'est la première personne que je rencontre dans ce bled qui a l'air d'avoir moins de trente ans. Je lui réponds donc et lui demande si elle habite Marinzac.

— Oui, je suis photographe, tu as dû voir ma boutique, elle est juste à côté de la Poste.

Logique, vous l'aurez remarqué, à Marinzac, tout est situé « juste à côté de la Poste ».

— Sympa, quel genre de photos ?

— Tout et n'importe quoi, des photos de paysages et de domaines pour les producteurs, des photos de classes ou des photos de famille, beaucoup de mariages aussi.

— Moi je suis là pour…

— Je sais qui tu es, interrompt-elle les yeux brillants, tu es l'écrivain qui loge chez les Delahaye. Je voulais passer à Château-Lyran pour te rencontrer, mais je n'ai pas osé… Pour une fois qu'il y a quelqu'un de pas trop vieux dans le coin, et une artiste en plus…

Je bois une gorgée de ma bière, surprise par son enthousiasme. Elle me tend la main tout en rougissant de son audace :

— Virginie.

— Chloé, dis-je en tendant la mienne.

— Ravie de faire ta connaissance.

— Moi aussi.

Comme elle reste plantée là, je lui désigne le tabouret à côté du mien, elle se hisse dessus et commande un Lillet rouge. Sa timidité s'évapore à la même vitesse que le contenu de son verre. Je lui pose deux ou trois questions sur sa vie. Elle vient de Marseille, ses parents y habitent toujours. Elle s'est installée ici parce qu'elle a hérité de la boutique de son oncle, décédé il y a deux ans. Elle me dit avoir tout plaqué sur un coup de tête. Elle n'a pas l'air de vouloir donner de détails et je n'en demande pas. Au début, elle se contente de me répondre puis, peu à peu, elle m'interroge, sur Paris, ma vie d'avant, ma vie actuelle, etc. J'en viens à oublier un instant mon exil au vert, le silence de Guillaume, le curseur qui clignote toute la journée sur mon document Word tout blanc, et mon absence de carrière. Elle me fait rire, elle a d'étranges attitudes de petite fille, elle s'emballe quand elle me parle de photos. Le regard étincelant, elle se penche vers moi, pose ses deux mains sur mes cuisses, comme pour appuyer ses paroles, puis redevient tout à coup timide, retire ses mains et baisse les yeux.

Je ne fais pas trop attention à la porte qui s'ouvre, ce n'est que quand elle s'interrompt en plein milieu d'une phrase pour fixer quelqu'un derrière moi que je me retourne et constate que Vincent Laborde vient de rentrer dans le Café de la Poste.

— Salut Vincent, dit ma nouvelle copine avec un sourire lumineux.

Il lui fait un signe de tête poli, sans lui rendre son sourire. La blonde accrochée à son bras examine Virginie de haut en bas avec une moue méprisante qui m'énerve. Ce type a visiblement un gros faible pour les fortes poitrines, d'où, sans doute, son intérêt pour Constance. Je lui accorde toutefois que, contrairement à la réceptionniste du foyer des Pervenches, celle-ci, au moins, a l'air d'être majeure depuis plus de trois jours.

— Salut, dis-je avec un sourire hypocrite, ça tombe bien que tu sois là… Pour la visite de ton domaine, je me disais qu'on…

— Je vois que vous avez fait connaissance, coupe-t-il, j'avais dit à Virginie de passer te voir, j'ai pensé que vous pourriez bien vous entendre.

À côté de Vincent, la fille aux gros seins regarde ailleurs avec l'air de s'ennuyer comme un rat mort. Vincent fait un clin d'œil à Virginie et elle rougit. Je les dévisage l'un puis l'autre, un peu surprise par cet échange silencieux. S'est-il passé quelque chose entre le rustre de Laneyronie et la jolie photographe ? Ce serait cohérent, puisque, apparemment, Vincent Laborde s'est fixé pour objectif de se taper toute la Gironde. La blonde s'agite et finit par le tirer par le bras.

— Bonne soirée, dit-il avant de la suivre avec une surprenante docilité.

Je les observe, l'air de rien. Il lui parle sans la lâcher de son regard noir et intense, style pirate au sombre passé. Personnellement, si j'étais à la place de cette fille, j'aurais peur qu'il m'assassine et jette mon cadavre dans le premier fossé venu, mais elle rougit, minaude, pose sa main sur sa barbe brune en penchant la tête et en papillonnant des cils comme si elle était en proie à un tic. J'ai l'impression d'être dans une série B, tournée avec des acteurs amateurs. Il lui prend la main et caresse l'intérieur de sa paume. N'importe quelle fille qui a plus de 78 de QI verrait qu'il n'a qu'un objectif, et ce n'est clairement pas d'avoir son opinion sur la

Constitution européenne. Je continue de discuter avec Virginie et décide de les ignorer. Je ne visiterai jamais le vignoble de Laneyronie, tant pis. De nos jours, on peut écrire un roman sur les bidonvilles de Calcutta sans avoir jamais mis un pied en dehors de Paris *intra-muros*, alors laissez-moi vous dire que je n'ai pas besoin de visiter le domaine de Vincent Laborde pour parler de vignes. Je ferai comme tout le monde, j'irai voir sur Wikipedia.

Ma curiosité finit quand même par l'emporter et au milieu d'une conversation, je demande en pointant Vincent du menton.

— Il s'est passé un truc, avec lui ?

Virginie me regarde avec stupéfaction, comme choquée par ma suggestion.

— Bien sûr que non ! Pourquoi tu me demandes ça ?

— Je ne sais pas, enfin, je ne voulais pas être indiscrète, mais j'avais l'impression qu'il y avait une tension.

— Non, non, vraiment pas. On est potes… et encore, ça dépend des jours. Le truc avec Vincent, c'est qu'il est capable du meilleur comme du pire, parfois, il me file des coups de main quand je lui demande rien, il s'occupe de moi comme un grand frère et parfois il m'envoie balader quand j'ai besoin de lui, mais non, il n'y a jamais rien eu entre nous.

Je n'insiste pas, le sujet la met visiblement mal à l'aise. Elle ne me dit peut-être pas la vérité, mais je n'ai pas à me mêler des affaires des autres, surtout que j'ai déjà suffisamment à régler dans ma propre vie. Je commande une deuxième pinte, je me sens plus détendue. Venir ici était la meilleure idée de la semaine. L'unique serveuse monte le son d'une playlist des années quatre-vingt-dix. Du coin de l'œil, j'observe Vincent qui, sous prétexte d'apprendre à sa copine du moment à jouer au babyfoot, s'est collé derrière elle, ses mains de gorille sur les siennes. La fille rigole à s'asphyxier, on l'entend de l'autre bout du bar. Il surprend mon regard et me fait un clin d'œil. Je lui accorde un demi-sourire condescendant. Son comportement m'écœure un peu, mais j'ai ramené assez d'inconnus de boîtes de nuit les soirs de dépression sans jamais ensuite répondre à leurs appels pour m'abstenir de juger sans connaître. Soyons honnêtes, si Vincent Laborde est un connard, je suis une connasse. À bien y réfléchir, il est sans doute un connard et je suis très probablement une connasse. Une connasse avec des excuses, certes, mais qui n'en a pas ?

À vingt-deux heures quarante-cinq, j'élève officiellement Virginie au rang de copine locale. Alors que nous avons atteint le nombre record de huit clients dans le Café de la Poste : Virginie, Vincent et sa blonde, un pilier de bar qui pique du nez dans son Ricard et trois adolescents affalés sur leur casque de mob, la serveuse nous annonce qu'elle ne va pas tarder à fermer. Les trois jeunes sont les premiers à sortir, après avoir tenté de négocier une dernière tournée gratuite. La serveuse finit par leur verser un shot chacun. Elle nous en propose un, Virginie refuse et je fais de même, mais à regret. Nous nous retrouvons sur le trottoir mouillé. Il ne pleut plus. Je sors une cigarette et l'allume, puis tends mon paquet à Virginie qui secoue la tête.

— Tu habites loin ? Tu veux que je te raccompagne en voiture ?

— Non, j'habite juste en face, répond-elle en m'indiquant sa boutique, deux maisons après La Poste.

Je souffle un nuage de fumée qui se dissout dans la nuit humide.

— Tu me donnes ton numéro ? On essaye de se revoir ?

Elle sort son téléphone portable de sa poche et me le tend pour que j'y tape mon numéro.

— Oui bien sûr... Je... je peux te demander quelque chose ?

Je hoche la tête, occupée à saisir mon numéro sur son écran tactile.

— Tu voudrais pas... hum, tu voudrais pas servir de modèle, pour des photos ?

— Quel genre de photos ? demandé-je sans comprendre.

— Des portraits pour mettre dans ma vitrine, pour montrer ce que je suis capable de faire. Celles que j'expose datent de l'époque de mon oncle et elles sont vraiment ringardes.

Bêtement flattée, j'accepte avec enthousiasme et nous nous faisons la bise, en promettant de nous revoir bientôt.

Elle traverse la rue, toute fine, légèrement titubante et rentre dans la maison d'en face.

— T'as du feu, Cendrillon ?

Je sursaute, je n'avais pas vu qu'il était encore là. Je tends mon briquet à Vincent. Il me le prend des mains et l'abrite derrière sa main pour allumer sa cigarette.

— La soirée a été bonne ? Un numéro de téléphone pour huit personnes présentes, bon score.

Je lève les yeux au ciel.

— Très drôle.

La fille à côté de lui me regarde avec méfiance et s'accroche à son bras avec un air de propriétaire. Dieu sait qu'elle ne risque rien. Avec le vent et la sangsue collée à lui, il doit s'y reprendre trois fois avant de réussir à allumer sa cigarette. Il me rend le briquet, souffle un nuage de fumée blanche par les narines et demande :

— T'es en état de conduire ?

Je lui réponds un peu sèchement :

— Oui, je n'ai pas beaucoup bu.

J'ai la tête qui tourne, mais rien qui m'empêche de prendre le volant pour faire cinq kilomètres.

— Deux pintes quand même, dit-il en haussant un sourcil, vu ton gabarit, c'est pas rien… Parce que, sinon, on remonte avec ta voiture et je passerai chercher ma moto demain.

Je repense à ce que m'a dit Virginie sur Vincent, son côté grand frère protecteur et son côté grand méchant loup, Docteur Jekyll et Mister Hyde. Je glisse le briquet dans mon sac.

— T'inquiète, j'ai pas besoin qu'on s'occupe de moi.

La fille a l'air soulagée par mon refus et daigne pour la première fois me faire un demi-sourire. Il hausse les épaules.

— C'est toi qui vois, bonne nuit.

— Bonne nuit. J'hésite avant de rajouter : Merci quand même.

Il s'éloigne sans répondre, enfourche sa moto garée à quelques pas. Il tend le casque à la blonde. Il n'en a qu'un seul, il n'avait donc pas prévu de rentrer avec elle ? Je reste appuyée contre le mur, à profiter de ma dose de nicotine, malgré le froid. Je n'ai jamais été une couche-tôt, je voudrais faire quelque chose, sortir, danser, boire des cocktails. J'aurais dû proposer à Virginie d'aller boire un verre chez elle. J'ai tellement peu envie de rentrer que j'aurais été capable de proposer à Vincent Laborde d'aller boire un verre. Mais il démarre en trombe, et bientôt le silence s'installe dans les rues sombres de Marinzac.

Nous avions l'habitude avec Guillaume de nous promener de nuit dans les rues parisiennes. Nous préférions rentrer à pied ou en Vélib' plutôt qu'en métro ou en taxi. Même en plein milieu de la nuit, Paris bruisse, gronde et ronronne. On entend les rumeurs, des rires, des pas, le vrombissement du métro sous les grilles où s'allongent les SDF en quête de chaleur et les klaxons lointains, étouffés par le moteur des voitures qui ne redémarrent pas assez vite aux feux. Quelques rares véhicules passent dans les petites rues et les grands boulevards sont plus fréquentés à deux heures du matin que la départementale qui traverse Marinzac à l'heure de pointe. Il est vingt-trois heures et la plupart des maisons sont déjà endormies. Peu de fenêtres sont encore éclairées. Une télévision aphone, allumée au rez-de-chaussée, projette des faisceaux de lumière silencieux sur les vitres d'un salon. J'entends juste le souffle léger d'une brise mouillée qui glace mon cou et le son mat de mes pas sur le trottoir. J'ai envie de rentrer à pied, mais cinq kilomètres en talons par ce froid et en pleine nuit, c'est du suicide. Je retourne à regret dans ma voiture. J'allume le chauffage à fond et je rentre me coucher, bien sagement, à vingt-trois heures trente.

Journal de Constance Delahaye

21 mars 2013 – 21 h 56

J'ai manqué de rigueur pour tenir mon journal ces derniers temps. Heureusement qu'Anne Frank était plus assidue que moi et qu'en dehors de ma métamorphose en femme fatale, je n'ai aucun témoignage historique à partager avec la postérité.

Vie professionnelle : j'ai pris une grande décision. J'ai postulé il y a trois jours à un poste de chef de produit à Londres pour la branche BTPTD (*British Traditional Pastries Tea and Desserts*) de Grable & Smith. C'est Hans Schmidt qui a laissé l'offre imprimée sur mon bureau avec un Post-it : « Constance, pour info ». Comme quoi, il est vraiment décidé à se débarrasser de moi.

Vie personnelle : J'ai perdu quatre kilos en suivant un régime génial : quatre heures de pole dance par semaine et suppression totale de toute forme d'alimentation à l'exception d'eau, de café et de branches de céleri. Déprimant, mais extrêmement efficace.

Aujourd'hui, relooking aux Galeries. J'ai dit à Hans Schmidt que j'avais rendez-vous chez le gynéco. Il est encore d'une humeur massacrante. Mylène prétend qu'il a rompu avec Gretel la Cruelle, et j'ai pensé qu'il était sage de griller à cette occasion mon joker gynéco de l'année. Le rendez-vous chez le gynéco est l'unique excuse qui ne provoque jamais la moindre réaction chez Hans Schmidt, si ce n'est un air très gêné. Ceci dit, il n'avait pas l'air beaucoup plus à l'aise quand je lui ai annoncé qu'il me faudrait dorénavant partir à dix-huit heures pétantes les lundis, mercredis et vendredis pour mon cours de pole dance.

Note au passage : Je pensais que le pole dance, ce serait chaussures à plateforme, strings à paillettes et bombasses latino aux seins refaits. Faux. Il n'y a que des filles normales en boxer et soutien-gorge de sport. Le pole dance tient plus de l'acrobatie que du strip-tease, mais on s'amuse bien. Je me fais des bleus partout. En maillot de bain, j'ai l'air d'une catcheuse professionnelle, mais je progresse vite. Mes cours de danse classique me servent beaucoup et Baby-Doll a même déclaré que je m'en sortais plutôt bien pour une débutante. Si ma candidature à

BTPTD n'est pas acceptée, je peux envisager une carrière de strip-teaseuse bas de gamme.

Baby-Doll m'attendait à l'entrée des Galeries. Je crevais de faim et je rêvais d'un cassoulet. Comme si elle avait lu dans mes pensées, elle m'a tendu une soupe potiron-vanille à la crème de soja, 100 % végétarienne, sans lactose ni gluten, achetée au Cojean du boulevard Haussman.

— Avale ça rapidement, on n'a pas beaucoup de temps.

— Faut que je retourne au boulot à quatorze heures trente au plus tard, lui ai-je expliqué la bouche remplie de liquide potiron-vanille.

Elle a levé les yeux au ciel et s'est engouffrée dans le magasin sans répondre tout en pianotant sur son Blackberry, et je me suis dit que c'était mal barré pour ma réunion stratégie marketing produit 2014 (je suis revenue à 15 h 45). Je ne vais jamais aux Galeries Lafayette. La clientèle, les balcons sculptés et la coupole art nouveau m'intimident. D'autre part, tout est trop cher pour moi et je n'ai aucune volonté. Je serais capable de vider mon compte en banque le 3 du mois pour acheter une paire de chaussures vernies rouges avec quinze centimètres de talons, que je ne mettrais bien évidemment jamais.

Baby-Doll savait exactement où nous allions et elle avançait avec assurance entre les clients, nombreux à l'heure de la pause déjeuner. Elle semblait ne voir personne et tout le monde semblait admirer sa démarche gracieuse et l'élégance de sa tenue.

Elle a foncé vers les salons privés du troisième étage. Une femme d'une quarantaine d'années en tailleur gris clair m'a tendu une main autoritaire :

— Cindy Smart, conseillère en style.

— Bonjour, Constance Delahaye, incompétente en style.

Elle m'a jeté un regard froid et j'ai rougi.

— Bonjour Cindy, a dit Baby-Doll, tu as préparé les tenues dont nous avons parlé ?

— Oui. Café ?

— Espresso sans sucre pour moi, Constance ?

— Heu… si jamais c'est possible, plutôt un thé pour moi s'il vous plaît.

D'un doigt manucuré, Cindy a fait tomber sur son nez les énormes lunettes à montures vertes qu'elle portait sur la tête.

— Vert au Jasmin ? À la menthe ? Earl Grey ? Boost ? Detox ? Gingembre-citron ? Mélange happy-zen réglisse-menthe ? Fumé aux épices de Guanara ?

Après un court moment de panique, j'ai balbutié :

— Happy-zen réglisse-menthe ?

Je déteste la réglisse, mais elle avait l'air d'avoir sérieusement besoin d'une tasse de Happy-Zen. J'ai espéré qu'en préparant le mien, elle en profiterait pour s'en faire un. Raté, elle est revenue trois minutes plus tard avec mon thé et deux cafés. Baby-Doll s'est assise sur une chaise, Cindy aussi. Quand j'ai voulu moi aussi m'asseoir, elle a agité son index.

— Han han.

Et je suis restée plantée comme une crétine sous les regards de Cindy et Baby-Doll qui débattaient pour savoir si j'avais une morphologie (dire « morpho ») plutôt sablier ou pyramide inversée. Je ne me serais pas sentie plus mal à l'aise si j'avais été toute nue avec des oreilles de Mickey sur le plateau de TF1 le jour de la finale de la Star Ac'. Jusqu'à aujourd'hui, je pensais m'habiller correctement, ou tout du moins normalement : je portais un pantalon bleu marine, ce genre de pantalon très pratique pour le boulot qui n'est ni en toile ni en jean, et un gilet beige sur une marinière. Les marinières, c'est à la mode. En ce moment vous prenez le métro et il y a tellement de rayures que vous ne savez plus si vous êtes sur le *Titanic* ou au dernier défilé Jean-Paul Gaultier.

Ensuite, elles ont discuté de mes goûts et de ma personnalité, pour définir ce que Cindy appelle le « brief ». Baby-Doll pensait qu'il était inutile que j'exprime mon avis sur ce qu'étaient mes goûts et ma personnalité et a proposé d'en faire un « résumé en trois mots », mais Cindy a tenu à avoir l'entretien en bonne et due forme. Elle m'a demandé pour quelles occasions je cherchais des vêtements. En sept minutes, nous avons établi que j'avais besoin de trois tenues « business-casual » pour le boulot, trois tenues « casual-chic » pour les verres avec mes copines et trois tenues « sexy-smart » pour sortir. Entre-temps, on m'avait laissé m'asseoir et avaler une gorgée du thé happy-zen réglisse-menthe qui ne m'avait rendue ni happy ni zen.

— Budget ? a demandé Cindy.

J'ai paniqué, réfléchi à toute vitesse. Il me restait quatre-vingt-six euros sur mon compte, mais je me doutais que Cindy et Baby-Doll n'avaient pas envie d'entendre quatre-vingt-six euros.

— Quatre cents euros ?

Tant pis, je demanderai une rallonge pour payer mes impôts trimestriels. L'année dernière, quand j'ai été obligée d'acheter deux cent quatre-vingt-dix euros la première édition d'*Orgueil et Préjugés* (ok, peut-être pas la première édition, mais sans doute une des premières éditions, compte tenu de l'état de délabrement du livre vendu par un bouquiniste sur les quais de Seine), les employés de l'administration française se sont montrés compréhensifs quand je les ai appelés en pleurant. De toute façon, si tout marche comme prévu, je pourrai peut-être m'installer avec Tristan Grant d'ici la fin de l'année et économiser la moitié de mon loyer. Auquel cas, il ne s'agit pas vraiment d'une dépense mais plutôt d'un investissement sur le long terme.

— Ok, a dit Cindy, je peux habiller n'importe qui avec n'importe quel budget et je ne refuse jamais un challenge.

Vêtements, coiffure, maquillage, l'opération a pris trois heures. On m'a mesurée sous toutes les coutures, on a établi que j'avais une morphologie sablier (traduction : gros seins, grosses fesses) et qu'il fallait que je souligne ma taille et que je fasse des abdos. Mon principal atout est ma poitrine et il faut que j'apprenne à la montrer. Cindy m'a jeté des dizaines de morceaux de tissu au visage, pour déterminer les couleurs qui mettaient ma carnation et mes yeux en valeur (inutile de préciser que ce n'était ni le bleu marine, ni le gris clair, mes couleurs fétiches). Elle m'a montré une série de bijoux et m'a demandé de faire une sélection de ce qui me plaisait. J'ai fait une sélection et elle a gardé en tout et pour tout un sautoir, en argumentant, à juste titre, que je n'étais pas un sapin de Noël. J'ai essayé des pantalons, des jupes, des tuniques, des leggings…

— Tu dois porter des robes, oublie les pantalons, des robes droites bien cintrées à la taille et des talons hauts, je pense Marilyn, je pense Catherine Zeta-Jones, je pense Monica Bellucci. Oublie les ballerines et les jupes trapèze ou plissées, après douze ans, ça devrait être illégal.

Le coiffeur s'appelait Jean-Eudes :

— My love, on va donner de la structure à ton cheveu, un peu d'angle, parce que là c'est plat plat plat, sans caractère, si tu veux garder ta base longue, il faut du mouvement, du volume entre les pommettes et le menton pour faire ressortir le doré dans tes yeux, tu vois, là je vais épouser ton implantation, challenger ta double texture, on va te faire du foncé en racine, et trouver un blond qui t'appartienne vraiment, parce que là c'est terne terne terne, ton blond naturel c'est pas le tien, et moi je dis non non non, je vais te déstructurer tout ça et te donner de la lumière.

J'ai pensé : au secours ! au secours ! au secours !

J'ai dit :

— Ok.

Et de toute façon il avait déjà commencé.

Après il y avait la maquilleuse (je ne suis pas maquilleuse, chérie, je suis make-up artist). J'ai essayé de lui expliquer que ma mère m'a toujours dit qu'il fallait avoir l'air naturelle et que les rares fois où j'ai essayé de me mettre plus que du mascara, je suis ressortie avec la tête du Joker dans *Batman*, mais apparemment, il faut se maquiller, chérie, même si tu veux garder ton look naturel, SURTOUT si tu veux garder ton look naturel, le secret, chérie, c'est soit on fait ressortir les yeux, soit on fait ressortir les lèvres. Les yeux charbonneux et la bouche rouge, on te le pardonnera dans deux cas uniquement : si tu es Penelope Cruz ou si tu fais le trottoir au bois de Boulogne. Est-ce que tu es Penelope Cruz, chérie, ou est-ce que tu veux avoir l'air d'une pute ?

— Heu, non.

— Donc, toi, ton point fort ce sera les lèvres, les yeux tu touches pas trop, enfin il faut t'enlever ces vilains cernes, bien sûr, une touche de fard à paupières, d'eye-liner et du mascara, on va renforcer tes sourcils, depuis la Delevingne c'est fini le sourcil épilé, chérie, mais rien de plus, on reste total nature au niveau des yeux.

Je suis revenue au bureau :

1) À 15 h 45.

2) Transformée en bombasse. Je ne sais vraiment pas comment ils ont fait, mais quand j'ai vu le résultat, franchement, même moi, j'aurais couché avec moi. J'ai admiré mon reflet dans toutes les glaces et portes vitrées de l'étage et le mec de l'accueil m'a sifflée quand je suis revenue au bureau.

3) Ruinée.

Je paniquais à l'idée de me faire surprendre par Hans Schmidt métamorphosée en femme fatale alors que j'étais supposée sortir d'un rendez-vous chez le gynéco. Je l'ai croisé dans le couloir, mais il ne m'a pas vue. Il fonçait tête baissée et les sourcils froncés vers le bureau de Mylène, à qui il a demandé avec un calme arctique pourquoi l'intégralité de ses rendez-vous avaient disparu de son agenda Outlook. Le temps qu'elle lui réponde au bord des larmes qu'elle avait fait une fausse manip, mais qu'elle allait tout récupérer au plus vite, je m'étais glissée devant mon bureau et tapais n'importe quoi sur mon clavier avec un air assidu.

— Constance ?

J'ai regardé à droite et à gauche avant de laisser tomber sur lui le regard surpris et innocent de quelqu'un qu'on vient d'interrompre en plein milieu d'une profonde concentration, intérieurement terrifiée à l'idée de ce qu'il allait pouvoir dire rapport à ma nouvelle tenue, nouvelle coiffure, nouvelle tête et mes trois heures trente de pause dej.

— Oui ?

— Vous aviez l'intention de me dire que vous aviez postulé pour ce poste à Londres, dans la filiale BTPTD ?

— Heu, je ne sais pas, j'ai juste postulé en ligne, je…

— J'ai eu le responsable marketing UK au téléphone, il m'a fait part de votre candidature. Vous aurez un entretien bientôt. Merci, pour une fois, de me signaler à l'avance votre absence, afin que nous puissions l'anticiper et de choisir la date en fonction des prix des billets d'Eurostar, j'aimerais bien éviter de payer votre démission une fortune.

Je suis restée les mains en suspens au-dessus du clavier comme deux araignées au bout de leur fil.

J'ai pensé : « OH MY GOD, JE VAIS À LONDRES, JE VAIS À LONDRES, JE VAIS À LONDRES, JE VAIS À LONDRES. »

J'ai dit :

— D'accord.

Je deviens maîtresse dans l'art de la dissimulation. Il m'a dévisagée un instant les sourcils froncés, comme s'il essayait de déterminer si quelque chose avait changé dans mon visage depuis que j'étais allée chez le gynéco, puis il est retourné dans son bureau en claquant la porte.

Enseignements importants de la journée : je ne suis ni un sapin de Noël ni Penelope Cruz. Je suis un sablier. Un sablier qui n'a plus jamais besoin de s'épiler les sourcils (youpi).

Chloé

Je revois Virginie une semaine plus tard. Elle m'a invitée à dîner chez elle. Pour la séance photos, j'ai ressorti le mascara des grands jours et les talons aiguilles. J'ai l'agréable sensation d'être de nouveau une fille.

Je comptais apporter le dessert, mais la pâtisserie à côté de la Poste est fermée. Je me rabats sur un bouquet de roses, seul nom de fleurs dont j'arrive à retenir le nom. Ce n'est même pas la peine que j'envisage d'apporter une bouteille, je n'ai aucune chance d'arriver à la choisir correctement dans ce pays où toute conversation à l'apéro se transforme en débat entre œnologues professionnels. Je sors de la boutique mes fleurs à la main, et manque de me prendre Vincent Laborde en pleine poire. J'ai appris que c'était le genre de situation inévitable quand on habite un bled de cette taille : vous connaissez tout le monde, donc vous tombez sur des gens que vous connaissez dès que vous mettez le nez dehors. J'en ai déduit que la véritable raison pour laquelle l'infidélité est plus courante en ville qu'à la campagne, c'est que le moindre mensonge est trop compliqué en logistique.

Vincent examine ma tenue et mon bouquet avec un sourire amusé.

— Un rencard en tracteur avec le prince charmant, Cendrillon ?

Il a l'air de bonne humeur.

— Pas du tout, je vais dîner chez Virginie.

Contre toute attente, il éclate de rire.

— Je vois… Passe une bonne soirée, ne me remercie pas surtout…

Il s'engouffre chez le fleuriste, rigolant toujours de son rire caverneux qui terrifierait tous les enfants du village, s'il y avait eu des enfants du village. Je me demande bien à qui il va offrir des fleurs aujourd'hui. Vincent Laborde n'est pas désagréable dans ses bons jours, mais ça m'exaspère qu'il semble toujours lire en moi comme dans un livre ouvert, quand moi je lis en lui comme dans un parchemin en cyrillique, écrit à l'encre sympathique.

Virginie m'ouvre la porte avec un grand sourire.

— Oh c'est magnifique, dit-elle en me prenant les fleurs des mains.

Je pose mon manteau et mon écharpe sur une chaise. Je contemple les sourires en noir et blanc, les photos de classe à la Marcel Pagnol et les visages crispés des mariés de l'après-guerre dans les cadres qui recouvrent les murs de la petite boutique.

Virginie pointe du doigt une photo qu'elle a posée sur le comptoir.

— Je voulais te montrer ça.

Je m'approche, l'image est un peu floue. La fille a un air mutin, un sourire presque provocant sur les lèvres, adouci par son uniforme d'écolière bleu marine. Des mèches brunes s'échappent de sa tresse faite à la va-vite. Elle a le nez constellé de taches de rousseur et les yeux tellement clairs qu'ils illuminent la photo en noir et blanc.

— On dirait moi en mieux..., je murmure en caressant le visage sur la photo.

C'est idiot, mais je n'avais jamais imaginé Mamie Rose enfant ou ado. Quand elle parlait de son enfance, je la visualisais toujours avec ses cheveux blancs, ses rides et ses mains aux veines apparentes, mais dans des robes à pois de petite fille.

D'ailleurs ce n'est pas Mamie Rose sur la photo, pas encore, c'est Rose Lacombe.

— Elle date de 1947, dit Virginie, je pense qu'elle venait d'avoir son bac, il y en a toute une série des ados du coin en uniforme.

Ma grand-mère. Ma Mamie plus jeune que moi, les yeux remplis de paillettes et toute la vie devant elle. Elle n'a jamais oublié ces années-là. Même quand elle perd la mémoire, qu'elle ne sait plus qui je suis, ni en quelle année on est, elle se souvient toujours de sa jeunesse. Les jours d'oubli, elle raconte inlassablement les mêmes anecdotes, sa sœur qui lui volait son chandail bleu, mon grand-père qui l'a invitée pour la première fois à boire un diabolo menthe en classe de terminale, parce qu'elle lui avait prêté *Les Pardaillan* de Zévaco. Je lève la tête vers Virginie.

— Merci...

— De rien, tu peux la garder, c'est une vraie salle d'archives ici. Quand je suis arrivée, j'ai passé des week-ends entiers à classer des piles de vieilles photos.

De nouveau, j'examine les cadres sur le mur et réalise que les photos sont triées par date. Celles de droite sont en couleur et beaucoup plus récentes. Au fil du temps, le photographe s'est visiblement spécialisé dans les photos de mariage.

— La moitié des mariages du coin, c'est les Delahaye, j'étais photographe au mariage d'Evelyne l'année dernière et cette année je fais celui de Jonathan, le cousin de ta copine Constance, en juin.

— J'y serai peut-être, Tonton Gonz et Constance m'ont tous les deux proposé de venir.

Je m'approche les sourcils froncés d'une grande photo de famille, je retrouve Constance, au sortir de l'adolescence et souriante, les yeux fermés comme d'habitude. Au premier rang, Tonton Gonz essaye de rentrer son double menton et son gros ventre, les deux mains couvertes de bagues, appuyées sur le pommeau d'une canne mode Louis XIV. Mes yeux tombent sur la photo d'à côté. Un mariage aussi, et pas des plus petits, des dizaines de personnes posent devant des vignes et je reconnais en arrière-plan les toits bicolores de Laneyronie. Des fleurs blanches et roses décorent toutes les fenêtres et une tente crème gigantesque se dresse devant le pigeonnier pour accueillir les invités. Les mariés ont l'air d'avoir vingt ans et de se ficher des autres comme de la dernière pluie. Elle, dans sa robe de princesse, pleine de froufrous et de dentelles, s'accroche à deux mains au bras de son nouveau mari, son sourire lumineux de fille amoureuse levé vers lui comme s'ils étaient seuls au monde. Lui, immense, un peu engoncé dans son costume noir penche la tête vers elle et malgré la taille réduite de ce visage noyé dans la foule des invités, on peut lire sur ses traits vaguement familiers une adoration quasi religieuse.

— Tu le reconnais ? demande Virginie.

J'hésite un instant, l'expression naïve sur son visage est tellement surprenante quand on connaît le personnage que j'hésite à y croire.

— Vincent Laborde ?

— Oui, Vincent, sans la barbe et à vingt-trois ans.

En bas à droite, la date a été inscrite au stylo bille : *Mariage Laborde/Meunier, 23/02/2003.* Je comprends pourquoi Vincent Laborde avait mieux à faire que de venir me chercher le 23 février dernier : c'était son anniversaire de mariage. Je recule d'un pas, je n'en reviens toujours pas.

— Méconnaissable... Divorcé ?

— Juste avant que j'arrive, leur mariage a tenu sept ans, je crois.

— Je croyais qu'il n'y avait qu'à Paris que deux mariages sur trois finissaient en divorce...

— On divorce aussi à la campagne, figure-toi, c'était une histoire sinistre, d'ailleurs.

Je me laisse tomber sur une chaise à côté du comptoir.

— Raconte, j'adore les histoires sinistres.

Virginie entreprend de ranger les photos d'un air rêveur.

— Personne n'est sûr, mais tu connais Catherine qui travaille à la maison de la Presse derrière la Poste ?

— Non…

— Sa cousine est sage-femme dans une clinique à Bordeaux. Apparemment l'ex-femme de Vincent aurait débarqué un soir, en larmes, pour un avortement, moins d'une semaine avant la limite légale autorisée, ils ont dû lui faire tout le processus en accéléré. Ici, personne ne savait qu'elle était enceinte, ce qui est quand même extraordinaire compte tenu de la rapidité à laquelle les rumeurs se propagent. Quand ils lui ont demandé pourquoi elle n'avait pas pris sa décision plus tôt, elle a répondu que son mari ne voulait pas d'enfants, mais qu'elle avait espéré jusqu'à la dernière minute qu'il changerait d'avis.

— Aïe, je le trouve moins sympa, soudain…

Virginie eut un sourire triste, et déposa soigneusement une petite pile de clichés dans une boîte à chaussures étiquetée *2012*.

— Il ne l'a même pas accompagnée, il était à une foire du vin en Alsace. À l'époque il n'était pas aussi lunatique qu'aujourd'hui.

— Ceci dit, je comprends que ce genre de désaccord brise un mariage… Et après ?

— Elle n'est jamais revenue chez eux. Quand il est rentré de sa foire, il était fou, il a sonné à toutes les portes de Marinzac pour savoir où elle était. Il a prévenu la police, il ne dormait plus. Elle a dû finir par l'appeler, parce que du jour au lendemain, il a arrêté de la chercher et de harceler le commissariat. Il a passé une semaine au PMU, il commençait à boire à dix heures du mat' et s'arrêtait à la fermeture, il ne disait pas un mot, sauf pour commander.

— Si ça se trouve, l'enfant n'était pas de lui et il a assassiné sa femme pour se venger, après l'avoir forcée à avorter... Ou alors elle s'est suicidée.

Virginie pouffa.

— Tu as trop d'imagination. C'est l'avocat de Marinzac qui s'est occupé de leur divorce quelques mois plus tard et il l'a eue de nombreuses fois au téléphone, elle était bien vivante. Elle l'a quitté et a déménagé à Paris, tout simplement.

Un peu triste, cette histoire. Surtout quand on voit l'air de dévotion absolue que Vincent arbore sur la photo ensoleillée. La seule fois où j'ai vu une expression d'amour aussi fervente, c'était sur le visage de Greg, le jour où Cha a accouché de Sophie.

Virginie hausse les épaules et se lève.

— Bon allez, on fait la séance photos et on dîne, c'est déprimant, ces histoires.

Elle entreprend de monter un objectif sur un appareil. Je la regarde faire avec intérêt.

— Ça me fait plaisir que tu me prennes en photo, tu sais, il y a quelque chose de satisfaisant dans l'idée que je laisserai une photo de moi dans une boîte de chaussures à Marinzac, qu'il restera une trace de moi ici quand je serai vieille.

Elle sourit, me vise et l'appareil enchaîne une série de « clics ». Elle le repose, les sourcils froncés.

— Tu veux un verre pendant la séance ?

J'acquiesce. Elle disparaît quelques minutes et réapparaît avec une bouteille de vin et un tire-bouchon. Elle me sert un verre, puis me fait passer dans l'arrière-boutique où une bergère défoncée est installée devant un écran blanc. Elle allume des spots, dispose un parapluie blanc au-dessus de la bergère et me dit de m'y asseoir.

Par curiosité, je l'interroge sur ce qu'elle fait et elle me parle de bridge, de focale, de diaphragme, d'ouverture et d'obturateur. Je ne sais pas si c'est le vin ou le vocabulaire technique, mais je ne peux pas m'empêcher de pouffer comme une lycéenne. La séance photo dure une heure. J'ai la tête qui tourne à cause du vin. Après la séance, je lui prends l'appareil des mains et je la mitraille comme elle m'a mitraillée. Elle est morte de rire, un peu ivre aussi sans doute.

Elle habite juste au-dessus de la boutique. Un escalier recouvert de moquette marron mène à l'étage dans un appartement à la tapisserie à grosses fleurs jaunes. Elle réchauffe des tagliatelles au foie gras, ouvre une autre bouteille en dépit de mes protestations, et pose une bougie sur la table.

— La déco date de mon oncle, j'ai pas un rond alors j'ai rien changé, dit Virginie en goûtant sa sauce au bout d'une cuillère en bois.

— Tes parents ne pouvaient pas t'aider à reprendre la boutique ?

Elle baisse les yeux, maussade soudain, et se détourne pour verser les pâtes maintenant fumantes dans un saladier.

— Non, ils sont à la retraite, mes parents.

— Tu vas les voir de temps en temps à Marseille ?

— Rarement.

Au son de sa voix, je comprends qu'il ne faut pas insister et je n'insiste pas. Je ne m'entends pas avec mes parents et je déteste en parler. Elle est vraiment sympa, cette fille. Elle raconte sa vie comme une histoire, elle rigole la bouche grande ouverte. Je me sens à l'aise avec elle, naturelle. Il n'y a pas trace d'une présence masculine dans l'appart, pas de photos de famille, juste quelques photos d'elle avec une fille brune, un peu plus âgée, sa sœur ou une très bonne copine, j'imagine.

Deux verres de vin et deux kilos de pâtes plus tard, je feuillette un vieil album de photos de Bordeaux, mes yeux commencent à se fermer et je jette un coup d'œil à ma montre.

— Déjà minuit ! Il faut que je rentre.

— Il est tard, tu peux dormir ici si tu veux, répond Virginie affalée à côté de moi.

J'ai toujours détesté dormir ailleurs que chez moi, et maintenant, « chez moi », c'est la chambre rose bonbon de Château-Lyran.

— Non, je vais rentrer, je dois aller au foyer demain.

— Je te raccompagne alors, déclare Virginie dans un bâillement.

Elle m'embrasse avec effusion et me serre dans ses bras avant de refermer la porte. Assise dans la voiture de Tonton Gonz, je sors mon portable de mon sac à main, pour la première fois de la soirée.

J'ai reçu deux textos :

20:57 – CHARLOTTE PERRIN-LAURENT
EN ROUTE POUR CLINIQUE !!!!!!!!

23:54 – GUILLAUME FAVREAU
Paris est vide sans toi...

Je reste sans voix. Cha va accoucher. Cha va accoucher et je suis à 653 kilomètres de Paris, d'elle et de Guillaume. J'essaye d'appeler, mais elle ne répond pas, évidemment. J'hésite, il est minuit passé, Guillaume ne décrochera pas de toute façon.

00:17 – CHLOÉ LACOMBE

J'arrive, trop hâte de voir le nouveau Perrin-Laurent !

00:17 – CHLOÉ LACOMBE

Tu me manques aussi. Je remonte à Paris pour l'accouchement de Cha, on se voit ?

Puis, comme une idiote, dans ma voiture garée devant la Poste de Marinzac, je me mets à pleurer. Je ne suis même pas sûre de savoir pourquoi.

Journal
de Constance Delahaye

22 mars 2013 – 22 h 32

Billets d'Eurostar pris pour aller à Londres ! Entretien le mardi 2 avril à 2 pm, comme ils disent de l'autre côté de la Manche. Bizarrement, Hans Schmidt a accepté que je parte dès le samedi matin, malgré une sale période pour lui : il a officiellement rompu avec Gretel la Cruelle (source : Mylène, je l'ai débloquée sur Facebook en échange de cette information clé).

J'ai trouvé une maison d'hôtes very lovely sur Internet, au nom évocateur : *The Austen Bed & Breakfast* et au prix dérisoire de cent vingt euros par nuit. C'est une affaire pour Londres, surtout que Grable & Smith me paye la nuit du lundi au mardi. Ils servent le thé à 17 heures tous les jours avec des scones et des sandwiches et la décoration est décrite comme « *Austen-like* ». Hans Schmidt a validé la note de frais en levant les yeux au ciel. Il m'a demandé pourquoi diable je n'avais pas réservé à l'Ibis situé dans le quartier de Blackfriars, juste à côté des bureaux de la filiale BTPTD comme il me l'avait recommandé. Je lui ai expliqué les scones et la décoration *Austen-like*, mais je ne suis pas sûre de l'avoir convaincu.

TO-DO LIST LONDON BABY !

Avant Londres :

Réviser anglais (acheter *Réviser son anglais en s'amusant* sur Amazon)

Relire tout Jane Austen et sœurs Brontë

Emporter garde-robe adéquate pour séduire bel Anglais, idéalement Jude Law (Irlandais toléré si non roux)

Programme Londres :

Visiter Londres (1 jour) : Big Ben, Buckingham Palace (se renseigner sur possibilité de voir la reine, prendre photo rigolote avec gardes déguisés en casse-noisettes pour profil Facebook), Tour de Londres, Tower Bridge, Trafalgar Square (photo avec fontaine), Picadilly Circus (shopping, photo avec panneaux publicitaires), prendre le *tube* (métro ! ; photo avec panneau du *tube*), Grande Roue (photo avec Grande Roue), Hyde Park (photo avec canards), Harrods (photo avec sacs à main hors de prix), prendre thé, scones et muffins chez Fortnum et Mason (sans ficher en l'air semaines de régime), prendre photo Instagram jolie théière en porcelaine avec mon édition originale d'*Orgueil et Préjugés* à côté, *so typical !*), abbaye de Westminster, British Museum ? Natural History Museum ? (photos avec sarcophage et squelette de Denver le dernier Dinosaure), musée de Madame Tussauds (uniquement si statue de cire de Ryan Gosling, auquel cas prendre photo avec Ryan Gosling).

S'il reste du temps, arpenter l'Hampshire à cheval et visiter le village où Jane Austen est née.

Acheter un tee-shirt « *Good girls go to Heaven, bad girls go to London* » (photo de profil Facebook).

Rapporter un cadeau anglais pour Hans Schmidt qui 1) M'a recommandée pour le poste (fort probablement pour se débarrasser de moi, mais c'est tout de même gentil), 2) M'a accordé mes congés en dernière minute, malgré souffrances atroces dues à l'annulation de son mariage avec Gretel.

Accessoirement, réussir entretien d'embauche pour potentiel job de mes rêves et nouvelle vie.

01 h 14

Je viens de recevoir un texto de Chloé ! Charlotte va avoir son bébé !!!!!

Chloé

Le bébé de Cha s'appelle Raphaël et il pèse 3,7 kilos. Il est sublime et parfait, comme sa marraine : moi.

Guillaume a répondu à mon texto trop tard, sans doute à cause du décalage horaire entre le 12e et le 9e arrondissement, soit apparemment vingt-quatre heures :

> 21:51 – GUILLAUME FAVREAU
>
> Énormément de boulot d'ici la fin de la semaine, pas possible, désolé.

J'adore quand tu ne demandes rien à un mec, qu'il t'envoie un texto bourré au milieu de la nuit pour te dire que tu lui manques et t'envoie balader quand tu lui réponds…

Cha a les traits tirés, mais elle et Greg arborent l'expression béate de Marie et Joseph devant l'enfant

Jésus, voire carrément celle du bœuf et de l'âne. Je ne veux pas m'attarder pour ne pas la fatiguer et je m'apprête à partir.

— Tu repars quand ? demande Charlotte en m'embrassant.

— Dans trois jours, je serais bien restée un peu plus longtemps, mais je ne veux pas squatter trop longtemps chez Constance, et puis Mamie Rose n'est pas au top…

— J'espère que ça va aller, tu remonteras voir ton filleul de temps en temps ?

Je promets, j'embrasse Greg et Sophie, qui me fait jurer que même si je suis la marraine de Raphaël, c'est toujours elle que je préfère et je repars pour laisser Charlotte se reposer. Je repasserai demain matin.

En sortant de l'hôpital Trousseau, je réalise qu'avec toutes ces émotions, j'ai oublié mon manteau dans la chambre. Je m'apprête à faire demi-tour quand mon téléphone sonne. Numéro inconnu. Guillaume ?

— Chère Chloé, comment se passe votre séjour à Paris ?

Tonton Gonz…

— Bonjour, tout se passe bien, et vous ?

— Écoutez, je ne veux pas vous affoler, mais j'ai eu le foyer des Pervenches au téléphone…

— Mamie Rose ? Qu'est-ce qui se passe ?!

— Elle a… elle a fait un malaise cette nuit, elle a été transférée à l'hôpital ce matin et elle vous réclame… Je crois qu'il serait préférable que vous rentriez tout de suite.

Je reste comme une idiote sur le trottoir à fixer le feu qui est passé au vert, incapable de bouger, de prendre une décision. *Je crois qu'il serait préférable que vous rentriez tout de suite.* Je sais bien ce que ça veut dire. Il faudrait que j'aille chercher mon manteau.

— Chloé ? Vous êtes toujours là ?

— Oui… je… je vais prendre le premier train… J'arriverai ce soir… Je fais au plus vite.

— D'accord, dites-moi votre horaire d'arrivée et on viendra vous chercher, ne vous inquiétez pas mon enfant, ça va aller.

— Je vous tiens au courant, je murmure dans le téléphone.

Il me faut cinq secondes pour reprendre mes esprits. Et commencer à chercher un billet de train sur l'application Voyages-SNCF de mon iPhone. Il y en a un dans trente-sept minutes. Bel air-Gare Montparnasse en moins de trente-sept minutes, c'est tendu, mais ça se tente. Tant pis pour le manteau. Je cours comme une folle vers la station de métro. Le changement s'enchaîne parfaitement, j'arrive sur le quai une minute avant le départ du TGV, brandis mon iPhone pour passer. Le contrôleur hoche la tête avec un air réprobateur et prend son temps, les sourcils froncés pour étudier l'écran où s'affiche le billet que j'ai acheté (une blinde) quelques minutes plus tôt. Quand je m'assieds enfin à ma place, je suis en sueur et le train a déjà démarré. J'ai laissé ma valise chez Constance. Je regarde défiler le paysage devant les vitres du TGV, le soleil se couche, les arbres se brouillent et le vert devient gris. *Je crois qu'il serait préférable que vous rentriez.*

Je change à Bordeaux, la nuit est tombée. J'ai la gorge serrée sur le quai en attendant le TER. L'hôpital sera fermé, ils ne me laisseront pas la voir. Mon téléphone sonne. Guillaume ?

Ma mère.

— Chloé ? Tu es à Bordeaux ? Tu as entendu pour Mamie Rose ?

— J'étais à Paris, je suis redescendue en catastrophe, j'y serai ce soir.

Silence au bout de la ligne. Le silence qui signifie « tu es venue à Paris et tu n'es pas passée me voir, tu ne nous tiens au courant de rien etc. etc. etc. ».

— Je vais descendre avec ton père.

— Je n'ai pas envie de le voir.

— Chloé, je pense que…

— Non, vraiment, pas maintenant, je suis pas d'humeur.

Elle soupire, je sens sa fatigue au bout du fil. J'ai une boule dans la gorge, soudain. Je voudrais lui dire que j'ai envie de la voir, que je suis désolée, que j'aurais voulu qu'elle ait une vie plus facile. Une vie avec un mari monogame. Mais j'ai envie de pleurer et moi aussi je suis fatiguée, moi aussi, j'en ai assez.

— Au revoir, Maman.

Elle hésite, je sais qu'elle aimerait me demander des nouvelles et qu'elle n'ose pas, elle n'ose plus.

— Prends soin de toi, Chloé.

Je raccroche et je pleure. Je descends du train à Langon, il pleut.

Je cherche des yeux Tonton Gonz sur le quai, personne. Je sors de la gare. Dehors, toujours pas de trace de Tonton Gonz, mais adossé au mur, Vincent Laborde, deux casques à la main. Quand il me voit arriver, il se gratte la barbe, un peu hésitant devant mon mascara qui dégouline jusqu'au menton et ma frange qui doit onduler comme une brassée d'algues.

— Vénus est en panne, dit-il.

Je hoche la tête. Je ne peux pas parler, si je parle je vais me remettre à pleurer et je ne veux pas pleurer devant lui.

— Tu n'as pas de manteau, pas de valise ?

Je secoue la tête. Sans rien dire, il me tire au sec sous l'auvent, enlève son blouson et m'aide à l'enfiler. Il est obligé de remonter la fermeture Éclair, j'ai les doigts qui tremblent trop. Puis il fouille dans ses poches, sort son paquet de cigarettes, en attrape une entre ses dents et l'allume. Il me la tend. Je n'ai pas fumé depuis ce matin et quand la nicotine envahit mes poumons, mes yeux se ferment de soulagement. C'est exactement ce dont j'avais besoin. La vie est mal faite, pourquoi ce qui m'est indispensable est toujours toxique ?

Vibreur. Guillaume ?

20:57 – GUILLAUME FAVREAU

> Chlo, je sais pas comment te dire ça, j'aurais jamais dû t'envoyer ce texto l'autre soir, mais je crois qu'il vaut mieux qu'on arrête de se parler, au moins pendant un temps. C'est trop compliqué.

L'alcool, le café, la clope, Guillaume. Toxiques et indispensables. Pour quelques minutes de bonheur au présent, je construis mon futur sur des matériaux pourris, et je m'étonne quand tout s'effondre.

— Mauvaise nouvelle ? demande Vincent.

Je secoue la tête et j'éteins mon portable. Pas le temps ni le courage d'y penser maintenant. J'écrase ma cigarette à peine entamée contre le mur.

— J'imagine qu'il est trop tard pour aller à l'hôpital ?

Il y a un silence, puis il me dit :

— Ils te laisseront rentrer.

Il a parlé doucement, ses yeux dans les miens. Il sait qu'il m'annonce une mauvaise nouvelle. Si ce n'était pas grave, ils ne me laisseraient pas aller la voir en dehors des heures de visite. Je hoche la tête et remonte le col de son blouson, puis je me dirige vers le parking, il me suit. J'ai beau me mordre les lèvres, j'ai le menton qui tremble. Il me tend le casque, je monte derrière lui. Derrière la visière je peux enfin pleurer tranquille. Il ne fait pas très froid, mais avec la vitesse et la pluie, je suis trempée en moins d'une minute et nous avons quasiment une demi-heure de route. Nous quittons la nationale et il ne ralentit pas. Il va beaucoup trop vite, à chaque tournant de la départementale j'ai le cœur qui bondit et je nous vois finir dans un des troncs noirs de la forêt de pins. Bizarrement ça m'est complètement égal, le danger me rassure. Je me serre contre lui plus que de raison, j'essaye sans succès d'imaginer que c'est contre Guillaume, qui pour une fois serait là pour moi.

Quand je dis à la fille de l'accueil que je viens voir Rose Lacombe, elle me laisse passer avec une moue désolée. J'avance dans la lumière blafarde des néons. Le crissement de nos semelles humides sur le sol en plastique me hérisse. Le pull de Vincent est trempé, pourtant il n'a pas l'air d'avoir froid.

Moi, j'ai l'impression que rien ne pourra plus me réchauffer. Il s'arrête devant la porte de la chambre, pose une main sur mon épaule :

— Je t'attends en bas.

Je voudrais le remercier, je voudrais qu'il reste, mais je ne peux pas parler et, déjà, j'ai baissé la poignée et poussé la porte.

La lune éclaire la pièce obscure d'une lumière bleu marine. Dans le lit métallique, je discerne le petit corps de Mamie Rose, ses cheveux blancs brillent dans le noir. Elle a les deux mains croisées sur le ventre et elle respire avec difficulté. Sans un bruit, je place la chaise en plastique à côté du lit. Je m'assois et pose une main sur les doigts fripés et veinés de bleus de ma grand-mère en faisant attention à ne pas toucher à la perfusion. Elle ne réagit pas. Elle porte du vernis à ongles rouge foncé, il commence à s'écailler. J'embrasse sa peau tiède, elle sent l'hôpital maintenant. J'ai le souvenir de ses mains toujours actives qui sentaient le produit vaisselle ou les tuiles aux amandes, les mains usées qui me faisaient des tresses, soignaient les égratignures et essuyaient mes larmes, pendant que mes parents s'écharpaient dans la pièce voisine. Je pose ma joue sur la couverture rêche. Sous la télé éteinte, un cadran luminescent indique 23 h 02.

Quand j'ouvre les yeux, l'aube pointe derrière la vitre. Il est 6 h 05 et je sens sur mon crâne une main légère comme une plume qui effleure mes cheveux emmêlés. J'ai le dos et le cou en compote d'avoir dormi pliée en deux, mais je ne bouge pas, je referme les yeux.

— Je suis contente que tu sois venue.

— Moi aussi, Mamie.

— Tu sais que cette chipie de Simone a encore pris mon chandail ? Le bleu clair, tu sais ? Celui avec les boutons en ivoire.

— C'est idiot, il n'y a qu'à toi qu'il va Mamie, tu as les plus beaux yeux de la région…

C'est ma voix qui tremble et la sienne qui reste stable.

— Oui ! Elle est jalouse, voilà tout. Hier je l'ai entendue dire à Madame Latte que j'étais bien trop sotte pour avoir mon bac. Tu te rends compte ! Devant moi ! Je ne lui pardonnerai jamais !

— On pardonne toujours tout à sa petite sœur, Mamie, tu m'as répété toute mon enfance que la famille, c'est le plus important.

— Sale peste jalouse. Je la déteste.

Je me redresse et pose ma main sur son front.

— Tu l'auras ton bac, Mamie, avec mention, même.

Elle s'apaise, son regard limpide se tourne vers la vitre. J'aperçois alors une feuille de papier sur la couverture, dessus il est écrit : « Appelle-moi quand tu as besoin que je vienne te chercher. V. » J'ai complètement oublié Vincent qui m'attendait, trempé dans le hall de l'hôpital. Je me demande combien de temps il a poireauté avant d'oser rentrer dans la chambre, pour me trouver pliée en deux entre la chaise et le lit, endormie à côté de Mamie Rose et de sa perfusion. Je n'ai même pas pensé à le remercier.

— Ouvre la fenêtre, dit subitement Mamie Rose.

J'ai des courbatures jusque dans les orteils. La pluie s'est arrêtée pendant la nuit, un rayon de soleil matinal tente une percée à travers les nuages blancs. Mamie Rose ferme les yeux pour inspirer l'odeur mouillée des pins.

— C'est mieux comme ça, murmure-t-elle.

Je me rassieds et je saisis sa main, elle me dévisage avec incertitude et une étincelle malicieuse s'allume dans ses yeux.

— Tu crois vraiment que c'est important la famille, Chloé ?

Je caresse sa joue, je voudrais lui dire que je la trouve belle.

— Oui, c'est ce que tu m'as toujours dit.

— Il faut que tu me promettes deux choses.

— Bien sûr, tout ce que tu veux, Mamie.

Elle fronce les sourcils.

— Chloé Lacombe, ne me parle pas comme si j'étais complètement gâteuse, si tu ne me prends pas au sérieux, je meurs tout de suite.

Je sursaute, elle est à nouveau lucide et elle est en colère. Je me redresse sur ma chaise.

— Je te prends au sérieux, Mamie.

— Bien. Je veux que tu te réconcilies avec ton père.

— Mamie, je…

— Taratata, silence ! Pas pour lui, pour ta mère. Tant que tu ne le verras pas, tu ne la vois plus et elle a besoin de toi. Tu veux qu'elle nous refasse une dépression ? Tu crois que ça n'a pas été suffisamment difficile la première fois ?

Je me mords les lèvres, elle ne va pas me faire le coup de la dernière volonté.

— Ne fais pas ta mauvaise tête. Promets ! Tu as promis de promettre !

— Tu ne peux pas me demander ça.

— Je suis sur mon lit de mort et tu me refuses ça ? Ce sont mes dernières volontés, Chloé !

Je lève les yeux au ciel.

— Tu n'as pas vraiment l'air sur ton lit de mort.

Elle prend un air offusqué.

— J'utilise mes dernières forces pour te parler. Dis-moi que tu vas lui parler.

— Peut-être, dis-je, furieuse de m'être fait avoir.

— Non ! Pas peut-être ! Promets ! C'est sérieux, tu sais.

— Ok, je marmonne.

— Je te préviens, ne me fais pas de promesse en l'air, je suis capable de revenir te hanter.

Je hausse les épaules et elle poursuit, j'ai l'impression que sa respiration se fait plus rauque.

— Deuxième chose… Tu m'écoutes, Chloé ? Au lieu de prendre ton air excédé ? Tu es insupportable. Tu as toujours été insupportable, à n'en faire jamais qu'à ta tête et à…

— J'écoute, qu'est-ce que tu veux encore ?

Elle me fixe intensément et réfléchit quelques secondes, un instant j'ai peur qu'elle perde à nouveau la tête, mais elle reprend, plus doucement cette fois.

— Je ne sais pas ce qui se passe avec ton amoureux là, le petit Guillaume, mais il ne te rend pas heureuse.

Je baisse la tête sans répondre et elle continue.

— Ne fais pas comme ta mère, Chloé, Dieu sait qu'elle n'aurait jamais dû épouser mon fils et tu lui as suffisamment reproché d'avoir fait le mauvais choix. Il faut que tu te maries, mais pas avec lui. Lui, il est gentil, mais il n'est là que quand ça va bien, et *pfiiiout !* quand ça va mal, c'est les abonnés absents.

— C'est de ma faute, je…

— Ce n'est pas la question. Ça fait deux ans que tu es triste comme Marie-Madeleine. Quoi que tu aies fait, si ça ne marche plus entre vous, ça ne marche plus et c'est tout. On ne peut pas tout réparer. Souvent ça ne suffit pas de s'aimer ou d'être désolé. Il faut que tu construises une famille avec quelqu'un de bien. Il ne faut pas que tu restes toute seule. C'est dangereux la solitude, il faut savoir dépendre des autres, avoir besoin d'eux, c'est ça qui rend heureux.

— Mais, je…

— Cesse de m'interrompre. Si tu n'es pas heureuse avec lui, prends les décisions qui s'imposent.

Elle s'affale sur son oreiller, soudain toute pâle. Peut-être qu'elle utilisait vraiment ses dernières forces pour me parler. Mamie Rose, ma Mamie Rose. Je lui prends la main, elle n'a plus les yeux qui jettent des éclairs bleus, elle a le regard tranquille comme un lac en été.

— Tu veux que je te rapporte quelque chose ? Je murmure, un café ? Un chocolat ?

Elle me sourit.

— Un chocolat, oui.

J'embrasse sa joue ridée et je sors. Il est à peine sept heures et je n'entends pas un bruit derrière les rangées de portes fermées du couloir gris. J'ai les mains qui tremblent. Je n'ai jamais réussi à lui avouer ma rupture avec Guillaume, pour ne pas l'inquiéter. Je pense à toutes ces fois où je lui ai menti, elle n'a jamais été dupe finalement. Je me dépêche d'aller lui chercher son chocolat chaud. J'ai peur qu'à mon retour, elle ne soit de nouveau plus elle-même. Je préfère qu'elle m'engueule comme du poisson pourri plutôt qu'elle ne me reconnaisse pas. C'est égoïste, évidemment. Elle est sans doute plus heureuse quand elle pense avoir seize ans et que son seul problème est de récupérer son chandail bleu que quand elle se sent mourir et perdre la tête.

Quand je reviens, elle dort. Je pose le chocolat sur la table de nuit. Je m'assois à côté d'elle et sors mon téléphone. Je relis le texto de Guillaume, une fois, deux fois, trois fois. Jusqu'à le connaître par cœur.

Prends les décisions qui s'imposent.

J'hésite, j'écris.

06:34 – CHLOÉ LACOMBE

Merci pour hier. Désolée, j'aurais dû te dire de rentrer chez toi, j'espère que tu n'as pas attendu trop longtemps.

06:34 – CHLOÉ LACOMBE

Je n'ai pas réalisé que j'allais m'endormir…

06:35 – CHLOÉ LACOMBE

Et pour le blouson aussi.

06:45 – CHLOÉ LACOMBE

Merci aussi pour le blouson, je veux dire.

Mes yeux tombent sur le panneau accroché au dos de la porte « Merci d'éteindre vos téléphones portables ». Je l'éteins. Je reste assise à côté de Mamie Rose. J'attends. Je ne me risque pas à sortir m'acheter un livre ou un magazine, ni même à descendre à l'accueil pour voir s'ils peuvent m'installer un lit de camp. J'ai trop peur de revenir et qu'elle ne soit plus là.

Quand l'infirmière entre avec le petit déjeuner, Mamie Rose dort encore. Quand une autre repasse récupérer le plateau intact, j'ai envie de lui demander de me le laisser, je crève de faim, mais je n'ose pas. Puis le médecin vient. Nous sortons dans le couloir. Il faut qu'on parle. Il me dit qu'elle ne sortira plus de l'hôpital, gentiment, c'est un gentil médecin. Il pose une main sur mon épaule. Il me dit la vérité, c'est son métier, puis il me laisse toute seule.

Journal
de Constance Delahaye

2 avril 2013 – 23 h 47

Retour de Londres. Rien ne s'est passé comme prévu, mais il m'est tout de même arrivé une drôle d'aventure.

Samedi

J'ai malheureusement à peine eu le temps de lire les deux premiers tiers de *Raison et Sentiments* dans l'Eurostar vendredi matin. Après avoir acheté une carte de transport illimitée pour une semaine à la gare de Saint-Pancras (une *Oyster Card* à 36 livres), *a priori* plus économique, malgré son prix exorbitant, qu'un carnet de tickets, j'ai sorti de l'argent à un distributeur. Les 200 livres prévues pour le week-end en poche, j'ai pris le métro, jusqu'à *Camden Town* où se trouvait le *Austen Bed & Breakfast.* Ça n'a pas été évident avec ma valise qui pesait deux tonnes. Prévoyante, j'avais préféré déménager avec moi toute ma nouvelle garde-robe, au cas où je rencontrerais un bel Anglais romantique. J'avais imprimé le plan du *tube* londonien au bureau, ainsi qu'un guide de soixante-dix-huit pages *Que faire à Londres,* que j'ai ensuite oublié sur l'imprimante. Évidemment, Hans Schmidt est apparu devant mon bureau, mon guide londonien à la main alors que j'étais occupée à me créer de nouvelles adresses mails afin de multiplier mon nombre de votes pour Ryan Gosling dans l'adaptation au cinéma de *Cinquante Nuances de Grey.*

— J'imagine que c'est vous, Constance, qui avez pris l'initiative d'imprimer ce document de soixante-dix-huit pages aux frais de la société ?

Pour une fois, j'ai compris que c'était une question rhétorique et je n'ai pas répondu. Ce qui prouve que j'apprends et que je mûris. De toute façon, il avait posé le guide sur mon bureau et avait tourné les talons avant que j'aie eu le temps de trouver un mensonge plausible, par exemple que Mylène partait en week-end à Londres avec ses deux chats et sa fille.

Autant être honnête, même si ça me coûte d'avouer qu'Hans Schmidt avait raison, le *Austen Bed & Breakfast* n'a pas été aussi lovely que prévu. D'abord, il doit son nom, non pas à Jane Austen, mais à Imogen Austen, sa propriétaire, qui a dû avoir l'idée après quelques remarques de ses clients de rajouter la touche *Jane Austen* sur le site Internet de son établissement, pour attirer les courges de mon acabit. Située juste au-dessus d'un pub qui servait du *fish & chips* dès huit heures du matin, la réception empestait la friture. Imogen Austen, elle, empestait l'alcool et la transpiration. Après s'être mouchée dans sa main, elle m'a conduite jusqu'à une chambre avec une minuscule fenêtre. La moquette violette était tachée et jurait avec l'abat-jour rose brinquebalant de la lampe de chevet. Je lui ai avoué être un peu surprise par la « *Austen-like* décoration », que personnellement j'aurais plutôt qualifiée de « *hôtel-de-passe-like* ». Elle m'a assuré, en anglais, que c'était très *typical* du dix-neuvième siècle. Elle en savait quelque chose puisqu'elle était une descendante de Jane Austen et que certains meubles avaient même appartenu à Jane. Je n'ai pas argumenté, mais je me suis dit que je m'étais une fois de plus bien fait avoir.

À l'instant où je suis sortie de l'hôtel armée de mon guide pour partir à la découverte de la ville de mes rêves, il s'est mis à pleuvoir des hallebardes. J'ai donc décidé de manger un *fish & chips* accompagné d'une bière au pub d'en bas (12 £), histoire de vivre l'aventure londonienne à fond. J'ai pris une belle photo de mon assiette que j'ai postée successivement sur Facebook et Instagram (38 likes, pas mal). Quelques kilos de gras plus tard, la pluie ne se calmant pas, j'ai investi dans un parapluie (9,99 £) et suis partie à l'aventure, malgré le déluge.

La journée a été intense : il n'était pas possible de voir la reine, mais j'ai pu prendre une photo devant Buckingham Palace avec un garde imperturbable (32 likes Facebook, un nouveau follower sur Instagram). J'ai bien profité du *tube* londonien, puisque j'y suis restée coincée pendant trente-cinq minutes à la station *Hyde Park* à l'heure de pointe (Selfie devant le logo du métro, 22 likes). J'ai pris le thé, des sandwiches, des scones et probablement deux kilos chez Fortnum & Mason (28 likes, 39 £). Le goûter était délicieux et à mon avis bien plus réussi que l'*afternoon tea* servi par la propriétaire du *Austen Bed & Breakfast* que je ne me suis finalement pas risquée à essayer. J'ai acheté deux boîtes de *Chocolate Picadilly Biscuits* (35 £), une pour ma mère et une pour Hans Schmidt, sans qui je n'aurais pas passé ce week-end merveilleux à Londres. Seul point négatif : j'ai oublié mon édition originale d'*Orgueil et Préjugés* derrière la pyramide de sandwiches Fortnum & Mason (coût réel de l'après-midi : 249 £, soit 125 % de mon budget total).

Je suis rentrée à l'hôtel vers vingt heures et c'est là que les choses ont commencé à se corser. Je n'avais pas faim et pas vraiment envie d'aller dîner seule au restaurant. J'ai réclamé ma clé à la réception, où résonnaient les hurlements excités d'un commentateur du match de foot qui passait sur une télé suspendue au mur, très *Austen-like* dans le style. Arrivée à ma chambre, je n'ai pas réussi à ouvrir la porte. Je m'escrimais, penchée en avant sur la serrure, quand la porte s'est brutalement ouverte de l'intérieur. En conséquence de quoi, je me suis étalée sur la moquette violette avec l'élégance d'un éléphant de mer à son premier cours de danse classique, le regard au niveau de deux grands pieds nus et poilus.

Je crois en Dieu, je viens d'une famille versaillaise catholique, mais si je n'y avais pas cru, j'aurais été convertie à l'instant où James Cunningham a ouvert violemment (et torse nu) la porte de sa chambre pensant qu'un assassin (moi) essayait de défoncer sa serrure.

— *What is it?* a-t-il demandé d'un ton glacial alors que j'étais encore par terre.

Je me suis relevée et j'ai ouvert la bouche pour répondre, mais les seuls mots que j'aurais été capable de prononcer en anglais quand je l'ai vu, étant « *I love you, will you marry me?* », j'ai jugé préférable de rester coite, la bouche ouverte dans l'encadrement de la porte. Ce qui prouve une fois de plus, que malgré tout, j'apprends et je mûris.

Même avec quarante-huit heures de recul, ce n'est pas évident de décrire James Cunningham. Disons que si Jude Law et Hugh Grant avaient décidé de faire un enfant ensemble et si Ryan Gosling s'était penché sur son berceau à sa naissance pour lui faire don de ses abdos, cela aurait sans doute donné James Cunningham.

Au prix d'un effort surhumain, j'ai tout de même fini par articuler :

— *Sorry, wrong room.*

Il a contemplé de son regard bleu clair mon visage couleur écrevisse.

— *No worries, darling, where are you from?*

Compte tenu de son effet bombe nucléaire sur moi, je pense qu'on devrait tout simplement interdire l'accent *british* partout dans le monde, surtout quand il est utilisé pour prononcer le mot « *darling* ». J'ai tout de même réussi à me ressaisir à peu près, grâce à ce sage conseil de Baby-Doll qui consiste à imaginer les gens qui nous impressionnent sur les toilettes pendant qu'on leur parle.

Je lui ai raconté que je venais de France pour visiter Londres, car j'allais bientôt m'y installer pour travailler (on ne sait jamais, je ne voulais pas que la distance fasse obstacle à une potentielle histoire torride entre lui et moi). Il m'a expliqué qu'il habitait ici parce qu'il venait de rompre avec sa copine, puis il m'a dit qu'il était sur le point d'aller dîner et il m'a proposé de l'accompagner pour un *fish & chips* en bas. J'ai beau être stupide et prendre systématiquement les mauvaises décisions, j'ai accepté. J'ai simplement demandé à passer cinq minutes dans ma chambre, en réalité à l'étage du dessus, pour enfiler quelque chose de confortable. Traduction : j'ai disparu quarante-cinq minutes pour procéder à un indispensable ravalement intégral de façade. Pour James Cunningham, j'allais sortir l'artillerie lourde, cette fois c'était décidé, j'allais quitter le *No Sex Land.*

Le dîner s'est bien passé, j'ai réussi à avoir l'air à peu près normale et j'ai clairement fait sensation au *fish & chips* d'en bas habillée comme pour remonter le tapis rouge du Festival de Cannes. James Cunningham, en véritable gentleman, a payé l'addition. J'ai déduit du peu qu'il me racontait sur sa vie et de ses réponses évasives à chaque fois que je lui posais une question qu'il était probablement agent secret et non banquier d'affaires comme il me l'assurait. Je me demande bien de toute façon ce qu'un banquier d'affaires, même passionné de littérature ou de *fish & chips*, ferait au *Austen Bed & Breakfast* de Camden Town.

Il m'a raccompagnée jusqu'à ma chambre, nous nous sommes arrêtés devant la porte et j'ai tripoté ma clé sans rentrer, comme Baby-Doll nous avait appris à le faire pour gagner du temps et déclencher un baiser. Il a posé sa main sur ma joue et j'ai failli tourner de l'œil, sans qu'il soit toutefois possible de déterminer si c'était l'effet de son regard bleu acier qui plongeait au plus profond de mon âme ou l'épuisement de mon corps en overdose de *fish & chips*, incapable d'assimiler les dix-huit kilos de graisses saturées absorbées au cours de la journée. James s'est alors penché sur moi, j'ai fermé les yeux, attendant qu'il pose ses lèvres sur les miennes, prête à m'évanouir de contentement, quand j'ai entendu une voix légèrement incrédule et tremblante au bout du couloir :

— *Henry?*

James s'est arrêté tout net et s'est retourné vers la voix, j'ai rouvert les yeux, agacée par cette interruption. Imogen Austen se tenait dans le couloir, visiblement au bord des larmes et fixait James avec un air d'incompréhension et de désespoir que je ne saisissais pas. À qui parlait-elle ? James s'est éloigné précipitamment de moi, catastrophé.

— *Henry?* a répété la propriétaire de l'hôtel avec des trémolos dans la voix.

(C'est là que j'ai compris que James s'appelait Henry.)

— Ce n'est pas ce que tu crois ! s'est-il exclamé en anglais, en se jetant sur Imogen Austen pour la prendre dans ses bras.

— C'est exactement ce que vous croyez, me suis-je exclamée, furieuse d'être abandonnée comme une vieille chaussette, même pour une descendante de Jane Austen.

Imogen Austen a repoussé brutalement Henry-James et, soudain, elle est passée du désespoir à la rage. Elle s'est mise à hurler en anglais. Ses propos n'étaient pas très clairs, notamment parce que chaque phrase était ponctuée de nombreuses obscénités dont la créativité dépassait parfois mon vocabulaire, mais il m'a semblé comprendre, aussi surprenant que cela soit, que James *alias* Henry était l'amant d'Imogen Austen, état de fait qui était désormais terminé. Henry pouvait faire ses bagages *illico presto* et trouver une autre pigeonne chez qui loger. J'ai assisté à cette scène désemparée, Henry-James ayant soudain perdu toute crédibilité, malgré ses abdos en béton armé. J'ai voulu m'excuser auprès de la pauvre Imogen Austen, mais au moment où je commençais à parler, elle s'est retournée vers moi, le regard en mode Jugement dernier et prête à me sauter à la gorge. Sans demander mon reste, j'ai battu en retraite vers ma chambre, dont j'ai fermé la porte à double tour. Elle a tapé à la porte en criant que je n'étais qu'une traînée, puis elle a de nouveau tourné son courroux vers James qui, bêtement, n'avait pas profité de cet intermède pour s'éclipser. Aussi romanesque cela soit-il, je n'avais pas l'intention de me faire poignarder en plein milieu de la nuit par l'arrière-arrière-petite-fille de Jane Austen. J'ai roulé en boule ma robe Sandro, enfilé un jean, fait ma valise en dépit du bon sens. J'ai attendu, l'œil collé à la serrure, que les hurlements se calment, que la porte de la chambre du dessous ait claqué deux fois et que les pas précipités de James Cunningham aient résonné dans l'escalier, poursuivis par ceux de son ex-copine. Puis, cinq minutes plus tard, je suis descendue discrètement. J'avais payé ma chambre sur Internet et, après un rapide coup d'œil pour vérifier que la réception était vide, la pauvre Imogen Austen étant sans doute trop bouleversée par sa rupture pour accueillir ses clients, je suis sortie en courant de cet endroit atroce. Dans la rue, j'ai hélé frénétiquement un taxi qui passait et, à mon grand soulagement, il s'est arrêté devant moi.

À peine avais-je posé la main sur la poignée de la porte que j'ai entendu quelqu'un qui criait :

— Caroline !

Et en me retournant, j'ai vu James Cunningham courir vers moi en agitant un bras, il traînait une grosse valise derrière lui. J'ai vite ouvert la portière noire et grimpé à l'intérieur.

— Caroline !

Il a toqué à la vitre. Avec un soupir, je l'ai baissée, il avait l'air hagard :

— *Where are you going to sleep? We should spend the night together!*

J'ai fait un signe de tête au chauffeur, ignorant ses supplications. Il me prenait vraiment pour une godiche, ce qui aurait pu marcher à une époque (la semaine dernière), mais pas après le cours de Baby-Doll sur les trente-quatre types de séducteurs toxiques, James Cunningham étant un cas typique de BGEM (Beau Gosse Égocentrique et Mythomane, à fuir absolument).

— *My name is not Caroline,* ai-je dit d'un ton sec, au moment où la voiture démarrait.

Puis j'ai remonté la vitre, fière d'avoir su conserver dans cette situation ridicule une grandeur digne d'Elizabeth Bennet, avant de la baisser de nouveau pour lui faire un grand bras d'honneur, moins digne, mais beaucoup plus jubilatoire.

Imperturbable, le chauffeur de taxi m'a demandé où j'allais, je lui ai répondu :

— À l'Ibis de Blackfriars.

Coût total de l'opération James Cunningham : 354,70 £ (taxi 35,70 £, Ibis 319 £). Retour sur investissement : 0 £.

Ma vie, parfois, est un roman.

Dimanche

J'ai décidé d'arrêter de faire n'importe quoi. J'avais mis mon réveil très tôt, pour me rendre directement au Parlement, un *chaï latte* Starbucks pas vraiment typique à la main. J'ai pris une photo de l'abbaye de Westminster, j'espérais créer un effet lever de soleil à la Monet, mais autant être honnête, c'était plutôt raté (17 likes, 1 follower perdu sur Instagram).

Mon programme s'est révélé un peu ambitieux, j'ai finalement décidé de ne pas faire le musée de cire de Madame Tussauds quand l'employé de l'accueil m'a dit qu'il n'y avait pas de statue de Ryan Gosling, mais seulement une statue de Ryan Reynolds à l'intérieur, ce qui est totalement absurde, puisqu'il est évident que Ryan Reynolds n'intéresse personne. Je n'étais plus du tout à la recherche d'un bel Anglais, l'infidèle Henry/James Cunningham m'ayant vaccinée définitivement contre la séduction londonienne.

Comme par miracle il ne pleuvait pas, j'ai passé l'après-midi à me promener dans Hyde Park, Green Park et Saint-James Park (19 photos d'écureuils - 0 likes, 8 followers perdus sur Instagram).

Lundi : RAS.

Visite de Notting Hill le matin, je n'ai jamais trouvé la porte bleue de *Coup de foudre à Notting Hill.* J'imagine de toute façon que depuis le temps, je n'aurais pas trouvé Hugh Grant derrière. Je suis tombée sur un tee-shirt *Good girls go to Heaven, bad girls go to London* dans une boutique vintage. J'en ai acheté quatre, un pour moi, un pour Chloé, un pour Charlotte et un au cas où (36 £, nouvelle photo de profil Facebook, 57 likes).

J'ai passé tout l'après-midi à la National Gallery. Très belle collection.

Mardi

L'entretien d'embauche pour le potentiel job de mes rêves et ma future nouvelle vie (sans vouloir me mettre la pression) s'est globalement bien passé. Je n'ai rien dit ni de particulièrement stupide ni de particulièrement intelligent. En revanche, j'ai réalisé un coup de maître sur la fin : j'avais acheté des pâtisseries « homemade » dans un salon de thé merveilleux appelé *Ottolenghi* (18 £) et une boîte Tupperware chez Marks & Spencer (3,90 £), j'ai tout simplement placé les premiers dans la deuxième et leur ai fait croire que je leur avais apporté ma pâtisserie maison de Paris. Ils ont adoré. Pour fêter ça, j'ai mangé la boîte de *Chocolate Picadilly Biscuits* destinée à Maman dans l'Eurostar, ça lui apprendra à m'avoir dit au téléphone l'autre jour « *Ma chérie, j'espère que tu n'as pas l'intention de remettre cette affreuse robe violette au mariage de Jonathan, ce n'est pas en ayant l'air enceinte que tu trouveras un mari.* »

Bilan londonien : je n'ai pas rencontré Mr Darcy, j'ai failli coucher avec un psychopathe BGEM et me faire étrangler par sa maîtresse et je vais être obligée de contracter un prêt à la consommation chez Cetelem pour rembourser mes dettes, mais j'ai tout de même passé un week-end inoubliable et je n'ai même pas eu le temps de penser à Tristan Grant.

22 h 56

Je viens de recevoir par mail ma facture de téléphone : 286,38 euros (beaucoup trop de photos postées sur Facebook/Instagram). De désespoir, j'ai mangé la deuxième boîte de *Chocolate Picadilly Biscuits*, tant pis pour Hans Schmidt, il aura un tee-shirt *Good girls go to Heaven, bad girls go to London.*

Chloé

Mamie Rose se réveille de temps en temps. Elle me parle, elle me sourit. Parfois elle me reconnaît, parfois pas. Je reste à côté d'elle, immobile, sans penser à rien. En fin d'après-midi, on frappe à la porte, je me lève pour ouvrir et me retrouve nez à nez avec… mes parents.

Avant que j'aie le temps de comprendre ce qui m'arrive, ma mère, fébrile, m'embrasse sur les deux joues, lisse mes cheveux du plat de la main.

— Tu as maigri Chlo, tu ne manges pas assez.

Elle s'inquiète. Toutes les mères s'inquiètent. La mienne aussi, aussi surprenant que cela soit, mais seulement quand elle n'est pas en dépression. Du coup, quand elle va bien, elle s'inquiète encore plus que les autres, pour se rattraper. Et aussi, pour être honnête, parce que j'appelle tellement rarement que si je mourais, elle ne l'apprendrait sans doute que deux semaines après mon enterrement.

Je m'écarte pour les laisser passer. Mon père me dit bonjour sans m'embrasser, je lui dis bonjour sans le regarder. J'ai ses yeux, ses cheveux, son menton, son humour, son sourire et depuis quatre ans, tout ce qu'on se dit, c'est « bonjour » deux ou trois fois par an. Quand j'ai trompé Guillaume, j'ai été assez stupide et désespérée pour en parler à ma mère. Je lui avais fait jurer de ne pas le répéter, notamment à mon père. Depuis des années, je disais à ma mère de le quitter, il en aimait une autre et ça la rendait malade. Forcément, quand elle a lui a répété que je n'étais pas plus fidèle que lui, il ne m'a pas loupée.

Tel père, telle fille.

J'aurais pu le tuer, quand il a dit ça. C'était ma hantise, ma hantise depuis toujours. La seule chose qui me terrifiait plus que de devenir comme ma mère, c'était de devenir comme mon père. Parce qu'il y a trop de mecs qui s'intéressent à moi, comme il y a trop de femmes qui s'intéressent à lui. Évidemment, je ne vais pas me plaindre, pauvre de moi, tout le monde veut coucher avec moi. Mais franchement, si j'avais pu choisir, j'aurais été Constance Delahaye. J'aurais été jolie sans être belle, charmante sans jamais être sexy. *Tel père, telle fille.* C'est triste à dire, mais il n'aurait pas pu trouver pire insulte. Après ma rupture avec Guillaume, je dormais à peine, je ne mangeais plus, dire que j'étais sur les nerfs serait un euphémisme, j'ai littéralement pété les plombs. J'ai hurlé qu'il n'y avait personne au monde que je méprisais plus que lui, que je me dégoûtais d'être sa fille et que je n'attendais qu'une chose, que Maman le lâche, et que le jour où il se retrouverait tout seul comme un con, je serai bien contente.

Il n'a rien répondu. Il m'a laissé crier l'air impénétrable et quand j'ai eu terminé, je suis partie en claquant la porte. On ne s'est plus jamais vraiment parlé. C'est leur vie, après tout, est-ce que ça me regarde ? Je ne vaux pas mieux que lui, de quel droit l'ai-je jugé ? Depuis, on se dit bonjour, mais on ne se parle plus. J'aimerais bien qu'on se reparle, croyez-moi, mais je ne veux pas faire le premier pas et après quatre ans de silence, c'est trop tard. Je crois qu'on ne pardonne jamais à ses parents de ne pas être parfaits, c'est injuste, mais c'est comme ça.

Ils s'approchent du lit et Mamie Rose ouvre les yeux. Elle a du mal à s'exprimer. Elle a mis toute l'énergie qui lui restait à me sermonner ce matin. Maintenant elle se contente de sourire, en tenant la main de mes parents. Chaque fois qu'elle regarde mon père, son visage s'illumine. Parfois, elle murmure, les yeux dans le vague.

— J'ai un fils, il a de bonnes notes à l'école, il a bien réussi dans la vie, c'est important, ça, de savoir que son enfant a réussi.

Rose Lacombe a deux fils, mais quand elle perd la mémoire, elle ne se souvient que de l'aîné. Mon père, le second, n'a jamais eu de bonnes notes à l'école et il gagne à peine plus que le smic. Il la félicite pour la réussite de son fils, malgré tout, et Mamie Rose sourit d'un air ravi. Elle lui dit « merci Monsieur » et il lui prend la main. Il faut que je sorte d'ici, ou je vais me mettre à pleurer.

— Je vais prendre l'air.

— Tu veux que je vienne avec toi ? demande ma mère.

Je secoue la tête et je sors sans bruit. Dans la cour devant l'hôpital, je fume trois cigarettes de suite. Je rallume mon portable, je rappelle Charlotte et Constance qui m'ont laissé des messages. Constance vient de rentrer de Londres, visiblement elle a passé un super week-end et veut absolument s'y installer. Son entretien s'est bien passé. Elle me demande pourquoi ma valise est toujours chez elle. Elle arrive presque à me faire sourire. RAS du côté de Charlotte, tout va bien. Un moment j'hésite à leur parler de Vincent, mais je préfère les écouter me raconter leur vie, ça me détend. Quand je raccroche je vois qu'il a répondu. Je dois avouer que je suis surprise, normalement, envoyer quatre textos de suite à un mec, c'est la garantie qu'il ne vous réponde jamais et ne décroche plus son téléphone quand vous appelez.

19:04 – VINCENT LABORDE
À ton service, Cendrillon.

Puis un autre, envoyé une minute plus tard.

19:05 – VINCENT LABORDE
Et on ne réalise jamais quand on s'endort, c'est le principe.

Je souris franchement pour la première fois de la journée. Je n'ai pas mangé depuis la veille et la faim me déchire le ventre. J'inspire la dernière goulée de fumée, les yeux fermés. Je rassemble mon courage à deux mains et je remonte au deuxième étage. Le docteur parle à mes parents dans le couloir, il leur dit sans doute ce qu'il m'a déjà dit. Ils sont serrés l'un contre l'autre, et mon père hoche la tête, les yeux fixés sur le linoléum. Ma mère sursaute quand elle me voit arriver :

— Elle dort, me dit-elle, on va rentrer à l'hôtel.

Je la vois hésiter. Elle a l'air triste et fatiguée. Elle demande d'une voix lasse, par principe, parce qu'elle connaît déjà la réponse :

— Tu veux… tu veux venir dîner avec nous ?

J'ouvre la bouche pour sortir mon discours habituel : ça aurait été avec plaisir, mais j'ai ce truc, dernière minute, bref je ne peux pas… La prochaine fois ? Mais j'ai tellement faim et ils ont l'air tellement malheureux et puis, j'ai promis… Je hausse les épaules.

— On peut s'arrêter au McDo de Langon sur le chemin du retour, si vous voulez.

Ils me dévisagent comme si je venais de leur proposer d'aller à un bal musette à Cordoue. Je me mords les lèvres. Je regrette déjà, mais ma mère répond précipitamment :

— Oui. Très bonne idée, très bien le McDo, j'avais justement envie d'un McDo.

Journal de Constance Delahaye

14 avril 2013 – 19 h 56

Je suis sortie avec les filles jeudi soir. Mes copines se plaignent que je ne les vois plus depuis que je prends des cours de séduction. Oui, je sais que j'étais supposée garder le silence, n'en parler à personne sous peine de mort etc. etc., mais j'ai quand même fait allusion au groupe devant deux ou trois copines, peut-être cinq ou six, si je compte Anne-Sophie et Albane, mais on est quasiment cousines, puisque ce sont les sœurs d'un copain de mon cousin Jonathan, donc ça ne compte pas vraiment.

En un sens, la soirée a été un échec, bien qu'elle ait été un succès. (Parfois, quand je me relis, je comprends qu'Hans Schmidt me dise que mes mails ne sont pas clairs.)

Nous sommes allées en *afterwork.* Baby-Doll dit qu'il y a trois endroits où rencontrer son futur mari à Paris : les *afterworks* du 8e, les ateliers d'œnologie et les cours de bricolage du BHV-Rivoli. En boîte, il n'y a que des tocards, et ceux qui ne sont pas des tocards le deviennent le temps d'une soirée par mimétisme. Les bars, il faut les trier sur le volet, il y a trois bars parisiens où on peut vraiment rencontrer quelqu'un ; et ce ne sont pas ceux, contrairement à ce que j'avais naïvement avancé, qui sont plébiscités par *My Little Paris,* pour la simple et bonne raison que ces derniers n'attirent pas un seul homme, mais des ribambelles de Parisiennes, minces et élégantes, qui ont, elles aussi, lu la newsletter.

Quand je nous ai vues ensemble ce soir-là, Marilyn, Lolita, La Traviata, Scarlett et moi, je me suis rendu compte que nous n'avions pas payé Baby-Doll pour rien. Nous avions toutes un nouveau style, enfin un style tout court, puisque nous n'en avions aucun avant. Mais, surtout, nous avions toutes l'air beaucoup plus sûres de nous. J'ai demandé à un inconnu de prendre discrètement une photo de notre groupe avec mon téléphone, je sais que je n'avais pas le droit non plus, mais je trouvais ça dommage de ne pas avoir un souvenir et Baby-Doll n'a rien remarqué. Je me demande si à la fin des séances, on continuera à faire tous ces efforts herculéens et à appliquer les consignes : le maquillage, les sous-vêtements assortis, se forcer à parler à son voisin dans le train, ne pas ressortir d'une soirée sans avoir adressé la parole à au moins trois personnes qu'on ne connaissait pas…

Bref… Je disais donc que la soirée a été un succès en ce sens que (Alléluia) un homme m'a abordée et il avait l'air normal.

Je suis allée me chercher un verre au bar, seule, puisque l'attroupement de femelles pouffantes terrifie le mâle encore plus que la vision d'un fer à repasser. J'ai commandé un Coca light. J'avais décidé de me calmer sur l'alcool, parce qu'au rythme où j'y allais, la seule chose que j'allais apprendre de Marilyn Monroe, ce n'était pas la séduction mais l'alcoolisme. Et voilà que telle Marie entendant l'Ange Gabriel apparu de nulle part lui sortir « Je te salue, toi à qui une grâce a été faite », j'ai entendu :

— Bonsoir, je peux t'offrir ton Coca ?

Trompettes, fanfares et harpes ont résonné dans mon imagination, avec les serveuses dans un chœur gospel en arrière-plan. Baby-Doll m'avait, en théorie, préparée à la possibilité éventuelle qu'un jour, quelque part, un homme, probablement aveugle, masochiste et/ou fou m'adresse la parole sans que j'aie besoin de le harponner par surprise, mais je n'y croyais pas. Dans ce cas-là, l'attitude à adopter était simple : se retourner, sourire, accepter, soit précisément le contraire de ce que me dictait mon instinct primaire, à savoir, paniquer, rougir et refuser, tout en espérant qu'il insiste. Grave erreur souvent commise par la gent féminine à qui on enseigne bêtement depuis des siècles et des siècles qu'il faut se faire désirer. C'est tout le contraire : il ne faut surtout pas se faire désirer. L'homme du vingt-et-unième siècle est un être prosaïque et impatient à l'ego hypersensible. Si on lui met un râteau, il se vexe et passe à la suivante. Ça lui coûte suffisamment de proposer un verre à une inconnue. Baby-Doll nous l'avait suffisamment rabâché pour que, même moi, je comprenne enfin. J'ai donc mis trois secondes à reprendre mes esprits, et au prix d'un effort surhumain, j'ai répondu avec un sourire :

— Avec plaisir.

Ce n'était pas si compliqué. On a discuté, il s'appelle Antoine, il travaille à la BNP, il doit avoir mon âge. Il est Parisien d'origine, mais il ne se voit pas vivre toute sa vie à Paris. Il est grand, assez maigre, cheveux châtains, yeux marron rieurs. À trois ou quatre reprises, il m'a fait rire. Il n'y a pas eu de blancs dans la conversation, je n'ai pas saisi son poignet pour établir un contact physique sous prétexte de regarder l'heure, je ne suis pas partie au bout de quinze minutes en prétendant avoir un coup de fil à passer pour qu'il me courre après. Baby-Doll est toutefois venue me chercher au bout d'une demi-heure.

— Constance, tu viens ? On change d'endroit…

C'est la première fois que je l'entendais m'appeler Constance. Sur le moment, ça m'a même surprise qu'elle se souvienne de mon prénom.

— J'arrive, ai-je répondu.

Elle est repartie, pour me laisser conclure. J'ai hésité, il a hésité, puis il a pris une grande inspiration.

— Je peux te demander ton numéro ?

Je lui ai donné. J'ai décidé d'adopter une approche rationnelle de la situation, d'attendre calmement qu'il m'écrive et de ne pas m'emballer.

Je plaisante, bien entendu, j'en suis incapable. J'ai perdu toute capacité de concentration, j'ai le téléphone greffé à la main depuis jeudi, je me réveille toutes les heures et me colle l'écran sur le nez au risque de perdre un œil, pour vérifier que je n'ai pas reçu de message au milieu de la nuit. Je me suis imaginée une bonne centaine de fois remonter l'allée de l'église de Marinzac en robe blanche, avec Antoine au bout. Hans Schmidt m'a même convoquée après la réunion marketing de vendredi matin, pour me dire que ce n'était pas un comportement acceptable de vérifier son téléphone toutes les trois minutes en réunion, qu'il était visible que je n'étais pas concentrée et qu'il fallait que j'apprenne à faire la part des choses entre ma vie personnelle et ma vie professionnelle. Venant de lui, qui est devenu insupportable depuis que la photo de Gretel a disparu de son bureau et qu'il a annulé les quatre semaines de vacances prévues pour son mariage et son voyage de noces (source : Mylène), je trouve sa remarque franchement gonflée.

C'était jeudi, soit il y a quatre jours. Antoine n'a pas appelé.

20 h 47

TEXTOOOOOOO

20 h 48

C'était Chloé, pas Antoine. Mamie Rose est décédée dans son sommeil cet après-midi.

Chloé

Elle avait quatre-vingt-quatre ans. C'est la vie. Même elle me l'a dit. *Il ne faut pas être triste, Chloé.*

J'étais assise à côté de son lit d'hôpital avec mes parents. Mon oncle Benoît et sa femme venaient d'arriver de Marne-la-Vallée. Je crois qu'elle les attendait. Elle a poussé un petit soupir de contentement, en nous voyant autour d'elle.

— J'ai de beaux enfants et une belle petite-fille, a-t-elle murmuré, je peux partir tranquille.

Elle a souri, et pour la forme, quelqu'un a affirmé qu'il ne fallait pas qu'elle dise de bêtises, qu'elle avait très bonne mine, mais elle était si maigre et si pâle que j'avais l'impression qu'elle était en train de se dissoudre tout doucement entre les draps blancs et que, bientôt, le lit serait vide.

— C'est important, la famille, a-t-elle rajouté en me fixant.

J'ai hoché la tête. J'étais glacée. J'aurais voulu que tout le monde sorte pour que je puisse lui parler, lui dire au revoir, lui dire que j'avais besoin d'elle, qu'elle a été la seule adulte à peu près stable de mon enfance, que je regrettais de ne pas être descendue la voir plus souvent, qu'il ne fallait pas qu'elle s'inquiète pour moi… Elle m'a souri, comme si j'avais pensé à haute voix et elle a dit :

— Il ne faut pas être triste, Chloé, j'ai eu une jolie vie. Toi aussi, tu auras une jolie vie, mais il faut le décider.

J'ai hoché la tête, j'ai serré sa main dans la mienne.

— C'est bien que tu pleures, c'est important d'avoir besoin des autres dans la vie, Chloé.

J'ai ouvert la bouche, mais j'étais incapable de dire quoi que ce soit, elle a poursuivi :

— Tu sais, je n'ai aucun regret.

Pendant quelques secondes elle a considéré la question, les sourcils froncés avant de rajouter :

— Enfin si, un seul, je n'ai pas terminé le dernier tome de *Cinquante Nuances de Grey*.

On a ri à travers nos larmes, puis elle nous a demandé de l'embrasser, parce qu'elle avait besoin de faire un petit somme. À mon père, elle a répété que la famille, c'était important. Elle a remercié ma mère et ma tante d'avoir supporté ses fils aussi longtemps. À mon oncle, elle a précisé trois fois qu'elle ne voulait pas de chrysanthèmes sur sa tombe. De son vivant comme de sa mort, Rose Lacombe n'accepterait jamais que les roses rouges. Quand je me suis penchée sur elle pour embrasser sa joue froide, elle a murmuré :

— Je t'aime, ma Chloé, tu es une fille extraordinaire, souviens-toi d'Oscar Wilde : ne tombe jamais amoureuse de quelqu'un qui te traite comme si tu étais ordinaire.

J'ai promis. J'aurais promis d'épouser George Bush si elle me l'avait demandé. Elle s'est endormie, sa main dans la mienne, ses enfants autour d'elle.

Elle a eu une jolie vie, il ne faut pas être triste.

Journal
de Constance Delahaye

16 avril 2013 – 20 h 45

Journée pourrie.

Je voulais aller à Marinzac pour l'enterrement de la grand-mère de Chloé, ça me brisait le cœur qu'elle soit toute seule là-bas en ce moment, mais elle m'a répondu au téléphone que ce n'était pas la peine. Elle préférait être seule.

Elle m'a renvoyé un texto cinq minutes après :

11:04 – CHLOÉ LACOMBE

> Désolée, je ne t'ai même pas dit merci, ça me touche beaucoup que tu aies proposé de venir, juste, la situation avec mes parents est un peu compliquée.

Ce matin, Hans Schmidt m'a convoquée dans son bureau. Je crois qu'Hans Schmidt est la seule personne de mon entourage qui n'ait pas remarqué mon changement de couleur de cheveux et mon nouveau style. Il m'a dévisagée longuement, les sourcils froncés, avant de me sortir la phrase suivante :

— Tiens, je pensais que vous portiez des lunettes.

Sa remarque était d'autant plus absurde qu'à l'instant où il l'a faite, je portais justement des lunettes. J'avais perdu une lentille de contact en effectuant une chorégraphie sur Beyoncé en me brossant les dents. J'ai donc souri poliment sans répondre et il a poursuivi, satisfait d'avoir trouvé ce qui avait changé chez moi :

— Constance, j'ai une excellente nouvelle à vous annoncer… Enfin, s'est-il repris en se raclant la gorge d'un air gêné, une triste nouvelle pour l'équipe, mais une excellente pour vous, vous…

— J'ai été prise chez BTPTD ! ai-je aussitôt hurlé.

Il a croisé les mains sur son bureau et m'a répondu avec calme :

— Oui, à quelques formalités administratives près, il semble que ce soit votre profil qui ait été retenu pour le poste.

Depuis que Gretel la Cruelle l'a plaqué, il ne met plus de cravate pour aller travailler, et une fois, il a même oublié de se coiffer. Je ne dirai pas qu'il est plus sympathique, mais disons que ça le rend un peu plus accessible. J'ai ouvert la bouche à plusieurs reprises, mais rien ne sortait. Je ne sais plus quel grand philosophe a dit un jour : « C'est au pied du mur qu'on voit le mieux le mur. » Eh bien, j'étais au pied du mur, justement, et j'ai eu l'impression de me le prendre en pleine poire, le mur. J'ai plaqué ma main devant ma bouche ouverte.

— heuneheupasdwéménahéàlonde

— Pardon ?

J'ai enlevé ma main et répété :

— Je ne peux pas déménager à Londres.

Hans Schmidt a haussé un sourcil.

— C'est un gros changement et c'est normal qu'il vous effraie, cependant…

— Non, je ne peux pas !

Il a posé ses mains à plat sur son bureau vide et m'a demandé :

— Y a-t-il un élément de votre vie… hum… de votre vie personnelle qui aurait changé et qui justifie ce brusque changement d'avis ?

Hans Schmidt aurait-il essayé de parler de ma vie sentimentale ? Si je n'avais pas éclaté en sanglots, j'aurais sans doute éclaté de rire.

— Non, ce n'est pas ça, c'est juste… c'est juste… je parle mal anglais et je ne connais personne en Angleterre, en dehors de Jane Austen et elle est morte…

— C'est fâcheux, en effet, a-t-il dit en me tendant un paquet de Kleenex, mais je suis sûr que vous pourrez vous lier d'amitié avec certains de vos collègues, l'équipe londonienne est en moyenne plus jeune que celle de Paris. Je pourrai moi-même vous mettre en contact avec des amis sur place qui…

Je me sentais stupide, stupide d'avoir postulé, stupide de refuser et me suis mise à pleurer de plus belle, ce qui n'a rien arrangé.

— Je suis désolée… je suis désolée, je sais que vous m'avez recommandée, mais je ne peux pas, je n'y arriverai jamais, ma vie est ici.

Il n'a pas répondu tout de suite, il a poussé un soupir.

— C'est votre décision, je vous suggère de ne pas donner votre réponse tout de suite et de bien réfléchir à la question. Vous pouvez y aller, Constance.

Je me suis mouchée et me suis levée. Avant de sortir du bureau, je me suis retournée, complètement paniquée.

— Mais vous allez me garder ? Ici, je veux dire ? Même si je refuse ? Vous n'allez pas me virer parce que j'ai dit oui puis non ?

Il avait déjà reporté son regard sur son écran d'ordinateur et il n'a pas relevé la tête.

— Bien entendu, Constance, je serai personnellement très content de vendre des serviettes hygiéniques avec vous sur les dix prochaines années, puisque c'est apparemment la carrière à laquelle vous aspirez.

22 h 38

Viens de recevoir texto d'Antoine du bar !!!!! Enfin !! Ma journée s'illumine.

22:59 – ANTOINE (DU BAR)

> Hello Constance, j'espère que tu vas bien. Désolé de ne pas t'avoir recontactée plus tôt, mais j'ai eu beaucoup de travail. Ça te dirait d'aller boire un verre jeudi soir ? Antoine (du bar).

J'ai répondu :

23:04 – CONSTANCE DELAHAYE

> Salut Antoine du bar !! Trop contente d'avoir de tes nouvelles... :-) Ça va très bien et toi ? Génial pour le verre jeudi soir !!! Tu veux qu'on se retrouve à quelle heure ? Qu'on aille où ? Ça me fait super plaisir en tout cas, bon courage pour ton travail :-) Bisous. Constance.

J'ai cliqué sur « envoyer », puis je me suis souvenue des quatre règles fondamentales du texto de Baby-Doll :

1) Ne jamais répondre immédiatement à un texto le premier mois. Attendre au minimum trois heures et/ou le temps qu'il a mis à écrire, multiplié par deux (dans mon cas, ça aurait donc fait dix jours).

2) Toujours refuser le premier rendez-vous sous prétexte d'être déjà prise si la date est imposée et proposer une autre date.

3) Ne pas écrire « bisous » si lui n'a pas mis « bisous » et pas de smiley, pas de ponctuation à outrance au risque de passer pour une pauvre niaise.

4) Ne jamais envoyer un texto après vingt-deux heures sans le faire valider au préalable par une personne objective.

Note : 0/10. Sans commentaire.

Chloé

C'est le printemps.

Je n'avais pas remarqué que la terre ne craquait plus sous mes baskets pendant mon footing du matin, que le vignoble de Vincent n'était plus rayé de givre quand j'ouvrais la fenêtre le matin et que les ceps s'étaient recouverts de feuilles vert clair. Pour l'enterrement de Mamie Rose, le soleil brille dans le petit cimetière de Marinzac et je transpire dans mon manteau noir, incapable de verser une seule larme.

J'ai acheté toutes les roses rouges du fleuriste, Vincent m'a aidée à les transporter jusqu'à l'église, ensuite il m'a emmenée chez Virginie, à qui j'ai demandé de prendre une dernière photo de Mamie Rose, paisiblement endormie dans son gilet bleu. Elle ne voulait pas que je la paye, mais j'ai insisté. Elle m'a serrée très fort dans ses bras. Elle a pris mon visage entre ses mains et a déposé un léger baiser sur mes lèvres. J'ai trouvé le geste un peu déplacé, mais c'est bien connu, les gens du Sud sont plus chaleureux que les Parisiens, et d'ailleurs Vincent n'a pas eu l'air étonné.

J'ai laissé cinq messages à Guillaume hier. Je lui ai dit que j'avais besoin qu'il vienne, qu'après, je ne lui demanderai plus rien, mais que sans lui, je ne savais pas comment j'allais tenir le coup.

10:14 – GUILLAUME FAVREAU

> Je vais essayer de venir à l'enterrement, Chloé, mais beaucoup de problèmes en ce moment. Je ne pourrai pas arriver avant 17 h dans tous les cas. Je pense fort à toi, Mamie Rose me manquera à moi aussi, c'était une personne exceptionnelle.

Je lui ai envoyé l'adresse de Château-Lyran, l'heure de la cérémonie, l'église, le cimetière. Ce soir, il sera là. Ce soir, je pourrai le voir. Il va venir me chercher. Il va me consoler, je ne serai plus seule. J'ai du mal à écouter la messe. Le prêtre déclame des banalités sur un ton mélancolique de circonstance. Il parle d'elle sans parler d'elle. Je voudrais qu'il raconte qu'elle lisait *Cinquante Nuances de Grey* et qu'elle était un peu amoureuse de Mauriac, qu'elle connaissait tout Johnny Hallyday par cœur, qu'elle utilisait des expressions comme *challenge* et *aller en boîte,* qu'elle comprenait sans jamais juger, même si elle venait d'un autre temps. Je fixe les taches de lumière bleutée que les vitraux projettent sur le cercueil, je n'écoute pas, je ne pleure pas. Je ne réalise pas vraiment. Parfois, je pense : je ne la verrai plus jamais. Et j'ai un trou glacial qui se forme dans ma poitrine.

On bénit le cercueil déjà scellé. L'orgue entame une marche funèbre grinçante qui me ferait sourire par son absurdité si les muscles de mon visage n'étaient pas pétrifiés.

C'est terminé. Sur le parvis ensoleillé je me retrouve soudain emmitouflée de murmures. Personne n'ose parler trop fort aux enterrements, il ne faudrait pas réveiller les morts.

Elle aurait détesté ça, vous savez. Détesté ces corps apathiques qui marchent à pas sinistres jusqu'au cimetière, le gravier gris qui crisse sous les semelles des chaussures du dimanche, cirées pour l'occasion, les regards lugubres au-dessus des cols qui grattent, le silence suffocant, saturé d'encens.

Il y a beaucoup de monde dans le petit cimetière, mes parents, mon oncle et ma tante, bien sûr, Tonton Gonz, Virginie, Vincent, Jacqueline, cinq ou six membres du personnel du foyer des Pervenches et des gens que je ne connais pas, des gens de Marinzac, des résidents du foyer, surtout des personnes âgées qui pleurent le nez dans leur mouchoir et qui semblent tout savoir sur moi. Mamie Rose disait toujours « mes copines », et je place des visages sur les anecdotes qu'elle me racontait. En les voyant autour de sa tombe, je suis heureuse de constater qu'elle n'était pas seule. Quatre hommes des pompes funèbres descendent le cercueil dans le caveau à l'aide de grosses cordes. Je sursaute quand il touche le fond, un bruit mat suivi d'un raclement sinistre sur le béton.

Tous ces inconnus passent devant moi, ils jettent de l'eau bénite, une fleur dans le caveau en béton gris. Ils parlent à mes parents, ils prennent ma main au creux des leurs, m'entourent de leurs bras. Ils murmurent des gentillesses, que c'est merveilleux qu'elle ait eu quelqu'un pour s'occuper d'elle. Ils ne peuvent pas savoir qu'en réalité c'est elle qui s'occupait de moi. Je hoche la tête, je ne souris pas, je ne pleure pas, je reste raide comme un piquet sous leurs étreintes. Je tremble un peu quand je sens le contact de leurs joues humides sur ma joue sèche. Tonton Gonz et Jacqueline me serrent dans leurs bras, Virginie, les yeux pleins de larmes, prend mes deux mains dans les siennes et me sourit. Vincent pose une main de géant sur mon épaule et exerce une légère pression silencieuse. Je lève les yeux sur lui, je voudrais leur sourire, les remercier d'être là, mais je n'y arrive pas. Je remarque qu'il est passé se changer depuis notre expédition chez le fleuriste ce matin. Il a rasé sa barbe. Il reste à peine quelques millimètres d'ombre brune sur ses joues et il porte un costume noir. Son effort vestimentaire m'émeut plus que n'importe quelle parole.

La cérémonie se termine, tout le monde se dirige vers Château-Lyran où Tonton Gonz a proposé d'organiser un petit buffet.

— Tu viens Chloé ? me dit ma mère.

— Je vais rester un peu.

Mon père pose une main hésitante sur mon avant-bras. Il est triste aussi. Je le laisse faire. J'ai promis. Nous n'avons pas beaucoup parlé à ce repas au McDo, qui a duré, en comptant le temps de passer la commande, vingt-huit minutes. Vingt-huit minutes pendant lesquelles ma mère a monologué sur un ton faussement joyeux, alors que je m'enfilais vingt Mc Nuggets et un milk-shake vanille en un temps record.

Le cimetière se vide, les silhouettes se dirigent vers la grille blanche. Je reste devant le caveau ouvert. Ils viendront tout à l'heure refermer la plaque de marbre sur le cercueil recouvert de roses rouges. Je n'arrive pas à imaginer qu'elle est là. Il est dix-huit heures. Je sais maintenant que Guillaume ne viendra pas, mais c'est sans importance. Je n'ai plus de batterie de toute façon.

Les dernières voitures sont parties. Je ne vais pas la laisser là, toute seule, ce n'est pas possible, écrasée sous cette pierre grise, sous cette pyramide de fleurs fraîches qui faneront bientôt dans la chaleur. Je m'agenouille, glisse la main sous les bouquets, contre le marbre flambant neuf qui brille sous le soleil. L'odeur de terre humide, le parfum des fleurs me donnent la nausée. Je ne prie pas, je ne prie jamais. Je n'ai besoin de personne, surtout pas de Dieu. Je voudrais juste que quelqu'un, n'importe qui, vienne me chercher.

Puis je regarde autour de moi, pour la première fois. Le cimetière est situé juste derrière la petite église de Marinzac, sur une colline exposée aux embruns salés. Pourtant l'Océan est à quasiment cent kilomètres. Sous le gravier, il y a déjà du sable. L'été, les aiguilles de pin sèches parsèment les allées désordonnées. J'essaye de me persuader qu'elle sera bien ici, juste à côté de son mari. Je reste longtemps, l'arrête de la pierre tombale incrustée dans les genoux, une heure peut-être, jusqu'à ce que le soleil refroidisse, que la lumière baisse entre les troncs maigres. J'ai l'impression que tant que je ne pars pas, elle n'est pas vraiment morte.

J'entends un moteur s'arrêter, la grille du cimetière s'ouvrir, le crissement des pas sur le gravier.

— Chloé ?

Je ne bouge pas, je ne réponds pas. J'ai l'impression que toutes les larmes que je n'ai pas versées vont exploser.

— Tes parents s'inquiètent, il faut rentrer, tu vas attraper froid.

Il me relève doucement, je titube, j'ai des fourmis dans les jambes, mal aux genoux.

Je balbutie :

— Je ne veux pas rentrer. Je ne veux pas aller à un cocktail.

Vincent hoche la tête, me soutient le temps que le sang circule à nouveau dans mes jambes.

— Tu veux venir prendre un verre chez moi ?

J'émets un gargouillement bizarre, entre le rire et le sanglot.

— Si on n'était pas dans un cimetière, à l'enterrement de ma grand-mère, cette phrase pourrait être mal interprétée.

— Non, je veux dire, juste le temps que les gens partent de chez Gonz…

— Ça te va mieux la barbe courte, tu fais moins homme de cro-magnon.

Il sourit, gentiment.

Je ne sais pas pourquoi, mais tout à coup, je colle ma joue contre sa poitrine, je l'entoure dans mes bras et je ferme les yeux. Il sursaute, hésite, puis pose une main sur ma tête et l'autre autour de ma taille.

— Si on n'était pas dans un cimetière, à l'enterrement de ta grand-mère, ça aussi, ça pourrait être mal interprété…

Je ris à travers mes larmes. Il ne dit rien, il reste là le temps que je me calme, que je recouvre de morve sa chemise blanche qui sent la lessive. Pour la première fois depuis que Mamie Rose a arrêté de respirer, j'éprouve une sorte de soulagement.

— C'est bête, je n'ai pas pensé à apporter de mouchoirs, dit-il soudain.

— J'en ai dans mon sac à main, mais je préfère me moucher dans ta chemise.

Il me relâche, un peu trop tôt. Je me mouche.

— Bon alors, on va chez toi ou chez moi ? demande-t-il avec un clin d'œil.

— Chez toi.

Quand sa moto passe en trombe devant la chartreuse de Tonton Gonz, j'aperçois quelques silhouettes un verre à la main devant la porte-fenêtre du salon. Je culpabilise, je devrais être avec ma famille, mais je n'ai pas le courage d'y aller, de parler, de manger des petits fours comme si de rien n'était.

Laneyronie, au milieu des vignes, se rapproche. Vincent fait le tour et vient garer sa moto devant la façade sud, celle que je ne vois pas depuis ma chambre. Il m'aide à descendre. J'entre dans une cour de gravier, par une petite grille rouillée qui s'ouvre dans le large mur en pierre de taille recouvert de lierre. De ce côté, on n'aperçoit ni le pigeonnier en ruine, ni les deux tours aux toits abîmés qui flanquent la façade nord. Les volets épluchés par la pluie ont dû être repeints quelques années plus tôt.

Le bleu ciel écaillé prend une teinte un peu grise dans les derniers rayons du soleil.

Je monte un escalier, la main crispée sur la rampe en fer forgé et je pénètre dans un large hall d'entrée au sol de pierre. Depuis le temps que je rêve de visiter le mystérieux château, je suis intimidée. Sans rien dire, Vincent prend mon manteau, l'accroche à une patère, au-dessus d'une paire de bottes en caoutchouc.

— Il n'y a qu'un tiers du bâtiment qui est habitable, me dit-il en ouvrant la double-porte du salon.

Le mur du fond en briques rouges est percé par une large cheminée sans doute encore utilisée, car les bords sont noircis de fumée. La pièce est immense. Au moindre rayon de soleil, elle doit être illuminée par les six fenêtres qui s'ouvrent dans trois des quatre murs aux pierres apparentes. Quelques meubles parsèment le parquet brut, un coffre en bois clouté qui déborde de quarante-trois tours, un canapé en cuir et une table basse en verre. Étrangement, ils sont tous très design, ce salon pourrait figurer dans *Maison française*.

— Jolie la déco, je n'imaginais pas ton salon comme ça.

— Mon ex-femme était décoratrice d'intérieur, dit-il avec un haussement d'épaules, assieds-toi, tu veux que je fasse du feu ?

— Non, je n'ai pas froid, pourquoi tu n'as pas tout rénové ?

— À ton avis, Cendrillon ? Tu sais combien ça coûte de rénover une bâtisse comme ça ?

Je m'enfonce dans le canapé en cuir. Vincent est resté debout.

— Tu veux boire quelque chose ?

Je hoche la tête.

— Du vin ?

— Je préfère de la bière, si tu as de la bière.

Il hausse un sourcil.

— La bière c'est pour le PMU, chez un vigneron, on boit du vin.

— Pourquoi tu me demandes, si de toute façon je n'ai pas le choix ?

Il émet un rire bref et sort chercher une bouteille. C'est la première fois que je l'entends parler de sa femme. Je repense à l'histoire sinistre racontée par Virginie et je me souviens que Vincent Laborde n'est pas aussi gentil qu'il en a l'air. Un piano trône dans un coin, je me lève pour effleurer les touches. Elles résonnent dans la pièce au haut plafond comme dans une église. Il semble juste, accordé récemment.

Je me rassieds, laisse tomber mes chaussures par terre et je replie mes jambes sous moi. Vincent revient dix minutes après avec deux verres à pied, un tire-bouchon et une bouteille. Je me dis qu'il a dû aller la chercher dans la cave et je regrette de ne pas être allée avec lui. À défaut d'une visite officielle, j'aurais pu espionner un peu. Il pose les verres sur la table basse et s'assied dans le fauteuil en face de moi. C'est la première fois qu'un homme qui m'invite à boire un verre chez lui ne s'assied pas avec moi sur le canapé. Je désigne le piano du menton.

— Tu joues ?

— Je jouais beaucoup avant, maintenant, c'est surtout pour draguer, dit-il avec un léger sourire.

— Vraiment ? Tu leur joues quoi ? Elton John ?

En quelques gestes précis, il a débouché la bouteille, le bouchon fait « plop » et il verse un vin blanc qui tire sur le jaune doré dans un des deux verres.

— C'est pas aussi simple que ça, c'est tout un art de trouver la chanson d'une fille. *Yesterday* des Beatles, ça marche pour beaucoup, *Georgia,* Ray Charles aussi. Il faut un truc sirupeux, mais écrit par de vrais artistes, pas du Justin Bieber.

Je pouffe, il goûte le fond qu'il s'est servi avant de remplir mon verre. Je tends la main, mais il secoue la tête.

— Laisse-le s'aérer.

Je lui pose deux ou trois questions. Je lui fais remarquer qu'il n'a pas de livres. Il me dit qu'il en a quelques-uns, mais qu'il ne lit que le journal. J'ai toujours pensé que je ne pourrais jamais sortir avec quelqu'un qui ne lit pas. Enfin, ce n'est pas comme si j'avais l'intention de sortir avec Vincent Laborde de toute façon. Le vin est sucré, il se boit comme du petit-lait et je finis mon verre avant que lui ait bu la moitié du sien.

Vincent remplit mon verre à nouveau à moitié, j'ai envie de lui dire qu'il peut y aller, je l'aurais fini dans cinq minutes. Je jette un coup d'œil à l'étiquette, *Château d'Yquem 1985.*

— C'est mon année de naissance ! C'est pas mal ce vin, j'aime bien.

— Tu as vingt-huit ans ?

— Oui. Toi ?

— Trente-quatre. Au fait, le prends pas mal, mais je suis pas sûr que ce soit une bonne idée que tu écrives sur les vignes, le vin, etc.

Je hausse les épaules, et avale trois gorgées d'un coup.

— On trouve tout sur Wikipedia, tu sais.

— Tout n'est pas factuel. Le vin, c'est plus que ça, c'est une histoire, des émotions, des…

— C'est bon, Vincent, c'est du vin, pas la Chapelle Sixtine, pour le goût, tout ça, je ferai des recherches.

Il lève les yeux au ciel et passe une main sur sa barbe.

— Des recherches ? Au lieu de boire ton verre cul sec, concentre-toi deux minutes, prends une gorgée, garde-la un peu dans ta bouche avant de l'avaler et dis-moi ce que tu ressens.

Je m'exécute, les sourcils froncés. Il m'observe avec attention. Je suis incapable de décrire du vin. Constance, elle, s'y connaît un peu, elle peut expliquer qu'un vin a une odeur de miel, une robe je ne sais pas comment et un goût de pruneaux, puis de cannelle sur la fin. Je ne sens rien de tout ça, franchement. Si je me concentre, si je ferme les yeux, j'ai simplement l'impression d'avoir sur le palais l'arôme tiède des étés de mon enfance, le souvenir des abricots trop chauffés au soleil avec lesquels Mamie Rose faisait de la confiture dans une bassine de cuivre, sur son balcon de Nanterre. Peut-être que j'entends des cigales. Un goût d'or liquide au mois d'août. Je le lui dis et il a l'air surpris par ma réponse, il réfléchit quelques secondes avant de murmurer :

— Ok, tu t'en sors pas trop mal.

Ensuite, je ne sais pas comment, on en vient à parler de Mamie Rose. Je crois que c'est lui qui l'évoque le premier. Du coup je lui raconte un peu, mes parents, les disputes, la dépression de ma mère, les étés passés dans le deux-pièces de ma grand-mère.

Une fois par semaine, elle m'emmenait à Deauville pour la journée parce qu'un enfant, selon elle, doit voir la mer régulièrement pour grandir sainement. On partait vers cinq heures du matin, pour arriver les premières sur les planches. On s'asseyait sur le sable et je buvais à même le Thermos le chocolat chaud qu'elle avait apporté, en me bourrant de pains au chocolat industriels. On ne mettait pas de crème solaire, elle emportait toujours le même petit parasol délavé et deux grandes serviettes rayées. J'attrapais toujours à l'arrière des genoux d'horribles coups de soleil qui me brûlaient et me démangeaient toute la semaine qui suivait. Toutes les deux trois heures, on s'achetait une glace, une gaufre, une crêpe au Nutella. On passait la journée à lire. C'est elle qui choisissait les livres, sauf exception, on ne quittait pas la plage avant que j'aie terminé ma lecture. Encore aujourd'hui, mon souvenir de *Fantômette* ou du *Comte de Monte-Cristo* est inséparable de celui du soleil sur mes mollets incrustés de sable et du beurre fondu au goût de sel qui collait les pages. On rentrait à Nanterre quand la nuit tombait. Je m'endormais dans la voiture, roulée en boule sur la banquette arrière, les doigts poisseux dans mes cheveux emmêlés par le sel, heureuse, malgré la ceinture qui me sciait le ventre.

À la fin du mois d'août, quand ma mère venait me chercher, je pleurais et je la suppliais de laisser Mamie Rose m'adopter. Avec le recul, ces supplications ne devaient pas lui faire plaisir, mais la vérité sort de la bouche des enfants. Avant de refermer la porte, Mamie Rose me disait toujours :

— Ne pleure pas, il nous reste le Festival du cinéma américain.

C'est vrai que les plus belles journées étaient celles du Festival du cinéma américain de Deauville. On ne pouvait y aller que le week-end, parce que l'événement avait lieu en septembre, après la rentrée des classes. Il y avait un monde fou. On attendait des heures devant les colombages de l'hôtel Normandy, pour apercevoir de loin un brun à lunettes de soleil, on se disait que ce devait être Robert de Niro ou George Clooney.

Quand j'ai eu HEC, elle m'a offert une coupe de champagne au bar du Normandy. Elle m'a dit :

— Maintenant que tu as réussi, tu pourras venir quand tu veux, tu pourras même dormir ici, mais je veux que tu te souviennes que c'est moi qui t'y ai emmenée la première fois.

Je me tenais un peu raide dans un énorme fauteuil de velours ardoise, je contemplais les centaines de bouteilles alignées derrière le bar en bois verni, les toiles de chevaux de course sur les murs. Je me disais que je ne reviendrai pas, même si je gagnais beaucoup d'argent. J'étais bien trop mal à l'aise.

J'ai gagné de l'argent par la suite. Suffisamment. J'ai fait les voyages que j'avais toujours rêvé de faire petite fille. J'ai même vu les plages de Bali, et pourtant, je n'ai jamais retrouvé l'excitation des départs nocturnes dans la 205 noire, l'émerveillement de l'arrivée face à la mer encore grise et du soleil qui se lève sur le champ de parasols multicolores, encore fermés.

Vincent écoute. Il ne parle pas et j'ai la tête qui tourne.

— Je ne sais pas pourquoi je te raconte tout ça.

— Moi non plus, dit-il.

Il veut vider la fin de la bouteille dans mon verre. Je secoue la tête, j'ai déjà trop bu et il verse les dernières gouttes dans le sien.

Il fait nuit dehors et il n'a pas allumé la lumière. Je me lève pour regarder par la fenêtre. Au loin, je vois les lumières de la maison de Tonton Gonz, les invités doivent toujours être là. Je me retourne vers Vincent, la main sur la poignée de la fenêtre.

— Je peux te poser une question, sans que tu penses que je te drague ?

— Je sais déjà que tu me dragues, Cendrillon, mais je n'ai pas l'intention de coucher avec toi, alors ne me supplie pas, répond-il une lueur amusée au fond du regard.

— Ce serait quoi ma chanson à moi ?

Il hausse les épaules, se renfrogne un peu.

— J'en sais rien.

C'est ridicule, mais son indifférence me vexe, surtout venant d'un coureur de jupons comme lui.

— Fais un effort, imagine qu'on se rencontre dans un bar, j'accepte de rentrer avec toi… Ce qui n'arriverait jamais dans la vraie vie bien sûr, mais c'est une hypothèse.

Il réfléchit, je sens son regard scrutateur m'analyser dans la demi-pénombre et je regrette de m'être levée.

— Si je rentrais d'un bar avec toi, je ne suis pas sûr que je pourrais prendre le temps de trouver ta chanson.

Il a dit ça tranquillement sans me lâcher des yeux, sans sourire. Une rougeur adolescente envahit mes joues et je bénis la pénombre. Je ne réponds pas, je reste plantée comme une cruche, sans savoir si je suis supposée me sentir flattée ou m'offusquer de ne même pas mériter un morceau de piano. Je ne m'attendais pas à cette réponse. J'espérais qu'il me dirait Ray Charles, ça me paraissait plus glorieux qu'Elton John. Le silence se fait pesant, il faudrait que je rentre, de toute façon. Il se racle la gorge et termine son verre. Il a senti qu'il avait cassé l'ambiance. Il poursuit :

— Sérieusement, toi, ce serait compliqué de te trouver un morceau, selon les jours, tu es une *Sonate au clair de lune* ou *Highway to Hell* d'AC/DC.

De nouveau, je ne sais pas si c'est un compliment ou une façon détournée de me faire comprendre qu'il me trouve complètement caractérielle, mais instantanément je m'imagine dans ses bras. Je me fiche du pacte avec Constance. Pour la première fois depuis plus de deux ans, j'ai sincèrement envie qu'il se passe quelque chose avec quelqu'un qui n'est pas Guillaume. Je le fixe sans rien dire et il se lève, il ouvre la bouche pour parler, il hésite. Mais j'ai déjà fait les trois pas qui me séparent de lui. Je passe mes deux mains derrière sa nuque, je me mets sur la pointe des pieds et je colle mes lèvres aux siennes. Immédiatement ses bras se referment sur moi, j'ai la sensation qu'il pourrait me soulever d'une seule main. Je sens les poils de sa barbe me piquer le menton, ses mains qui remontent de mes hanches à mon dos, puis reviennent se poser sur mes joues avec une douceur inattendue, il m'embrasse, ses doigts viennent se perdre dans mes cheveux pour faire pencher ma tête en arrière et dégager mon cou, il y pose ses lèvres, écarte le bord de mon décolleté. Je ferme les yeux, mais il me saisit les poignets et m'éloigne de lui. Je sursaute, c'est la première fois depuis que je le connais que je lui vois ce regard désemparé. Sa respiration est un peu rauque, sa mâchoire crispée sous sa barbe brune.

— Qu'est-ce que tu fous, Chloé, murmure-t-il.

Je le dévisage sans comprendre.

— Comment ça ?

Il ne répond pas, il essaye de calmer sa respiration. Je veux qu'il me reprenne dans ses bras. À cet instant précis, c'est la seule chose qui m'importe. J'approche à nouveau mes lèvres des siennes, doucement il me repousse à nouveau.

— Non.

Ses yeux sombres reprennent d'un seul coup une teinte tranquille. Il y a une fermeté dans sa voix que je ne comprends pas, il y a une minute, il… Je réalise tout à coup ce qui est en train de se passer et j'ai l'impression de me prendre une gifle en pleine face. Un homme ne m'a jamais dit non. Jamais. C'est la première fois. J'ai une bouffée de chaleur. Un instant, je veux le gifler, celui d'après me mettre à pleurer. Je me rends compte que par réflexe mes poignets ont continué de pousser contre ses paumes et je laisse retomber mes bras. J'ouvre la bouche, je voudrais parler, mais rien ne sort.

— Chloé…, commence-t-il.

Je fais un pas en arrière. Il faut que je parte. Je fais trois pas vers la porte à double battant. Le contact du parquet rugueux sous la plante de mes pieds me rappelle que j'ai enlevé mes chaussures. Vincent a ramassé mes escarpins noirs devant le canapé, l'air embarrassé. Je lui arrache des mains, leur sobriété me rappelle soudain l'enterrement de Mamie Rose.

— Reste, dit Vincent, il faut qu'on parle.

— J'ai rien à te dire.

Je trébuche à moitié en remettant mes chaussures, attrape mon sac à main. Mes talons résonnent sur les tomettes du hall d'entrée. Il m'attrape le bras.

— Sérieusement, une minute, je voudrais…

— Lâche-moi !

J'ai crié. Surpris, il obtempère. Je remercie l'obscurité qui doit dissimuler en partie mon visage. Je descends en courant l'escalier de pierre, je dérape dans le gravier, j'ai consciente d'être ridicule, mais il faut que je m'éloigne. Qu'est-ce qui m'a pris de me comporter de la sorte ? Le froid me réveille, j'ai une fois de plus oublié mon manteau.

Je descends par les vignes. J'enlève à nouveau mes chaussures quand mes talons s'enfoncent dans la terre meuble. La lune éclaire les rangées noires du vignoble jusqu'à Laneyronie. Je veux retrouver ma chambre rose et blanche, les bergères sur la toile de Jouy, enfoncer mon visage dans les oreillers en plumes, ramener au-dessus de ma tête les deux couettes rayées et dormir jusqu'à l'année prochaine.

Je cours entre les pieds de vignes vers les fenêtres éclairées. Je dois avoir l'air d'une folle. La folle du village. Je me tords la cheville et je m'étale par terre. J'entre sur la pointe des pieds par la porte de la cuisine. Il me faut passer devant la porte grande ouverte du salon et je ne veux pas attirer l'attention. J'entends des murmures de voix, je reconnais celle de ma mère. Je traverse le vestibule sur la pointe des pieds et monte les escaliers en silence. Je respire, personne ne m'a vue.

J'entends un raclement de gorge et je sursaute. Mon père est assis, le dos courbé dans la pénombre sur la banquette en cuir du palier, la tête dans ses mains. Je reste plantée là, interdite. Mon père, d'habitude, sourit tout le temps. Un sourire confiant et sûr de lui, un sourire de séducteur. Je ne l'avais jamais vraiment réalisé avant aujourd'hui, avant de voir son visage quand il ne sourit pas, ses yeux rougis et l'affaissement fatigué de sa bouche. Nous nous dévisageons en silence, du rez-de-chaussée montent les murmures des voix et une lumière jaune qui éclaire vaguement nos deux silhouettes. Ses yeux s'arrêtent sur mes pieds nus couverts de terre, mes collants filés sur toute leur longueur et ma jupe noire relevée par la course à travers champs. Je surprends mon reflet dans un miroir, j'ai l'air d'une prostituée spécialisée dans le racolage au cimetière.

Il se lève, semble indécis. Je m'attends à le voir redescendre sans rien dire, mais il se dirige vers moi. Je le regarde s'approcher, incapable de faire un geste. Et, timidement, il m'entoure de ses bras. Je reste un instant immobile, trop stupéfaite pour réagir. Puis mes doigts lâchent mes escarpins qui tombent par terre et je pose ma tête sur son épaule, je me serre contre lui. Il tremble légèrement.

— Merci... Merci d'avoir été là pour elle. Je ne sais pas... Je ne sais pas comment tu es devenue la fille que tu es devenue avec un père comme moi, murmure-t-il, mais tu ne peux pas savoir comme je suis fier de toi.

Je ne sais pas quoi dire, je me sens triste pour lui, c'était sa mère après tout, tout autant qu'elle était ma grand-mère. Je le laisse pleurer dans mes bras, je lui tapote maladroitement l'épaule.

— Ça va aller, ça va aller, il ne faut pas être triste, elle a eu une jolie vie, tu sais.

Il hoche la tête, renifle, se redresse, rajuste son costume. Je baisse les yeux, mal à l'aise.

— Excuse-moi, marmonne-t-il, je... je vais rejoindre les autres.

Je hoche la tête. Je le regarde descendre les marches, le dos droit, sûr de lui, et soudain je dis :

— Bonne nuit, Papa.

Il s'arrête, je le vois hésiter à nouveau, la main sur la rampe, et finalement il se retourne.

— Bonne nuit Chloé.

Dans ma chambre je branche mon portable, ma batterie m'a lâchée il y a plusieurs heures et il se met à vibrer non-stop. Je le laisse faire sa crise d'apoplexie sur ma table de nuit, le temps de retirer mes vêtements. Je lave mes pieds couverts de terre à l'eau glacée, éteins la lumière, me glisse entre les draps. Je saisis mon téléphone, l'écran s'allume dans le noir. C'est fou, tous ces gens qui pensent à moi.

Appels manqués :

Vincent Laborde : 20:37, 20:38, 20:40, 20:45, 20:48, 21:02.

19:11 – CONSTANCE DELAHAYE

J'ai essayé de te joindre, mais ton portable est éteint. Je pense fort à toi ma belle... Rappelle-moi quand tu veux, je laisse mon portable allumé.

19:57 – CHARLOTTE PERRIN-LAURENT

INJOIGNABLE. Rallume ton tel. J'espère que ça va Chlo chérie, rappelle quand tu veux.

20:03 – GUILLAUME FAVREAU

Chlo, je suis tellement désolé, j'ai de gros soucis en ce moment. J'aurais dû être là pour toi, tu ne peux pas savoir ce que je m'en veux.
Je pense beaucoup à toi, tu sais.
Tu me manques. C'est tellement compliqué...

20:49 – VINCENT LABORDE

Quand tu penses à emporter tes chaussures, tu oublies ton manteau...
Tu vas choper la crève.

20:53 – VINCENT LABORDE

Rappelle-moi stp, je voudrais te parler.

21:11 – VINCENT LABORDE

Tu me reçois ? Tu boudes ? Tu es bien rentrée au moins ?

21:13 – VINCENT LABORDE

Je suis désolé, c'est un peu compliqué, mais il faudrait qu'on s'explique.

21:45 – VINCENT LABORDE

Dommage… Bonne nuit, Cendrillon.

Journal
de Constance Delahaye

23 avril 2013 – 23 h 17

Journée horrible. Aujourd'hui, j'ai officiellement refusé l'offre de Grable & Smith à Londres. Hans Schmidt m'a signifié que mes ex-futurs managers de la filiale BTPTD (*British Traditional Pastries Tea and Desserts*) étaient extrêmement déçus de mon désistement, d'autant plus qu'ils allaient être obligés de recommencer le recrutement. Il a lourdement insisté pour que j'accepte, en m'expliquant que c'était une excellente opportunité de développement pour ma carrière, de nos jours une expérience à l'étranger est indispensable pour faire carrière et GNAGNAGNA. Mais de quoi je me mêle ?

J'ai pris deux verres à deux jours d'intervalle avec Antoine du bar et ce soir, il m'a embrassée à l'entrée du métro pour me dire au revoir. Trois stations plus loin, alors que j'étais plantée avec un sourire béat au milieu de la rame, en train de me demander si on se marierait à Marinzac ou plutôt dans sa famille, j'ai reçu le texto suivant :

> 22:57 – ANTOINE DU BAR
>
> Constance, tu es une fille exceptionnelle, mais c'est compliqué dans ma vie en ce moment, j'ai beaucoup de travail, c'est pas toi c'est moi et il faut que je me concentre sur ma carrière, je crois que tu es trop bien pour moi, c'est mieux qu'on ne se voit plus.

Je déteste les nouvelles technologies. S'il avait dû me larguer par télégramme, j'aurais pu rêvasser un ou deux jours de plus à notre futur mariage et nos cinq enfants. De toute façon c'est la meilleure partie, la rêvasserie. Moi, je voulais que la vie soit comme une comédie musicale, que les gens se mettent à chanter et à danser dans la rue, que tout le monde soit gentil au fond, et que les histoires se terminent bien. Mais la réalité est pourrie, dans la réalité on n'est jamais heureux, rien ne marche et tout finit mal. Le bonheur n'existe que dans les livres et l'imagination des rêveurs. Le bonheur n'existe pas.

J'ai appelé Chloé en pleurant. Nous avons analysé la situation et déduit qu'Antoine du bar était probablement maqué. Elle a conclu que ce n'était qu'un abruti impuissant, avec un pénis de la taille d'une noix de cajou et que tout ça est le signe que je suis destinée à vivre une grande histoire romantique avec Tristan Grant au mariage de Jonathan. Elle m'a dit que le pacte était stupide, que je n'étais pas obligée de coucher le premier soir, que je finirai bien par trouver un homme gentil qui aimerait lire, manger des scones aux raisins et écumer les expositions du Grand Palais et qu'on serait heureux tous les deux. Je sais qu'elle n'en croit pas un mot, mais c'était gentil de prendre la peine d'affirmer ce genre d'idioties, simplement pour que j'arrête de pleurer.

Je ne suis qu'une pauvre fille pathétique et moche. Je ne plais à personne, même après avoir investi toutes mes économies dans des cours séduction. Antoine du bar n'a même pas essayé de coucher avec moi. Personne ne veut coucher avec moi. Je vais probablement redevenir vierge, je ne coucherai plus jamais avec personne. Ma carrière est un échec, je vais rester au même poste pendant cinquante ans. Je finirai grosse, vieille fille, seule, avec Jane Austen à parler tout haut dans le métro aux Mr Darcy dans ma tête.

Je hais la réalité.

Je hais Hans Schmidt.

Je hais Antoine du bar.

Je hais Jane Austen.

Chloé

Il m'est arrivé un truc de dingue le mois dernier. Après la débâcle Vincent Laborde, pour éviter de le croiser, je passais mes journées chez Virginie. J'avais interdit à Tonton Gonz de révéler à Vincent où j'allais. J'étais soulagée d'avoir échappé à la confrontation. Je ne vois pas ce qu'il aurait pu me dire que je ne savais pas déjà de toute façon. *Il faut qu'on parle.* Croyez-moi, il ne faut jamais « qu'on parle ». Je ne comprends pas pourquoi les gens ne disent tout simplement pas la vérité. Ce serait tellement plus simple. Quand on plaque ou qu'on repousse les avances de quelqu'un, on devrait remplir un QCM, trois réponses possibles, obligation de cocher une case :

1) Je ne t'aime pas
2) Je ne t'aime plus
3) Je ne t'aime pas assez

Qu'on me cite une rupture ou un râteau dans l'histoire de l'humanité qui ne rentre pas dans une de ces trois cases… J'en étais à un point où je n'avais même plus besoin d'avoir une conversation avec Guillaume. Je voulais juste qu'ils me fichent la paix, que tout le monde, une bonne fois pour toutes, me fiche la paix. Constance a raison, rien ne vaut l'abstinence. Quand on évite les problèmes, on n'a plus besoin de les régler. Pauvre Constance qui a pleuré pendant un mois, parce que son crétin d'Antoine du bar l'a emballée, puis lui a envoyé un texto dix minutes plus tard pour lui annoncer qu'ils ne se reverraient plus. Quel sombre abruti de ne pas voir toute la gentillesse, l'humour de Constance, son optimisme. Enfin, son optimisme en a pris un coup. Sur le moment, même l'évocation de Tristan Grant n'a pas réussi à lui redonner le sourire. Franchement, si même Constance Delahaye perd l'espoir de trouver le Prince Charmant, c'est officiel, je jette la Spontex.

Tous les matins, je prenais mon ordinateur sous le bras et j'allais donc écrire chez Virginie. Je m'installais dans sa cuisine, elle bossait en bas quand elle avait des clients, elle remontait déjeuner avec moi et faire une pause de temps en temps. Nous sommes devenues bonnes copines. Virginie a toujours été trop tactile. Elle me massait les épaules, elle me prenait dans ses bras à la moindre occasion. Je ne suis pas très câline, mais n'y avais jamais vraiment prêté attention. Un jour toutefois, je m'apprêtais à rentrer et j'allais lui faire la bise comme d'habitude et elle a déposé un baiser sur mes lèvres. J'ai ouvert la bouche pour lui dire que je n'étais pas très à l'aise avec cette proximité de plus en plus étrange, mais avant que j'aie eu le temps de dire quoi que ce soit, elle m'a roulé une pelle. Une vraie pelle. J'ai été tellement sciée que je l'ai laissée faire. Accessoirement, elle embrasse plutôt bien, les yeux fermés, ce n'était pas vraiment différent d'avec un homme. Un peu plus doux, peut-être. Pendant cinq secondes, je me suis dit, peut-être que c'est la solution, peut-être qu'en fait, je suis lesbienne. Puis elle s'est serrée contre moi et j'ai senti ses mains passer sous mon pull et je me suis dit : Non, c'est confirmé, je ne suis pas lesbienne. Par politesse (et par panique) je l'ai laissée terminer son baiser. J'ai fait un pas en arrière et je suis partie presque en courant.

Je sais que j'aurais dû lui dire quelque chose. Ne serait-ce que « désolée, j'aime les hommes ». Mais sur le moment j'étais en état de choc. Virginie, ma seule copine à Marinzac, essaye de sortir avec moi. Comme si je n'avais pas assez de problèmes comme ça avec le décès de Mamie Rose, l'histoire Guillaume et l'histoire Vincent.

Ça commençait à bien faire, il était temps d'arrêter ces conneries. Dans la vie, on est très bien tout seul, dorénavant, je vivrai en fonction de moi et de moi seule. J'ai convoqué Tonton Gonz et Jacqueline, je leur ai demandé de répondre à tous ceux qui me demanderaient que j'étais rentrée à Paris. Tout le monde, sans exception, surtout Vincent et Virginie. J'ai expliqué que j'avais besoin d'écrire au calme, que j'avais trouvé l'inspiration et que maintenant il fallait me laisser tranquille. J'en ai fait trois caisses et ils en ont sans doute déduit que Vincent avait profité de mon désarroi et du décès de Mamie Rose pour me sauter. Leur âme chevaleresque s'en est offusquée et ils gardent à présent l'entrée de ma chambre, plus sérieusement qu'un eunuque son harem. Je ne les vois qu'aux heures des repas. Une fois par semaine, Jacqueline me rapporte un bouquet de roses rouges des courses, et je vais les déposer sur la tombe de Mamie Rose. Je mets une capuche, j'y vais de préférence quand il pleut et je passe par les petits sentiers pour ne croiser personne.

Depuis ce jour, je n'ai plus de contact avec l'extérieur. Je n'en ai plus besoin. J'écoute Sud Radio sur mon iPhone. De temps en temps j'appelle Charlotte, j'appelle Constance. La dernière fois, elle m'a demandé :

— Alors, l'abstinence, ça se passe comment ?

— Horrible, j'ai répondu par principe.

C'est vrai, ça me manque parfois d'être dans les bras de quelqu'un, mais en fait je n'y pense presque plus. Je pense à mon histoire, à mon livre, à Vincent et à Guillaume. Pas au sexe.

Une fois par semaine, j'appelle mes parents. Ma mère me passe mon père. Je lui demande :

— Ça va le boulot ?

Il me dit que oui, puis il enchaîne :

— Alors ce livre ? Ça avance ?

Et il me repasse ma mère qui s'inquiète de savoir si je mange suffisamment. Nous ne sommes pas devenus les meilleurs amis du monde, mais on se parle. C'est un progrès. J'essaye de tenir ma promesse.

J'ai commencé à écrire. Au début j'ai écrit n'importe quoi. J'ai écrit le premier mot qui me venait à l'esprit. Le premier mot qui m'est venu à l'esprit, c'est « Charlotte ». Je venais de l'avoir au téléphone. Alors, j'ai écrit « Charlotte » et une porte s'est ouverte. Constance, Mamie Rose, Tonton Gonz sont devenus des personnages, leur vie, une histoire. Enfin, le curseur a avancé sur la page blanche, depuis je ne peux plus l'arrêter.

Virginie a essayé de m'appeler, dix fois, vingt fois. Vincent aussi, puis ils ont abandonné. Vincent passe souvent à Château-Lyran. Plus souvent, d'ailleurs, que quand il pensait que j'y habitais. Quand il arrive, j'entrouvre la porte du bureau, je passe ma tête dans le couloir et j'écoute son rire résonner depuis la bibliothèque. Parfois, je reste assise par terre, à côté de la porte entrouverte, jusqu'à ce qu'il parte.

Depuis deux semaines, pourtant, il ne vient plus. Son Kangoo a disparu de la cour de Laneyronie. Je vérifie tous les soirs que la camionnette n'a pas repris sa place devant la porte du pigeonnier. Elles me paraissent longues ces deux semaines. Je me surprends à dresser l'oreille quand la porte d'entrée claque, je tente de surprendre l'échos de sa voix grave dans le hall d'entrée. C'est absurde, j'ai l'impression qu'il me manque.

Aujourd'hui, enfin, un bruit de moteur, j'entends Jacqueline, Tonton Gonz, une autre voix. La sienne. J'entrouvre la porte et je tends l'oreille. Il parle toujours un peu trop fort. Par miracle, après des semaines de pluie et de froid, le soleil est revenu. Vincent s'installe sur la terrasse avec Tonton Gonz et une bouteille de rosé. La première de l'année. Je me faufile dans la salle de bains, la fenêtre grince quand je l'ouvre et ils lèvent la tête. Je me baisse précipitamment, avant qu'ils ne me voient. Je m'assois sur le carrelage, juste sous la fenêtre. J'écoute. Vincent était à Paris, à un salon du vin. Il parle de ses vignes, l'année a été dure, le temps peu favorable, le mois de mai atroce. Il va probablement faire moins de la moitié de sa récolte habituelle. Ce n'est pas cette année qu'il va rembourser ses dettes. Ça le fait rire et, en chaussettes sur mon carrelage, je souris. Je respire l'odeur de sa cigarette qui monte jusqu'à moi, bercée par sa voix chaude. Puis, au milieu d'une phrase de Tonton Gonz, Vincent lui sort :

— J'ai voulu voir Chloé à Paris.

Il y a un silence, j'imagine Tonton Gonz rougissant, sans savoir quoi répondre. C'est un mensonge, ça doit faire un mois que Vincent n'a pas essayé de m'appeler. En fin de compte, Gonz finit par demander d'une voix hésitante :

— Alors ? Elle allait bien ?

— Elle n'était pas disponible, répond-il abruptement, vous avez des nouvelles, vous ?

Je suis restée sous la fenêtre de la salle de bains jusqu'à ce qu'ils rentrent à l'intérieur. Dans le doute, j'ai consulté mon répondeur à plusieurs reprises, vérifié mes textos, je m'en suis même envoyé un pour confirmer que mon téléphone fonctionnait. Vincent n'a jamais essayé de me contacter.

Est-ce qu'il voit des filles en ce moment ? Depuis la dernière fois que nous nous sommes parlés, je n'en ai pas vu une seule à travers mes jumelles. Je me demande s'il s'est laissé repousser la barbe.

Vous savez, s'il avait voulu de moi, peut-être que ça aurait pu marcher avec Vincent Laborde. On se ressemble un peu. On se comprend, je crois.

Juin. Il fait enfin beau, le jardin a fleuri, je laisse ma fenêtre ouverte toute la journée. J'écris.

Journal de Constance Delahaye

15 juin 2013 – 14 h 24

Tiiin-tiiin-tin-tin-tin-tin-tin-tin-tin-tiiiin

Je suis arrivée à Château-Lyran hier après-midi pour le mariage de Jonathan. Toute la famille était passée en mode branle-bas de combat. Pour une fois, toutes les chambres étaient occupées et on courait dans tous les sens dans les couloirs dépoussiérés pour l'occasion.

Notre voisin, Vincent Laborde, est venu me chercher à la gare hier soir. J'aime beaucoup Vincent, malgré son caractère d'ours. On passait nos étés avec mes sœurs et son frère Henri à espionner ma cousine Léa qui embrassait tous les garçons de la région dans le pigeonnier en ruine de Laneyronie. Il était le plus âgé de la bande et moi la plus jeune. Je les suivais partout comme un toutou servile et admiratif. Ils avaient bien tenté de me semer, mais ils avaient dû m'accepter, contraints et forcés par ma mère, dans les jupes de laquelle je ne me gênais pas pour aller pleurnicher. Quand je ne comprenais pas leurs conversations d'adolescents et que je les interrogeais du haut de mes huit ans, il y en avait toujours un pour me répondre d'un air méprisant : « Ce n'est pas de ton âge, la naine », à l'exception de Vincent. Sans encourager ma présence, Vincent ne m'envoyait jamais balader et j'étais un peu amoureuse de lui, malgré nos huit ans d'écart. Comme quoi, dès mon plus jeune âge, j'ai excellé dans l'art des amours non réciproques, puisque pendant toutes ces années, Vincent était amoureux de ma cousine Léa. Tous les étés, il m'envoyait lui porter des lettres d'amour anonymes. Une fois, dévorée par la curiosité, j'en ai ouvert une. C'était une très belle lettre. Le genre de lettre qu'on écrit à quinze ans quand on est fou amoureux d'une fille comme Léa. Je l'ai relue dix fois en m'imaginant qu'elle m'était adressée. Il faut admettre qu'après vingt ans, plus personne n'est romantique. À l'âge adulte, c'est l'efficacité qui prime et l'amour consiste principalement à savoir utiliser efficacement les nouvelles technologies de l'information et de la communication pour mettre et se prendre des râteaux. Pourquoi écrire une lettre d'amour, alors qu'on peut tout simplement se poker sur Facebook ?

Vincent était un vrai romantique. Pas le genre de romantique à lire Jane Austen en pleurant des seaux, comme moi, le genre de romantique à compter les jours qui le séparaient du mois de juillet tous les ans, parce qu'il allait, pendant trois courtes semaines, voir Léa ; le genre de romantique à lui écrire des lettres de trois pages tous les deux jours sans jamais les signer, puis à la regarder embrasser d'autres garçons dans le pigeonnier, sans jamais abandonner.

Il a tout de même dû finir par en signer une, puisqu'il l'a épousée. Il m'a d'ailleurs citée dans son discours de mariage « la petite Constance qui portait mes missives enflammées à la femme de ma vie ». Ça m'avait beaucoup touchée.

Bref… Tout ça pour dire que je m'entends bien avec Vincent Laborde.

Chloé dort dans ma chambre depuis qu'elle habite à Château-Lyran. Tonton Gonz a ajouté un matelas par terre avant mon arrivée et elle a insisté pour dormir dessus, histoire que je puisse retrouver mon lit adoré.

Quand je suis arrivée, elle m'a littéralement sauté au cou. Elle avait l'air ravie de me voir. Quoi qu'elle en dise, son séjour au vert lui réussit : elle a les joues plus rondes, elle semble moins nerveuse et ses cernes quasi permanents ont presque disparu. Elle a l'air plutôt contente de l'avancement de son roman. Je n'ai pas osé aborder la question du mariage de Guillaume, dans une semaine, et elle ne l'a même pas évoquée, j'imagine que c'est plutôt bon signe.

Ce matin, nous étions vingt autour de la table du petit déjeuner. Je buvais mon thé avec nostalgie sur la même toile cirée à carreaux rouges et blancs qu'il y a vingt-cinq ans. Laetitia, la fiancée de Jonathan, hurlait dans un talkie-walkie, la tête recouverte de bigoudis, qu'il était hors de question qu'on complète avec du graves s'il manquait du pessac-léognan. Mon neveu dyslexique criait qu'il voulait de la *patate tartinée* (du Nutella). Tonton Gonz a essayé de calmer tout le monde en annonçant que Vincent arrivait dans moins de trois minutes avec cinq caisses de pessac-léognan, Chloé a alors renversé son café au lait et est partie en courant dans sa chambre, prétextant qu'elle ne se sentait pas bien. Ma mère et les maris de mes deux sœurs ont trouvé le moyen de me demander à trois minutes d'intervalle :

— Alors, Constance, comment vont les amours ? À ce rythme-là, Marie finira mariée avant toi !

Marie a actuellement sept ans, d'où la blague.

Ma mère a interrogé successivement tous mes cousins et devant tout le monde :

— Vous n'auriez pas des garçons à lui présenter, à Paris ?

Là, dieu merci, Vincent est arrivé avec les cinq caisses de pessac qui manquaient. Jacqueline lui a proposé un café, il s'est assis à la place de Chloé et a marmonné :

— C'est un de ces bordels, ici.

— Si tu te coiffais correctement tu pourrais être très jolie, Constance, tu sais, a dit ma mère, je n'aime pas du tout cette nouvelle couleur de cheveux et la façon dont tu étais maquillée hier soir, c'était vulgaire. Tu es bien mieux au naturel. Tu es sûre que tu as besoin de mettre du Nutella sur ton croissant ?

— Patate tartinée ! a hurlé mon neveu.

— Je suis en pyjama, Maman.

— Ton amie Chloé est très jolie, elle n'a pas mangé de Nutella, elle.

Vincent a renversé son café, j'en ai eu à nouveau plein sur la cuisse.

— C'est pas vrai, mais vous le faites exprès ! ai-je râlé.

— Merde ! Je suis désolé, je ne t'ai pas brûlée ? a-t-il demandé en se précipitant sur le Sopalin pour éponger mon pyjama.

J'ai soupiré en constatant les dégâts.

— T'inquiète, Chloé m'a baptisée il y a cinq minutes.

Maman a poursuivi, comme si de rien n'était :

— Qu'est-ce que tu vas porter aujourd'hui, Constance ? Anne-Marie a apporté une robe qu'elle pensait te prêter et qui est...

— C'est bon, je n'ai pas besoin qu'on me prête de robe ! ai-je répondu furieuse.

— On la mariera jamais, a soupiré mon père du bout de la table, elle a trop mauvais caractère.

— C'est pas plus mal, ça vous évitera un divorce, a répondu tranquillement Vincent.

— Et toi, Vincent, elle ne te plaît pas Constance ? a lancé mon oncle Patrick mort de rire, on la fait en promo, elle va pas tarder à périmer.

— PATATE TARTINÉE, a hurlé mon neveu légèrement obsessionnel, qui avait mal compris les propos de mon oncle.

— Tu es d'une vulgarité Pat, a dit ma mère en levant les yeux au ciel.

C'en était trop. J'étais à deux doigts d'assassiner tout le monde à coup de cafetière. Je me suis levée et j'ai quitté la pièce sans finir mon thé, avant que la situation ne dégénère.

Chloé fumait sur le rebord de la fenêtre ouverte.

— Ça va ? m'a-t-elle demandé quand je suis rentrée dans la chambre.

Je me suis jetée sur le lit et j'ai enfoncé ma tête dans l'oreiller.

— Non.

— C'est compliqué, la famille…, a-t-elle dit gentiment.

— Ils me saoulent, si tu savais comme ils me saoulent, je ne les supporte plus.

— T'inquiète, on s'en fiche, il faut qu'on se concentre sur l'opération Tristan Grant.

J'ai remonté la couette par-dessus ma tête et marmonné :

— Ça ne sert à rien, je suis moche, tout le monde se marie sauf moi, personne ne voudra jamais de moi.

Chloé a visé la poubelle et son mégot a atterri pile dedans. Elle a sauté du rebord de la fenêtre.

— Tu n'es pas moche et, pour info, l'âge moyen du mariage en France, c'est trente ans, tu n'en as que vingt-sept.

— Dans ma famille, l'âge moyen du mariage c'est douze ans et demi.

— Mariage plus vieux, mariage heureux, a décrété Chloé, ce qui me fait penser que pendant que tu étais en train de te faire lyncher en bas, ta sœur Anne-Marie a déposé cette chose pour toi.

Elle a soulevé entre son pouce et son index une robe d'un rose terne à la forme indéfinissable qui traînait sur le fauteuil. Je me suis redressée sur le lit pour analyser l'étendue du désastre.

— C'est pas génial, non ? Qu'est-ce que tu en penses, toi ?

— J'en pense qu'on va aller ranger cette serpillière à sa place, soit entre ta ceinture de chasteté et ta burka, dans une poubelle et j'espère que tu as un plan B ?

J'ai haussé les épaules et me suis laissée retomber sur les coussins en soupirant.

— M'en fous, j'irai pas.

— Constance Delahaye, a déclaré Chloé en mettant ses poings sur les hanches, pas de mauvais esprit, quand j'en aurais fini avec toi, l'intégralité des gens dans cette église, y compris le prêtre et le marié, n'auront qu'une idée en tête : te sauter sur l'autel.

Le visage enfoncé dans l'oreiller, j'ai souri un peu.

— Attends, j'ai fait un relooking complet, je vais te montrer des photos.

J'ai saisi mon téléphone sur la table de nuit, pour lui montrer la photo du groupe de séduction à notre dernière soirée, afin qu'elle puisse constater ma transformation en femme fatale. Elle m'a pris le téléphone des mains et je l'ai vue zoomer sur l'image les sourcils froncés.

— Pas mal hein ? ai-je demandé toute fière.

Elle n'a pas répondu, elle avait pâli.

— La blonde, là, c'est qui ?

J'ai jeté un coup d'œil, elle me désignait le visage de Baby-Doll. Vexée qu'elle ne s'intéresse pas à ma tenue, j'ai répondu avec un haussement d'épaules :

— C'est Baby-Doll, enfin Emma, ma coach de séduction, pourquoi ?

Chloé a ouvert la bouche, comme si elle allait dire quelque chose puis l'a refermée.

— Pour rien.

— Tu la connais ?

— Non, a-t-elle dit très vite, t'inquiète, j'ai cru que… enfin bref, c'est rien.

Mais j'ai bien vu que quelque chose clochait. Je n'ai pas insisté et, un quart d'heure plus tard, alors que je revenais de la douche, elle m'a encore interrogée l'air faussement indifférent :

— Dis, ta coach, là, elle, quand elle sort avec vous, elle chope aussi, ou elle vous montre juste comment faire ?

J'ai éclaté de rire.

— Emma ? Elle ne rentre presque jamais toute seule, c'est le principe !

De nouveau, elle a changé de conversation et je n'ai pas relevé. On a parlé un peu de Londres. Elle ne comprend pas que je n'aie pas accepté le poste. J'avoue que parfois, j'ai des regrets. Depuis le temps que je rêve de vivre en Angleterre, on m'apporte un job en or sur un plateau et j'ai trop peur pour dire oui.

Chloé m'a aidé à attacher mes cheveux dans un chignon lâche et à me maquiller. Elle m'a finalement prêté une de ses robes. Une bleu marine sans manches, toute simple, à ceci près que Chloé a bien dix kilos, trois tailles de soutien-gorge et cinq centimètres de moins que moi. Mais je dois avouer que quand j'ai été prête, entre le relooking de Baby-Doll et cette robe, même moi, j'aurais eu envie de me sauter sur l'autel.

Chloé

J'ai démontré à Constance qu'arriver en retard à la messe était un moyen efficace d'attirer l'attention de Tristan Grant. En réalité, je voulais juste éviter tant que possible de croiser Vincent Laborde. Constance est sublime. Je lui ai prêté la robe bleu marine que j'avais prévu de mettre, elle lui va mieux qu'à moi. C'est fou ce que les talons peuvent changer une silhouette, Mamie Rose avait tout compris.

La porte de l'église se referme avec un vacarme épouvantable et tout le monde se retourne vers nous.

Je pense qu'on doit former un joli tableau avec nos talons aiguilles. La blonde en bleu et la brune en vert. Laetitia nous fusille du regard. Je me force à ne pas chercher Vincent dans l'assemblée, mais j'éprouve une certaine satisfaction à me dire qu'il n'a pas pu me louper.

Nous nous glissons au dernier rang, juste derrière Tonton Gonz qui nous fait un grand sourire et un petit signe de la main.

— Nous sommes rassemblés aujourd'hui…

C'est bon, on n'a rien raté. La dernière fois que j'étais là, c'était pour l'enterrement de Mamie Rose. Je pense à elle, je pense à Guillaume, je l'avais presque oublié ces dernières semaines. Dans une semaine, il sera dans une église, lui aussi, avec à ses côtés la blonde Emmanuelle Tomasin.

Emmanuelle Tomasin, parlons-en justement.

Manue et sa tête d'ange, apparemment séductrice professionnelle, si j'en crois la photo que Constance m'a montrée. C'était elle. Je ne l'ai pas vue souvent, mais je n'ai aucun doute. Le vrai nom de Baby-Doll, c'est Emma. Emma comme Emmanuelle, Emmanuelle comme Manue. Manue qui a balancé le flyer dans ma poubelle.

Je me demande s'il sait, je me demande si elle l'a vraiment trompé. Et surtout, je me demande si Guillaume annulerait son mariage s'il l'apprenait.

Tout le monde se lève pour chanter. Je ne connais aucun chant d'église, j'attends donc qu'il s'achève, en tentant d'estimer dans le sourire lumineux des mariés combien de temps ils tiendront avant de divorcer. Je dois admettre qu'ils sont plutôt mignons, elle, petite avec sa traîne d'impératrice, lui rougissant comme un collégien devant sa première copine.

— Première lecture, commence le prêtre…

La porte claque, l'assemblée se retourne à nouveau. Deuxième regard furieux de Laetitia qui reprend immédiatement un air béat. Manque de pot, Vincent est encore plus en retard que moi. Il porte un costume noir. Il n'a pas laissé repousser sa barbe depuis l'enterrement de Mamie Rose, il a juste une ombre brune sur la mâchoire. Je détourne les yeux trop tard, son regard s'arrête sur moi. Je fais mine d'être plongée dans le livret de messe quand, à ma grande horreur, j'entends Constance chuchoter dans sa direction :

— Psss, Vincent, par ici.

Je le vois hésiter puis il s'approche et vient s'asseoir à côté de moi, je me retrouve donc entre lui et Constance. Le prêtre reprend sa messe. Constance se penche en avant :

— On était en retard aussi. Tu connais Chloé ?

— Je connais Chloé, répond-il.

Il s'est rapproché de moi pour répondre à Constance et pendant un instant j'ai respiré son odeur, une odeur de savon de Marseille, de menthe et de nicotine. J'ai envie de poser ma tête sur son épaule, comme le jour de l'enterrement. L'assemblée se lève et entame un chant. Constance se met à clamer deux tons en dessous à vingt mille décibels :

— Tu es làáà au cœur de nos viiies.

Vincent se penche vers moi et murmure dans mon oreille.

— Quelle surprise, Cendrillon, toi dans une église de province avec tes deux chaussures aux pieds... Je te croyais à Paris.

Je suis incapable de lui répondre. Je le voudrais pourtant, je cherche désespérément quelque chose de percutant à dire, mais au bout de dix secondes, j'arrive juste à lui sortir :

— Salut.

— Tu me dois une explication, dit-il tranquillement.

Je tripote nerveusement le ruban qui relie des pages du livret de messe.

— Pourquoi ?

— Pour ce qui s'est passé la dernière fois qu'on s'est vus et pour ton prétendu déménagement à Paris.

Je me retourne vers lui, il a l'air on ne peut plus sérieux.

— J'étais paumée, dis-je sèchement, avec l'enterrement, je me suis jetée sur toi, tu m'as repoussée, je ne vois pas en quoi ça mérite une explication.

Le chant s'arrête à ce moment-là et tout le monde sauf moi tourne la page de son livret.

— Qu'est-ce qui se passe ? murmure Constance.

— Et Virginie alors ? poursuit Vincent.

— Quoi Virginie ? je demande.

— Virginie qui ? demande Constance. La photographe ?

Vincent me dévisage comme si j'étais folle et finit par dire :

— Je croyais… Je pensais que tu sortais avec Virginie.

— Quoi ? Mais… Comment ça que je sortais avec Virginie ?

J'ai parlé trop fort, je croise quelques regards désapprobateurs et je baisse la tête. Au milieu de l'assemblée, je viens d'apercevoir le visage étonné de Virginie et je ne peux m'empêcher de penser qu'elle aurait, elle aussi, sans doute mérité une explication.

Constance me file un coup de coude.

— C'est qui Virginie ? Qu'est-ce qui se passe ? Raconte-moi.

— Pour une raison que j'ignore, Vincent est visiblement persuadé que je suis lesbienne.

Constance rougit, sa bouche s'ouvre et tout ce qui en sort est :

— Oh.

— Tu n'es pas lesbienne ? demande Vincent. Tu es bi ?

Tonton Gonz, assis au rang juste devant le nôtre se retourne avec un sourire ravi :

— Vous n'êtes pas lesbienne, Chloé ? Quelle surprise !

Je vais tuer quelqu'un. Je décide d'ignorer cette intervention et de me concentrer sur Vincent.

— À ton avis, si j'étais lesbienne est-ce que je me serais jetée sur toi ?

— Tu t'es jetée sur Vincent ? chuchote Constance, mais Chloé, le pacte ?!

— Il ne s'est rien passé.

— Il s'est passé qu'elle s'est jetée sur moi après m'avoir dit qu'elle était lesbienne, rétorque Vincent.

— Je ne t'ai jamais dit que j'étais lesbienne et je me suis jetée sur toi parce qu'il n'y avait personne d'autre et que j'ai momentanément perdu tout sens commun.

— Toujours aimable, répond Vincent.

— Tu n'as pas respecté le pacte, dit Constance avec une moue déçue.

Vincent se tait. Qu'est-ce que c'est encore que cette histoire débile ? Je déteste la province.

Rageusement, j'ouvre à nouveau mon livret de messe et entame à tue-tête :

— Kyrie Eleison, Kyrie Eleison.

Nous ne parlons plus jusqu'à la fin de la messe. Je vois arriver avec soulagement l'heure du champagne. Vu comme c'est parti, il va m'en falloir un tonneau pour encaisser cette journée.

Journal de Constance Delahaye

15 juin 2013 – 19 h 36

Pour ma défense, quand j'ai dit à Tonton Gonz que Chloé était lesbienne, c'était pour la protéger. J'ai pensé que personne ne chercherait à la draguer et que ce serait plus facile pour elle de respecter notre pacte. Je ne pensais pas que Tonton Gonz le répéterait à tout le village et surtout, je ne pensais pas que qui que ce soit avalerait pareille histoire.

Pour faire taire ma conscience hilare, j'ai entamé ma troisième coupe de champagne et mon dix-huitième canapé au foie gras. Je suis ensuite partie à la recherche de Tristan Grant parmi les trois cents invités, tout en prétendant déambuler l'air de rien sur la pelouse.

Note : il est impossible de déambuler l'air de rien sur une pelouse en talons aiguilles, on s'enfonce dans la terre jusqu'à la semelle à chaque pas.

J'ai repéré Tristan et j'ai manqué de me casser une cheville en changeant brutalement de cap pour me diriger vers lui. Même de loin, je m'émerveillais de ses cheveux châtains ébouriffés, de ses yeux rêveurs et de son costume gris clair probablement acheté sur Oxford Street, légèrement froissé par son voyage en Eurostar. Il n'avait pas changé. À quelques mètres de lui, je me suis arrêtée pour le contempler et engloutir deux verrines d'un entremets forestier aux cèpes et foie gras qui passait devant moi. À ce moment-là, profitant de cette minute d'inattention fatale et de ma bouche pleine, ma tante Brigitte, que j'avais jusqu'ici réussi à esquiver, m'a attrapée par le bras.

— Constance, ma chérie, est-ce que tu connais Bertrand ?

Les yeux toujours fixés sur Tristan, j'ai avalé l'entremets forestier et commencé à répondre par réflexe :

— Non, je ne connais pas…

Crotte. Je connaissais Bertrand. Bertrand-je-suis-née-le-jour-d'un-pic-de-suicide Bertrand. Bertrand de ma première sortie avec Baby-Doll.

— Je crois qu'on s'est croisés au Rosa Bonheur, a-t-il dit poliment.

— Parfait, parfait, quelle coïncidence ! s'est exclamée ma tante Brigitte ravie, je vous laisse discuter entre jeunes alors.

Et elle s'est éclipsée en faisant des grands signes à ma mère au bout de la pelouse en nous désignant du doigt, de manière à ce que toute l'assemblée soit bien au courant qu'elle venait de nous arranger un coup. Vieille bique.

Après un silence un peu gênant, Bertrand s'est senti obligé de me demander :

— Tu connais le marié ou la mariée ?

J'ai terminé cul sec ma dernière verrine avec un soupir. Ma gourmandise me perdra.

— Je suis la cousine de Jonathan. Toi ?

— Un pote d'école de Laetitia.

À une dizaine de mètres, Tristan discutait avec une blondasse. Je n'avais pas de temps à perdre si je ne voulais pas que l'opération Tristan Grant se solde par un nouvel échec. J'ai hoché poliment la tête et pris une grande inspiration.

— Bertrand, je suis désolée, c'était sympa de te croiser, mais il faut que j'aille saluer quelqu'un que je n'ai pas vu depuis longtemps.

Il a acquiescé l'air un peu étonné. J'ai déterré mes talons avec dignité et je m'apprêtais à lui tourner le dos, quand il m'a retenue par le bras :

— Juste un truc, Constance…

— Oui ?

— Je suis désolé de ne pas avoir été très… aimable au Rosa Bonheur l'autre fois. C'était un peu compliqué.

Je lui ai donc fait mon plus beau sourire :

— T'inquiète, je comprends complètement.

Je ne comprenais pas du tout complètement, mais s'il y a une chose que j'ai apprise cette année, c'est que « c'est compliqué » constitue l'excuse parfaite et imparable pour absolument toute situation qui mérite une explication et j'avais surtout d'autres chats à fouetter.

J'avais à peine fait trois pas que Chloé m'est tombée dessus.

— Constance ? Pourquoi tout le monde pense que je suis lesbienne dans ce bled de débiles consanguins ?

— C'est compliqué, je t'expliquerai, mais pas maintenant, j'ai repéré Tristan.

— Où ? a-t-elle demandé en tournant sa tête dans tous les sens.

Je lui ai indiqué discrètement et elle l'a analysé d'un œil bleu et acéré.

— Pas mon style, mais je valide. Tu vas lui parler ?

— Oui, tu viens avec moi ?

— C'est pas comme si j'avais quoi que ce soit de plus intéressant à faire.

Chloé

Constance se tient bien droite dans sa robe bleu marine, son chignon blond un peu flou. Elle sourit juste ce qu'il faut, elle demande à Tristan des nouvelles de son travail, ce qu'il a prévu pour les vacances avec naturel, le regard direct et sans rougir. Si c'est le travail de Manue, je lui tire mon chapeau. Il a l'air de trouver la conversation agréable. Le point négatif, c'est qu'il ne se souvenait pas d'elle, mais je ne suis pas sûre qu'elle s'en soit rendu compte.

J'entreprends d'étudier la foule pour éviter de m'incruster dans leur conversation. Vincent est en pleine discussion avec une blonde, je sens un pincement de jalousie, mais quand elle se tourne pour lui indiquer quelque chose, je m'aperçois qu'elle est enceinte. Il porte bien le costard. Tous les mecs portent bien le costard, de toute façon. D'ailleurs, Tristan Grant aurait pu prendre la peine de repasser le sien. Je voudrais aller parler à Vincent, mais je n'ose pas. Tristan se fait harponner par une femme d'âge mûr qui fait remarquer, à juste titre soit dit en passant, qu'il a grandi depuis la dernière fois qu'elle l'a vu, il y a vingt-cinq ans et Constance m'attrape par le bras.

— Viens, me dit-elle d'un ton autoritaire.

On se faufile dans la tente blanche dressée derrière Château-Lyran. Les tables rondes dispersées sur le parquet provisoire sont recouvertes de pétales, de bougies et de verres scintillants.

— On va changer le plan de table, déclare Constance, je vais me mettre à côté de Tristan.

Il y a une détermination toute neuve dans son regard brun.

— Constance, tu es devenue une autre personne, je suis fière de toi.

— Je sais, j'ai été Mata Hari dans ma vie précédente.

Nous observons le panneau à l'entrée, les mariés se sont rencontrés au travail et les tables ont des noms du type « pause café », « soirée de Noël », « formation communication et management », qui doivent représenter les temps forts de leur rencontre. C'est complètement ridicule, mais plus original que *rose trémière* et *marguerite.*

Constance trouve son carton et le punaise à la place d'un autre.

— Et voilà le travail ! Je suis dorénavant à la table « open-space » et Gérard Lemaire, je ne te connais pas, mais tu viens de gagner une place à la table « toilettes de la compta ».

Nous ressortons de la tente et attrapons chacune une coupe de champagne sur le premier plateau qui nous passe devant. Vincent est toujours en grande discussion avec la jeune femme enceinte. Ça m'agace.

— C'est qui la blonde qui parle avec Vincent ? je demande à Constance.

— Pourquoi ça t'intéresse ?

— Ça fait une heure qu'il lui parle…

Constance pouffe dans sa coupe de champagne. Je soupire.

— Il ne s'est rien passé avec Vincent, Constance, on s'est embrassés le jour de l'enterrement de ma grand-mère, j'étais paumée, je ne suis pas du tout attirée par lui.

— Il ne s'est rien passé, mais il parle à une blonde et tu veux savoir qui c'est…

J'enfourne un canapé avec un haussement d'épaule agacé et Constance arrête de rire.

— C'est son ex-femme, ma cousine Léa.

Je lui sors un sourire triomphant.

— Tu vois, je n'invente rien : vous vous mariez tous entre vous.

— T'es bête, c'est ma cousine, pas la sienne… Ça doit lui faire de la peine qu'elle soit enceinte, poursuit-elle pensive.

Je la regarde sans comprendre.

— Pourquoi ?

— Il l'a quittée parce qu'elle avait avorté dans son dos. Tu as vécu plus de quatre mois à Marinzac et tu ne connais pas cette histoire ?

— Mais… je pensais que c'était lui qui ne voulait pas d'enfants.

— Vincent ? Pas d'enfants ? Tu rigoles ? Il a toujours dit qu'il voulait suffisamment d'enfants pour composer sa propre équipe de foot, l'équipe Laborde. Tu as goûté le sauternes ? Il est délicieux.

— C'est le vin jaune dans les petits verres, c'est ça ?

Constance se lèche les doigts un par un et ponctue sa phrase d'un léger bruit de succion.

— Chloé, en tant qu'amie, je préfère te le dire franchement : je ne pense vraiment pas que ce soit une bonne idée que tu écrives sur le vin.

Je hoche la tête sans rien dire, j'imagine Vincent avec autant d'enfants que de joueurs dans une équipe de foot, puis je tends ma coupe de champagne à Constance.

— Tiens-moi ça deux secondes, je reviens.

Avant qu'elle n'ait le temps de répondre, je fonce dans la tente et je scanne rapidement le panneau du plan de tables. Sans réfléchir, je viens punaiser mon carton juste en dessous de celui de Vincent Laborde, j'assigne sa voisine à mon ancienne place et je ressors aussi vite que je suis rentrée.

Je me cogne à Tonton Gonz, en grande conversation avec Tristan Grant, devant l'entrée de la tente. Il a le nez un peu trop rouge et une petite tache de gras sur le gilet brodé de son costume trois pièces. Il a décidé d'essayer de parler anglais, Tristan me jette un regard dans lequel je peux lire sans effort : « *Oh my god* ».

— *You know beautiful Chloé?* demande Tonton Gonz.

— *I know beautiful Chloé,* répond Tristan avec un sourire amusé et je comprends ce que Constance lui trouve, il est sexy quand il sourit.

J'ai sorti mes cigarettes de ma pochette en soie et il me tend un briquet. Je le remercie, nous échangeons quelques phrases.

— Chloé, il faut que je vous parle, déclare subitement Tonton Gonz, *excuse us dear Sir*, poursuit-il à l'attention de Tristan qui remet son briquet dans sa poche.

Tonton Gonz se penche vers moi, les sourcils froncés au-dessus de son regard un peu ivre et chuchote :

— Dites-moi la vérité Chloé : c'est vrai que vous n'êtes pas lesbienne ?

Je soupire, souffle un nuage de fumée par les narines.

— Oui, c'est vrai que je ne suis pas lesbienne.

Et à nouveau, je me rappelle qu'il est nécessaire que j'aie une explication avec Virginie.

Tonton Gonz porte la main à son cœur, comme si je venais de lui annoncer que j'étais la fille cachée de Britney Spears et François Mitterrand.

— Je n'arrive pas à y croire. Votre coming-out est d'une brutalité !

Je fais signe à un serveur qui porte un plateau de coupes de champagne. Je ne sais pas qui a dit que l'alcool n'était pas une solution, mais clairement, il avait tort. J'avale deux gorgées avant de répondre à Tonton Gonz qui ne se remet toujours pas de mon hétérosexualité.

— Techniquement, c'est plutôt un coming-in, mais Gonzague, si je puis me permettre, qu'est-ce qui vous a fait supposer que…

— Je reviens, coupe-t-il, j'ai une mission à accomplir.

Et il s'éloigne à pas rapides en direction de la tente. Je le vois s'approcher lui aussi du panneau sur lequel est affiché le plan de table et déplacer des étiquettes. Laetitia, qui a dû passer des heures sur la disposition de ses invités, va faire une crise cardiaque.

Je soupire, seule avec ma coupe de champagne au milieu de la pelouse. Ils sont tous cinglés. Enfin, je peux peut-être en profiter pour essayer de trouver Virginie.

Journal
de Constance Delahaye

15 juin 2013 – 21 h 36

Point positif : cette soirée avait commencé à la perfection.

Point négatif : cette soirée a tourné au cauchemar absolu.

Quand je suis arrivée devant le plan de table décoré de petits nœuds roses, je n'ai pas compris. J'ai fait semblant de chercher ma place comme tout le monde afin de pouvoir me diriger en toute innocence vers la chaise à côté de celle de Tristan, sauf que sous le carton « Tristan Grant », il n'y avait plus du tout le carton « Constance Delahaye », mais le carton « Chloé Lacombe ». Je suis restée bouche bée. Impossible d'échanger de nouveau les cartons, les invités se pressaient derrière moi pour trouver leur nom sur le panneau. J'avais moi-même été assignée à la table « Réunion plan stratégique », à côté de Vincent Laborde.

J'ai cherché Chloé des yeux pour avoir une explication. Je l'avais vue foncer vers la tente un peu plus tôt et je ne voyais pas qui d'autre aurait pu échanger nos places. À ce moment-là, j'ai entendu une femme d'une cinquantaine d'années dire d'un ton furieux :

— Comment a-t-elle pu me faire ça ? Elle m'a assise à côté de Gérard Lemaire, dix ans qu'on s'est pas adressé la parole !

— Peut-être que c'est pour vous réconcilier, a suggéré une âme charitable, désireuse de jeter de l'huile sur le feu.

— Moi ? Reparler à Gérard après le scandale de l'héritage de la tante Marthe ? Jamais ! Ils vont voir si on va se réconcilier, après l'esclandre que je vais faire !

Je me suis enfuie vers ma table l'air coupable ; visiblement, nos petits arrangements allaient créer quelques tensions diplomatiques.

Déjà assise à sa place, Chloé riait avec Tristan quelques tables plus loin, comme si de rien n'était. Vincent est arrivé à ce moment-là.

— Sympa la déco, a-t-il dit en désignant du menton le centre de table fleuri, composé de myosotis et de pivoines blanches.

Je lui ai tendu mon verre vide.

— Donne-moi du vin au lieu de dire des niaiseries.

— Tu ne crois pas qu'il faudrait attendre que les autres arr…

— Donne-moi du vin, je te dis !

Il s'est exécuté, j'en ai avalé quatre gorgées d'un coup. Chloé a dit quelque chose et Tristan a éclaté de rire.

— C'est pas possible, elle le drague, regarde !

Vincent a suivi mon regard et haussé les épaules.

— C'est un mariage, les gens s'amusent aux mariages… enfin en théorie.

Il s'est servi un verre de vin aussi. Il n'avait pas franchement l'air de s'amuser, et moi non plus.

J'ai répondu un vague signe de tête au « bonsoir » du couple qui est venu s'asseoir à côté de nous.

— Ta copine Chloé, elle est lesbienne ou elle est pas lesbienne ? a demandé Vincent.

— Hétéro, j'ai marmonné, en me tordant le cou au-dessus des fleurs et des têtes hilares des invités, pour voir ce qui se passait entre Tristan et Chloé.

— Mais ton oncle…

— Tonton Gonz n'a fait que répéter ce que je lui avais dit.

Un type à lunettes s'est assis à côté de Chloé, elle lui a à peine adressé un sourire et s'est de nouveau retournée vers Tristan.

— Je ne comprends pas…, a continué Vincent.

J'ai levé les yeux au ciel, bu une nouvelle gorgée de vin.

— Qu'est-ce que tu ne comprends pas ? C'est pourtant clair ! Chloé devait faire abstinence pendant six mois, je me suis dit que je lui filerai un coup de pouce en l'envoyant à Marinzac loin de Guillaume et en disant qu'elle était lesbienne, pour l'aider à ne pas coucher avec la Terre entière, comme d'habitude.

Un serveur a déposé des assiettes devant nous, j'ai empoigné ma fourchette et englouti en trois coups de fourchette les minuscules morceaux de saumon marinés dans mon assiette. C'était sûr, Chloé draguait Tristan.

— C'est qui, Guillaume ? a encore demandé Vincent.

— Son mec.

Il avait l'air de préférer le bordeaux au saumon, il n'avait même pas touché à son assiette.

— Elle a un mec ?

— Oui, non, ai-je dit la bouche pleine, enfin, c'est son ex, mais c'est aussi son amant, il se marie samedi prochain avec une autre.

— Je l'ai vu embrasser Virginie, pourtant, a-t-il dit, pensif.

Il avait l'air complètement paumé, peut-être qu'il est amoureux d'elle. Même Vincent Laborde, le cœur brisé de Marinzac, condamné à tout jamais aux histoires d'un soir pour cause de mariage raté, est amoureux de Chloé Lacombe. Moi, je ne voulais que Tristan et elle m'avait piqué la place à côté de lui. J'avais envie de pleurer.

— On peut arrêter de parler de Chloé ? C'est une obsession ou quoi ? Qu'est-ce que vous avez tous avec Chloé ?

— Désolé, a dit Vincent en dépliant enfin sa serviette pour la poser sur ses genoux.

Son voisin a tenté d'entamer une conversation avec lui, mais il a à peine répondu et il a rempli à nouveau son verre, l'air contrarié devant son assiette intacte.

— Tu ne manges pas ?

Je ne lui ai pas laissé le temps de répondre, j'ai échangé mon assiette vide avec la sienne.

Le dîner s'est éternisé, ce qui nous a laissé le temps de boire quatre bouteilles à huit (dont deux bues par Vincent et moi). Je tapais du pied sous la table en priant pour que ça se termine, qu'on passe à la soirée avant que Chloé et Tristan ne décident d'aller copuler dans les toilettes transportables. Au moment où je me suis levée pour aller chanter la chanson écrite par tous les cousins en l'honneur des mariés, j'ai compris à l'étonnante instabilité du parquet que j'étais saoule.

— C'est bon, a dit Vincent en me forçant à me rasseoir, alors que j'allais m'étaler par terre, t'es pas en état de chanter cette chanson ridicule.

— Ce n'est pas ridicule, c'est très drôle, ai-je vociféré en essayant de me relever, mais il ne m'a pas laissé y aller.

— C'est toujours ridicule les chansons aux mariages, il n'y a que les gens qui chantent qui comprennent les paroles.

Il y a eu un moment de battement après le fromage, quelques personnes se sont levées pour aller fumer et évidemment, Chloé et Tristan se sont éloignés de leur table pour sortir.

— Viens, on va fumer, ai-je ordonné à Vincent.

— Depuis quand tu fumes, toi ?

— Je t'en pose des questions ?

Il a soupiré et s'est levé, j'étais obligée de m'accrocher à son bras. À l'extérieur, j'ai tout de suite repéré Chloé et Tristan, un peu à l'écart des quelques invités sortis prendre l'air sur la pelouse. J'ai empoigné le bras de Vincent, qui essayait d'allumer une cigarette, et j'ai foncé droit sur eux.

Chloé

Tristan allume ma cigarette. J'ai la main qui tremble légèrement. Je n'aime pas du tout la tournure que prend la situation. J'ai bu un peu trop de champagne et j'ai la tête qui tourne, mais ce n'est pas ça le problème. Le problème, c'est que Tristan me drague ouvertement depuis le début du dîner. J'étais à deux doigts de lui écraser mon confit de canard sur le costard quand je suis sortie fumer. Il m'a suivie dehors, malheureusement, mais au moins je ne me sens plus prise au piège sur la chaise collée à la sienne. J'essaye de mettre un peu de distance. Je ne comprends même pas comment je me suis retrouvée assise à côté de lui et non de Vincent. La seule explication logique est que Tonton Gonz, tout content de la nouvelle de mon hétérosexualité, ait voulu nous arranger un coup en nous plaçant côte à côte. C'est réussi ! Je ne comprends pas non plus pourquoi Constance a passé la totalité du dîner la main sur le bras de Vincent Laborde à lui murmurer des secrets à l'oreille. Évidemment, techniquement elle a le droit, puisque je lui ai juré qu'il n'y avait rien entre lui et moi, mais s'il l'intéressait, elle aurait pu me le dire franchement.

De mon côté, j'ai passé le dîner à vendre Constance à Tristan. J'ai vanté son humour, ses talents culinaires et sa gentillesse. Mais Tristan n'a pas inventé l'eau tiède et il ne saisit pas le message. J'ai une seconde d'inattention, je viens d'apercevoir Constance et Vincent qui sortent de la tente et voilà que le bel Anglais en profite pour poser sa main sur ma joue droite et déposer un léger baiser au coin de mes lèvres. Je me recule précipitamment et lui jette un regard furax.

— Ça va pas bien, non ?!

Constance fond sur moi, Vincent suit derrière, les mains dans les poches. J'espère qu'elle n'a pas vu. Faites qu'elle n'ait pas vu.

— Bonsoir, clame-t-elle en se plantant devant moi, on ne vous dérange pas, j'espère !

Elle titube sur ses talons hauts et son chignon blond tombe sur le côté. Avec un peu de chance, elle n'a rien vu.

— Non, bien sûr, ça se passe bien à votre table ?

Il y a quelque chose qui cloche. Constance ne sourit pas. D'habitude Constance sourit toujours. Debout derrière elle dans la demi-obscurité, Vincent a l'air de s'ennuyer profondément.

— Tu passes une bonne soirée Chloé ? me balance Constance en croisant les bras sur sa poitrine.

Ok, non seulement elle a vu, mais en plus elle est folle de rage. Je pose une main sur son avant-bras.

— Constance, je peux te parler trois minutes ?

— Pourquoi ? Tu as l'air de t'amuser comme une folle, ce serait dommage de t'interrompre !

— Pourquoi tu m'agresses ?

Elle éclate d'un rire forcé.

— Je ne sais pas, bonne question, peut-être parce que tu as changé le plan de table, que tu as piqué ma place et que tu es en train de te taper Tristan dans mon dos !

Des têtes se tournent vers nous, alertées par les éclats de voix. Tristan marmonne une excuse bidon et effectue un repli discret vers l'intérieur de la tente. Vincent fume, l'air impénétrable. J'inspire un grand coup, ce n'est pas le moment de s'énerver.

— Je n'ai rien changé, j'ai juste…

— Je t'ai vue échanger des étiquettes !

Constance fulmine littéralement, ses joues rougissent de colère et je suis incapable de dire si elle va exploser en sanglots ou exploser tout court.

— Tu as trop bu, Constance, tu ne sais pas ce que tu dis.

— Tu peux m'expliquer comment je me suis retrouvée à côté de Vincent alors ?

Je me mords les lèvres. J'aurais voulu éviter d'avouer devant Vincent que je m'étais volontairement placée à côté de lui, mais je n'ai plus vraiment le choix.

— C'est vrai que j'ai changé ma place, mais pour être à côté de Vincent, je voulais…

— N'importe quoi ! Après tout ce que tu as dit sur les provinciaux : « tous des débiles consanguins,

Vincent est un péquenaud, je ne suis pas du tout attirée par lui gnagnagna », et subitement tu veux t'asseoir à côté de lui ?

Je suis trop horrifiée par ce que Constance vient de dire pour démentir. Vincent se racle la gorge, écrase son mégot dans la pelouse.

— Je crois que je vais vous laisser régler vos comptes et retourner à mes occupations de péquenaud.

— Vincent, je n'ai jamais dit…, commencé-je.

— Non, toi tu restes, ordonne Constance à son intention, tu m'as saoulée tout le dîner avec Chloé et est-ce que Chloé est hétéro, est-ce que Chloé a un mec, et Chloé ci et Chloé ça. Toujours Chloé, Chloé, Chloé…

Vincent ouvre la bouche, puis sagement décide de se taire. Je n'ai jamais vu Constance dans un état pareil.

— Si tu as des questions, tu peux me les poser directement, tu sais, lui dis-je d'un ton sec, mais au fond plutôt flattée.

— Oui, excellente idée, dit Constance, en plus c'est tellement difficile de suivre le compte de tous les mecs avec qui Chloé couche, je risque d'en oublier quelques dizaines par-ci, par-là, donc autant prendre les informations à la source, ça évitera la déperdition.

Et bing. Dans ma tronche.

Silence de mort. J'ai l'impression que la moitié de la tente est sortie sur la terrasse pour assister à notre conversation. Constance a les larmes aux yeux. Je passe ma langue sur mes lèvres sèches, et affiche un sourire crispé.

— Constance, sérieux, il faut que tu te calmes. Ce n'est pas ce que tu crois…

— Ce n'est pas ce que je crois ? Tu crois que je ne t'ai pas vue pendant le dîner à le draguer comme une chaudasse ? Je voulais un mec, Chloé, un seul, tous les autres tu pouvais les avoir et il faut que tu ailles chercher celui-là ? Que tu me piques ma place dans mon dos !

J'entends une voix derrière moi murmurer :

— C'est vrai qu'il y avait des choses bizarres avec les places, moi j'étais assise à côté de Gérard que je peux pas blairer…

Elle commence à m'énerver. Je n'ai rien fait, j'ai passé une soirée pourrie, je ne vais pas en plus me laisser humilier en public.

— Je n'ai dragué personne, Constance, pour information, ton copain Tristan Grant est ici pour choper et il se serait tapé le traiteur s'il avait pu, tellement il est désespéré. Tu me diras, bonne nouvelle, ça vous fait un point commun : vous êtes tous les deux prêts à vous taper n'importe qui ce soir.

— Bien sûr, parce que si on ne couche pas avec la Terre entière, comme toi, c'est qu'on est désespéré, s'il t'embrasse, ce n'est pas parce que ça fait trois heures que tu le dragues, non, non, non, c'est parce que tu es tellement irrésistible qu'il ne peut pas s'en empêcher. Mais tu ne sais même plus quand tu dragues ou quand tu ne dragues pas, c'est plus fort que toi. Tu ne sais même plus ce que c'est que… qu'un comportement social normal !

J'éclate d'un rire méchant, je sais que je devrais me taire et rentrer, mais j'en ai ras-le-bol qu'on me juge.

— C'est toi qui veux m'expliquer ce qui constitue un comportement social normal ? C'est une blague ? Je n'ai pas de leçons à recevoir venant d'une pauvre fille qui prend des cours de séduction pour coucher avec un mec qu'elle a vu une fois il y a deux ans.

J'entends un ricanement parmi les spectateurs, et d'un seul coup, Constance se décompose et devient toute pâle. Déjà, je regrette mes paroles. Je cherche quelque chose à dire, n'importe quoi. Plus personne ne parle sur la terrasse, nous sommes actrices d'un spectacle d'improvisation qui va très mal se terminer.

Constance met quelques secondes à reprendre ses esprits et me sort d'une voix soudain très calme :

— Parce que toi, tu crois que tu n'es pas pathétique ? Tu sais peut-être piquer les mecs des autres, mais personne n'a envie d'être vraiment avec toi, seulement avec toi. Pour Guillaume, tu ne seras jamais qu'un plan B. Il ne t'aime plus, ça fait deux ans que tout le monde le sait et que tu continues à te voiler la face. Je suis peut-être seule et désespérée, mais au moins, je ne m'abaisse pas à être le passe-temps d'un homme qui va en épouser une autre.

Je reste plantée là, comme une imbécile. Je cherche de l'aide quelque part, mais tous les yeux accusateurs autour de moi se détournent quand ils croisent mon regard. Je suis seule. J'aperçois Virginie, qui me contemple avec une sorte d'étonnement un peu triste. Vincent, qui a l'air… déçu. Et pourtant, ce qui me brise le cœur, c'est que Constance puisse penser tout ça de moi et croire, surtout, que je lui aurais piqué son mec.

— Mais enfin, qu'est-ce que qu'il se passe ici ? Rentrez, on vous attend pour couper la pièce montée.

Laetitia vient de faire irruption sur la terrasse, elle tient sa robe blanche à deux mains pour ne pas la salir. Les invités se dispersent à la hâte, en murmurant des excuses, me jettent un dernier coup d'œil. Le spectacle est terminé, bonne performance des artistes, mais chute un peu bâclée. Je retiens Vincent par la manche de sa veste :

— Je ne t'ai pas traité de péquenaud.

— C'est vrai, dit Constance qui n'a pas bougé, je crois que le terme exact était « abrutis consanguins ».

Il hausse les épaules, me tourne le dos et rentre à l'intérieur sans même me répondre.

Il ne reste plus que Constance et moi. Et Constance pleure. Elle fait un pas vers la tente, titube, trébuche. Je la rattrape, par réflexe.

— T'es complètement bourrée, Constance, je murmure.

Elle pleure de plus belle, mais je ne veux pas la consoler. Je la déteste, je déteste ce qu'elle a dit. Je m'éloigne et j'enlève mes chaussures, pour que mes talons ne s'enfoncent pas dans l'herbe, je retourne vers la maison. Je la laisse toute seule.

De retour dans ma chambre, je me cache sous la couette rose, sans même me déshabiller et j'appelle Guillaume, une fois, deux fois, trois fois, jusqu'à ce qu'il décroche. J'éclate en sanglots en entendant sa voix.

— Je dois te voir, je reviens à Paris demain, s'il te plaît… juste une fois.

Mes mots s'étranglent, je les répète, jamais de ma vie je ne me suis sentie si seule, je ne suis pas sûre qu'il comprenne mes phrases incohérentes entrecoupées de sanglots. Il y a un long silence au bout du fil, puis il dit calmement :

— Envoie-moi ton horaire, je viendrai te chercher à la gare, ne pleure pas, Chlo, ça va aller.

Journal de Constance Delahaye

16 juin 2013 – 23 h 55

Je suis rentrée chez moi à l'instant. Je viens de passer le pire week-end de ma vie. Cette fois, c'est décidé, j'arrête l'amour. Fini, *over, finito, fertig.* Je n'ai pas besoin d'un homme, j'ai survécu vingt-sept ans sans, et je vais continuer. J'ai été longue à la détente, mais j'ai enfin compris : je ne suis pas faite pour être en couple. Je fais partie de cette minorité de personnes qui ne se marieront jamais et ne fonderont pas de famille, dont on dit qu'ils sont « différents ». Il apparaît désormais évident que je suis née pour vivre seule au milieu des livres et des biscuits bretons au beurre salé, et que je mourrai obèse, en pleine lecture d'un roman de Jane Austen. J'espère juste que ce sera *Orgueil et Préjugés.* Au passage, je vais sans doute perdre aussi toutes mes amies. J'ai essayé d'appeler Chloé environ deux mille fois. Elle n'a pas décroché, elle n'a pas rappelé.

Je suis un monstre, je lui ai dit des choses terribles. Je n'ai jamais autant bu de ma vie qu'à ce mariage, c'est vrai, mais ce n'est pas une excuse. Chloé n'aurait jamais dragué Tristan Grant, j'aurais dû le savoir, ivre ou pas. Ces cours de séduction débiles m'ont retourné le cerveau. J'ai dû sortir en courant vomir dans l'herbe avant la fin du dessert. Je me suis réveillée sur le canapé du salon de Vincent. Laetitia était folle de rage, et elle m'accuse d'avoir gâché son mariage. Ma mère m'a dit que j'étais la honte de sa vie et m'appelle toutes les deux heures, pour que je m'inscrive aux Alcooliques Anonymes Catholiques de Versailles.

Parfait. Depuis que j'ai pris ma vie en main, tout fout le camp.

J'ai oublié la moitié de la soirée, mais vu ce dont je me souviens, c'est sans doute préférable. Je me rappelle que Tristan a embrassé une fille blonde, et qu'il a ensuite essayé de m'embrasser. J'ai du mal à situer chronologiquement : était-ce avant ou après le vomi ? Aucune idée. Chloé avait raison, évidemment, Tristan aurait chopé n'importe qui, il était là pour ça. C'est Vincent qui m'a ramenée et j'ai dormi sur son canapé. Il m'a remémoré le lendemain toutes les horreurs que j'avais proférées durant la soirée. Je me suis mise à pleurer. Il m'a tapoté maladroitement l'épaule en me disant que ce n'était pas grave. Je lui ai avoué en sanglotant comme une vache que je n'avais jamais entendu Chloé dire du mal de lui, qu'elle ne l'avait jamais traité d'abruti consanguin.

Nous sommes allés à Château-Lyran en fin de matinée, j'ai réussi à éviter mes parents et à ne croiser que Tonton Gonz. Dans ma chambre, les draps étaient défaits, pliés proprement sur le lit. Tout était bien rangé, les placards étaient vides.

Quand il est entré dans la pièce, Vincent a dit d'une voix brusque :

— Je vais rentrer. Je n'ai pas envie d'aller au brunch.

Et il est reparti aussi sec. Je suis restée avec Tonton Gonz, il m'a proposé un café. Chloé lui a laissé une longue lettre en partant.

— Une lettre aussi charmante que son auteur, a-t-il murmuré l'air un peu triste, elle va nous manquer.

— Vous allez lui manquer aussi, elle me parlait toujours en bien de toi et de Jacqueline, tu sais.

Pour moi, il n'y avait ni lettre, ni mot sur le matelas nu. J'ai regardé sous le lit et dans les placards, mais elle ne m'avait rien laissé. Je consulte mon écran toutes les dix secondes. Je voudrais juste qu'elle me rappelle. Je n'ai jamais autant voulu que quelqu'un me rappelle.

Chloé

Je ne me suis pas couchée. J'ai fait mes valises, j'ai écrit une longue lettre à Tonton Gonz et j'ai commandé un taxi à l'aube. Je suis restée planquée dans ma chambre, le temps qu'ils rentrent tous de leur soirée. J'ai réussi à ne croiser personne. J'aurais voulu dire au revoir, au moins à Tonton Gonz et à Jacqueline, mais j'avais trop honte. Trop honte de ce que Constance avait rapporté, de ce qu'ils imaginent que je pense d'eux. J'ai hésité à aller attendre Vincent devant chez lui. J'aurais voulu lui dire qu'il n'était pas un péquenaud et qu'il était le seul qui ait su me consoler un peu du départ de Mamie Rose, qu'il a eu raison de me mettre un râteau, qu'il est trop bien pour moi. Mais il avait l'air tellement déçu, ils avaient tous l'air tellement déçus… Je n'ai pas trouvé la force de les affronter.

Guillaume m'attend au bout du quai. Je longe le train en tirant mes valises. Il me cherche des yeux sur le quai encombré, sourit quand il m'aperçoit, s'approche, me serre contre lui au milieu des voyageurs qui nous bousculent. Comme dans un roman de gare. Constance aurait adoré.

Je suis épuisée, je voudrais juste poser ma tête au creux de son épaule et pleurer pendant des heures, mais il est temps de remettre les pendules à l'heure. Je m'écarte de lui.

— Il faut qu'on parle.

— Ok… Tu veux prendre un café ici ou tu veux aller ailleurs ?

— Un café maintenant, c'est mieux.

Il prend mes valises, nous allons nous asseoir à la table ronde du premier café venu, en plein milieu du hall de la gare Montparnasse. Pas vraiment l'endroit rêvé pour un rencard, mais suffisant pour une explication sérieuse. Le serveur dépose avec un claquement sec les deux espressos et l'addition dans une coupelle en plastique sur la minuscule table ronde. On ne va pas y passer la nuit, je me jette à l'eau.

— Je pense que Manue te trompe.

Après tout, il a le droit de savoir, il se marie dans six jours et moi, j'ai le droit de jouer ma dernière carte. J'ai passé quatre heures de train à me demander comment il réagirait, s'il rirait, s'énerverait, nierait…

Il rougit, met quelques secondes à répondre.

— Comment tu le sais ?

Je le dévisage, stupéfaite.

— Tu le savais ?

— On n'est pas un couple parfait, mais on partage tout, on se dit tout, dit-il avec tranquillité.

Machinalement, je prends le sucre de Guillaume, déchire le papier blanc autour. Il colle un peu. Je le regarde fondre dans le café. J'ai toujours pris deux sucres et lui zéro. J'ai toujours imaginé que c'était un signe de notre complémentarité. *On se dit tout.* Je viens de comprendre ce que ça implique. Je me mords les lèvres.

— Donc pour nous elle savait ?

Il tire sur les manches de son pull, baisse les yeux vers sa tasse.

— Oui..., il avale sa salive, et c'est elle qui m'a demandé d'arrêter, on se voyait trop souvent, toi et moi.

Je ne peux pas répondre. C'est une trahison. Ridicule, évidemment, de penser ça, mais j'ai l'impression qu'il vient de m'annoncer qu'il me trompe depuis deux ans.

— On est un couple libre. C'est comme ça depuis le début, elle n'a jamais menti. Elle a cette espèce de groupe de filles où...

— Je sais. Ma copine Constance l'a rencontrée comme ça.

J'ai parlé sèchement et il se trouble encore plus. Il essaye de prendre ma main, mais je la retire, je la pose sur mon genou, sous la table.

— Ça ne change rien. J'étais vraiment bien avec toi, Chlo, j'adorais nos moments ensemble. Tu es très importante dans ma vie. Tu es toujours là quand ça ne va pas et j'ai besoin de toi, en tant qu'amie...

Derrière nous, un couple d'une quarantaine d'années s'embrasse. Ils sont serrés l'un contre l'autre, front contre front, sur la banquette. Il y a une grosse valise à côté de la table. La femme a le menton qui tremble un peu. Je fixe Guillaume, mon Guillaume. Il est beau avec son pull en coton qui fait ressortir ses yeux bleus, le pli décidé de sa bouche qui contraste avec son regard hésitant. Je connais son enfance, ses blessures, son histoire. Je connais l'odeur de son shampoing. Guillaume qui ne m'a jamais pardonné un moment d'oubli que j'ai eu la bêtise de lui avouer et qui va épouser une fille qui le trompe tous les trois jours, sous prétexte qu'elle lui dit la vérité. Cherchez l'erreur. Je repense à Manue dans l'ascenseur, sa beauté calme, son assurance. Elle savait. Pendant deux ans, j'ai pensé qu'on avait quelque chose à nous, lui et moi, un secret, je me suis trompée. Je n'avais rien compris, comme d'habitude.

Je répète bêtement :

— Je suis toujours là quand ça ne va pas ? Mais tu me prends pour l'Armée du Salut ? Quand est-ce que tu as été là pour moi, toi ? Quand je pleurais toutes les nuits où tu me quittais pour aller retrouver ta Manue ? Quand je t'ai demandé de venir à l'enterrement de Mamie Rose ?

— Chlo, je…

— Tu es désolé, comme d'hab', je sais, je m'en fous. Tu avais ton arrangement avec Emmanuelle, mais moi ? Tu m'as demandé si j'avais envie de faire partie de votre couple à trois ? Et puis, soi-disant tu n'es plus avec moi parce que je t'ai trompé, mais ta fiancée se tape tout Paris et subitement tu trouves ça très bien ?

Il baisse la tête, j'ai élevé la voix et il est gêné. Malgré tout, il a honte d'être cocu. On a toujours honte d'être cocu.

— Je n'ai jamais voulu te faire de peine, Chlo, j'ai essayé d'arrêter quand j'ai vu que ça t'affectait, mais c'est toi qui revenais à chaque fois. Je sais que c'est une conception différente du couple que beaucoup de gens ne peuvent pas comprendre, mais…

Ma colère retombe d'un seul coup. Il dit la vérité, il a essayé d'arrêter et moi je revenais à la charge, me prendre ma claque hebdomadaire, comme un poisson rouge qui fait le tour de son bocal et s'étonne de revoir à chaque tour la même algue en plastique pourrie, comme une mouche arriérée qui fonce dans la même vitre dix fois de suite, sans comprendre qu'elle s'éclatera la tronche sur le verre jusqu'à ce que mort s'ensuive, comme la dernière des abruties amoureuses. J'ai une pensée pour Mamie Rose et Oscar Wilde et j'ai envie de rire. Je suis bien loin de ce que ma Mamie souhaitait pour moi. Je finis ma tasse d'un coup de poignet avant d'affirmer :

— Honnête ou pas, je trouve ça pathétique, je ne m'abaisserai plus jamais à ça, moi, à partager la personne que j'aime.

Il hausse les épaules.

— Tout le monde trompe tout le monde Chloé, ok, j'aurais dû te dire qu'elle savait, mais qu'est-ce que ça change ?

— Ça change que j'en ai marre d'être un plan B, un second choix, le lot de consolation. Je veux quelqu'un qui m'aime vraiment, qui ne me juge pas, qui est là pour moi quand ça ne va pas, quelqu'un qui pense que je suis extraordinaire, pas interchangeable… Tout le contraire de toi, en fait.

— Je t'aime, à ma façon, mais je t'aime.

— Tu m'aimes mais tu peux te passer de moi et pas d'elle, sinon tu n'accepterais pas chez elle ce que tu n'as jamais pu accepter chez moi.

Hier encore, pour qu'il me dise qu'il m'aime, j'aurais donné vingt ans de ma vie et ma paire de bottes Céline. Aujourd'hui je comprends que, d'une certaine manière, c'est vrai, mais ça ne veut plus rien dire. Il ne répond pas et je lui suis reconnaissante de ne pas démentir. Le couple derrière lui se lève de la banquette et se dirige vers le quai, main dans la main. Je les désigne du menton et je souris à Guillaume.

— Tu vois, moi, je veux ça. Je veux que la vraie vie soit comme dans les romans. Je ne veux pas d'un couple au rabais, où on est d'accord pour se tromper de temps en temps, parce qu'on ne s'aime pas assez, je ne veux pas être un choix par défaut, ni un choix raisonnable, je veux être tout, pour toujours, je veux *ils vécurent heureux et eurent beaucoup d'enfants jusqu'à la fin des temps.* Et tant pis pour les cyniques, les désabusés et les rabat-joie.

Il hausse un sourcil amusé, presque condescendant.

— On n'est pas dans une comédie romantique. Et avec ton historique, je trouve assez surprenant que tu décides subitement de défendre la fidélité corps et âme…

Il n'a pas le temps d'aller plus loin. J'ai tapé sur la table. Tellement fort que les cuillères valsent et qu'un peu de son café se renverse dans sa coupelle.

— Tu sais quoi, Guillaume, ça fait deux ans que tu me pourris la vie parce que je t'ai trompé. Maintenant ça suffit, j'ai suffisamment souffert pour ça, je me suis suffisamment excusée. On n'était pas faits pour être ensemble, c'est tout, et moi aussi, je peux très bien me passer de toi. Il serait peut-être temps que tu me pardonnes, tu devrais même me remercier, puisque si je ne t'avais pas trompé, tu ne serais pas parti à New York et tu n'aurais jamais rencontré ta précieuse Emma !

Nous nous dévisageons en silence, moi furieuse, lui surpris. Puis soudain, il se met à rire et je ne peux pas m'empêcher de sourire. Parce que je sais qu'il m'a pardonné, parce que c'est vrai, j'ai suffisamment payé, j'ai appris ma leçon et pour la première fois depuis deux ans, je ne me sens plus coupable.

Il se penche en avant, comme s'il voulait me confier un secret :

— C'est difficile à concevoir, surtout avec ta nouvelle conception du couple – le prends pas mal – un peu à l'eau de rose, mais je suis heureux avec elle. Vraiment heureux.

— Je sais, je ne suis pas aveugle.

Il paye les cafés. Il n'a pas bu le sien. Il m'accompagne jusqu'au taxi, charge mes valises dans le coffre, se tourne vers moi pour me dire au revoir.

— Au fait, Chloé, pourquoi tu pleurais hier au téléphone ?

J'ai un geste indifférent de la main.

— Rien de grave, ne t'inquiète pas.

Je lui fais la bise, ébouriffe une dernière fois ses cheveux châtains. Je ne me suis jamais sentie aussi légère, pour la première fois, je pense, en toute sincérité, sans le moindre doute, *c'est fini avec Guillaume, vraiment fini.* Enfin.

— Pour samedi…, je commence, j'hésite, puis non, je ne vais tout de même pas aller jusqu'à le féliciter.

Il hoche la tête, on se comprend, on s'est toujours compris de toute façon, mais parfois ça ne suffit pas. Penché vers l'intérieur de la voiture, il me fait un de ses sourires ravageurs qui me chamboulaient le cœur il y a encore quelques semaines.

— Sans rancune ?

— On verra, je réponds et je claque la portière.

Journal
de Constance Delahaye

20 juin 2013 – 10 h 34

Tout à l'heure, je suis rentrée sans frapper dans le bureau d'Hans Schmidt. Il a levé la tête, l'air stupéfait, et sans attendre qu'il m'y invite, je me suis assise en face de lui.

— J'ai changé d'avis. J'ai rappelé BTPTD (*British Traditional Pastries Tea and Desserts*) et je leur ai dit que si le poste était toujours libre, je l'acceptais.

J'ai attendu qu'il me dise que j'étais inconstante, incapable de prendre une décision et de m'y tenir, et que par conséquent, il s'opposerait à mon transfert et me virait séance tenante pour cause de schizophrénie aiguë. À ma grande surprise, il a souri et son regard bleu s'est éclairé d'une gentillesse que je ne lui connaissais pas.

— Très bien, Constance, je pense que c'est en effet la bonne décision, même si c'est un grand changement pour vous.

— Je commence dans une semaine, vous allez enfin être débarrassé de moi !

Il a haussé un sourcil, amusé.

— C'est rapide, je vous aurais bien gardée ici un peu plus longtemps, il s'est raclé la gorge soudain gêné d'avoir dit quelque chose de pas trop désagréable et son sourire a disparu, mais je pense que vous avez fait le tour de votre poste et que c'est une belle opportunité pour vous.

Je l'ai remercié et me suis apprêtée à sortir, puis je me suis retournée alors que j'avais déjà la main sur la poignée de la porte vitrée. J'ai dévisagé Hans Schmidt, ses yeux bleus, ses cheveux blonds et bien coiffés, sa chemise impeccable et j'ai eu l'impression que c'était la première fois que je posais sur lui un regard neutre. J'ai repensé aux cinq années passées avec lui, sa patience pour mes retards, mes excentricités, sa volonté de me faire progresser, son insistance pour que j'accepte ce poste à Londres, parce qu'il savait que je regretterais si je refusais. Hans Schmidt qui a posé l'offre de BTPTD sur mon bureau et peut-être pas uniquement parce qu'il souhaitait être débarrassé de moi, finalement. J'ai ouvert la bouche, hésitante.

— Oui, Constance ?

Et là, je ne sais pas ce qui m'a pris, la main toujours sur la poignée de la porte, je lui ai sorti d'une traite :

— Puisque vous passerez à Londres, pour le boulot, peut-être que la prochaine fois que vous viendrez, vous pourrez… on pourra… aller boire un verre.

Une lueur de surprise a éclairé un instant son visage et je me suis sentie devenir cramoisie. Ce n'est pas du tout ce que je voulais dire, j'ai poursuivi à toute vitesse :

— Entre collègues, je veux dire… on ne sera plus collègues, mais peut-être en amis, enfin…

Il m'a interrompue, et à nouveau, il a eu ce sourire gentil :

— Ce sera avec grand plaisir, Constance.

Nous nous sommes dévisagés quelques instants, et il a rajouté :

— D'ailleurs je ne vois pas pourquoi attendre votre transfert à Londres, si vous êtes libre ce soir, j'ai deux places pour aller voir *Carmen* à l'opéra. Vous aimez l'opéra ?

— J'adore l'opéra !

Enfin, j'adore surtout la scène de *Pretty Woman* où Richard Gere emmène Julia Roberts à l'opéra, parce qu'en dehors de ça, je n'y connais absolument rien, mais je trouve ça tellement chic !

— Très bien, nous pourrons nous retrouver devant l'opéra Garnier à dix-neuf heures.

Quoi ?! Au lieu de rêvasser à *Pretty Woman,* j'aurais dû écouter la question : Hans Schmidt avait clairement mal interprété ma proposition. Alerte rouge. Il était hors de question que j'aille à l'opéra en tête à tête avec lui. Cinq secondes plus tôt, je le haïssais.

— Dix-neuf heures, ça ne va pas être possible, parce que je n'ai pas encore fini la présentation de…

Il a souri, c'était la troisième fois, il m'a plus souri en dix minutes qu'en cinq ans.

— Oui, je sais, comme d'habitude vous serez en retard, c'est pour ça que je vous dis dix-neuf heures, ça ne commence qu'à vingt heures trente et si par miracle vous êtes à l'heure, on aura le temps d'aller boire un thé quelque part.

J'ai hoché la tête, sans savoir comment refuser et Hans Schmidt s'est replongé dans ses dossiers. Je suis sortie et suis restée quelques secondes, plantée au milieu du couloir, hébétée.

Je crois que j'ai un rencard avec Hans Schmidt. C'est une catastrophe.

Chloé

Le pouce enfoncé dans la bouche, Sophie me jette un regard noir.

— J'aime pas cette histoire.

— L'histoire de la princesse qui prend toujours les mauvaises décisions ?

— Nan. Je veux qu'elle aime le pilote de formule 1, pas le prince. J'aime pas le prince.

Je souris, remonte le drap et dépose un baiser sur sa joue ronde.

J'entends la sonnette de l'entrée et le pas de Greg dans le couloir.

— Ça prouve qu'à trois ans, tu as déjà…

— Trois ans et demi !

— À trois ans et demi, pardon, tu es déjà plus sage que ta Tati Chloé, demain je change la fin et je te la raconte encore une fois.

— Pourquoi pas ce soir ?

— Parce qu'il est tard, tu dois dormir.

Charlotte apparaît dans l'encadrement de la porte. Raphaël est suspendu à son sein, elle a l'air fatiguée.

— Il y a une surprise pour toi dans le salon, me dit-elle avec un petit sourire.

— Une surprise ?

— Une visite surprise.

J'embrasse une dernière fois Sophie avant de quitter sa chambre. Ma visite surprise est assise sur le canapé : Constance. Je n'ai pas fait trois pas dans la pièce qu'elle se jette sur moi et m'entoure de ses bras.

— Chloé, je suis tellement désolée, je ne sais pas ce qui m'a pris, je suis folle, j'étais saoule… Je suis désolée, désolée, désolée… Je ne pense rien, pas un mot, de ce que je t'ai dit le soir du mariage.

Je lève les yeux au ciel et lui tapote le dos. J'ai visiblement le choix entre lui pardonner et mourir étouffée. J'opte pour la première option.

— C'est bon, c'est pas grave. J'ai dit des conneries aussi.

— Si, c'est grave, tu ne peux pas savoir comme je m'en veux, je…

Je ne peux pas m'empêcher de rire, elle a l'air absolument désespérée.

— Constance, c'est bon, tu avais trop bu et c'est vrai que parfois, sans m'en rendre compte, je peux avoir un comportement… équivoque.

Elle me reprend dans ses bras, cette fois pour montrer sa reconnaissance, aucun moyen d'échapper à l'étouffement.

— Tu ne m'en veux plus ? C'est pour ça que je t'aime, tu es tellement, tellement généreuse.

Charlotte revient, elle est allée coucher Raphaël. Elle tient un tire-bouchon dans une main et trois verres dans l'autre.

— Ça y est ? Vous êtes réconciliées ? On peut boire ?

Constance hausse un sourcil surpris.

— T'as le droit quand t'allaites ?

— J'ai tous les droits. J'ai tiré mon lait ce matin, marmonne Charlotte. Ça fait quasiment un an que je n'ai pas bu, alors la première qui me fait la morale...

Elle fourrage dans la cave à vin d'appartement dernier cri, récemment achetée par Greg.

— Du sauternes ça vous dit ? Ça vous rappellera Marinzac...

— Ça me va, dit Constance.

— C'est du Château d'Yquem ? demandé-je l'air de rien.

Constance et Charlotte me jettent toutes les deux un regard ébahi.

— Non, parce que l'autre jour j'ai bu un Château d'Yquem 1985 et...

Constance éclate de rire.

— Alors ça, c'est la meilleure ! Où est-ce que tu as bu un Château d'Yquem 85 ?

— Chez Vincent, rétorqué-je un peu vexée de sa réaction.

Charlotte, en train d'ouvrir la bouteille, hurle en direction de la chambre à coucher où Greg s'est planqué pour fuir la soirée filles :

— Greg ! Raphaël pleure ! Tu y vas ?

— Non, il y a match, on avait dit un jour sur deux, crie Greg de la chambre à coucher.

— C'est toi qui vois, mais moi, dans sept minutes je suis saoule, donc si tu veux que ton fils survive, je te conseille de prendre tes responsabilités.

On entend Greg pester dans la pièce voisine, puis il se lève et les pleurs cessent.

— Vincent t'a fait boire sa bouteille de Château d'Yquem 1985, dit lentement Constance qui ne semble toujours pas s'être remise de cette révélation.

Je hausse les épaules.

— Oui, pourquoi ?

— La bouteille de Château d'Yquem à six cents euros qu'il garde depuis dix ans pour la naissance de sa première fille ?

— Oh c'est trop mignon ! s'exclame Charlotte, qui vient d'avaler la moitié de son verre, ça fait du bien, conclut-elle en le reposant sur la table basse avec le visage de quelqu'un à qui on vient d'offrir un Perrier rondelle au beau milieu d'un trek dans le désert du Sahara.

— Tout le monde essaye de lui faire ouvrir depuis des années, murmure Constance, et il n'a jamais voulu, il doit être sacrément amoureux de toi pour te l'avoir offerte.

— Il n'est pas amoureux de moi, il m'a mis un gros râteau ce soir-là, justement.

— Crois-moi, je connais Vincent, il n'aurait pas ouvert cette bouteille pour n'importe qui.

Je contemple le liquide doré dans mon verre, je repense à cette fameuse soirée avec Vincent. C'est vrai qu'il croyait alors que je sortais avec Virginie. Vincent aime bien Virginie, il ne lui aurait jamais fait de mal. Et si c'était la véritable raison pour laquelle il m'avait repoussée ? Alors, il m'aurait laissé boire cul-sec sa bouteille de vin de collection, juste pour me consoler, sans aucune arrière-pensée ? Je dois afficher une drôle de tête parce que Charlotte me demande un peu inquiète :

— Ça va, Chloé ?

Je repose mon verre encore plein sur la table basse.

— Il faut que je retourne à Marinzac.

— Génial ! répond Charlotte en empoignant la bouteille, je me sers un deuxième verre pour fêter ça.

Le paysage matinal défile devant les vitres du TER, flou comme un tableau impressionniste. Je repense à ma première arrivée à Langon, la nuit, la pluie, à mon sentiment horrifié quand j'ai vu Vincent et son Kangoo... Depuis, de l'eau a coulé sous les ponts de la Garonne. Les pins m'ont manqué. Quand je descends du train à Langon, j'espère apercevoir Vincent. Évidemment, comme il n'est pas devin et que je ne l'ai pas prévenu de mon arrivée, le quai est vide.

Le taxi me dépose chez le fleuriste, à côté de la Poste. Je demande vingt roses, jaunes, cette fois. La boutique de Virginie est fermée, je sonne à la porte voisine. Quand elle m'ouvre, elle est en jogging. Nous nous dévisageons pendant quelques longues secondes. Je m'éclaircis la gorge, mal à l'aise.

— Je peux rentrer ?

Après une infime hésitation, elle s'écarte pour me laisser passer.

— Ok.

Je la suis dans les escaliers recouverts de moquette marron et je repense à notre séance photo, nos fous rires… Je suis arrivée sur mon trente-et-un, avec des roses rouges, nous avons dîné aux chandelles, j'ai passé des après-midi entiers chez elle à travailler sur la table de la cuisine. Comment ai-je pu ne pas m'apercevoir de l'ambiguïté de la situation ? Avec le recul, elle me saute aux yeux. Je m'arrête tout net en haut des marches : l'appartement est sens dessus dessous, des cartons déjà fermés s'empilent dans l'entrée, des valises ouvertes encombrent le salon en désordre.

— Tu déménages ?

— Oui, je rentre, j'ai un aller simple pour Marseille demain matin…

Je dépose les fleurs sur la table de la cuisine. Elle me fait signe de m'asseoir, mais elle reste debout. Je dessine des cercles sur la toile cirée du bout des doigts. Elle attend que je parle, je ne sais plus trop par où commencer.

— Je suis désolée, Virginie. Désolée de ne pas m'être expliquée après ton baiser, désolée de ne pas avoir pris le temps de te parler ensuite. J'aurais dû me rendre compte… comprendre… Mais, j'étais tellement surprise quand c'est arrivé, je n'ai pas su quoi dire ou faire, et j'ai été trop lâche et autocentrée pour régler la situation correctement après coup.

Appuyée contre le mur de la cuisine, elle hoche la tête doucement, les yeux fixés sur le carrelage. Je continue :

— Tu es une fille géniale, je ne dis pas ça parce que c'est ce qu'on dit dans ce genre de situation, mais parce que je le pense. J'adorais passer du temps avec toi et tu ne peux pas savoir comme je suis désolée pour la confusion, je ne sais pas quoi te dire d'autre, si ce n'est que je n'ai jamais été attirée par une femme, mais que j'aurais aimé qu'on reste amies.

Elle se met à rire doucement et enfin, elle relève la tête.

— Oui, Vincent m'a dit que tu... préférais les hommes en fin de compte. Je comprends, évidemment, avec cette fausse rumeur qui courait sur toi à Marinzac, j'ai cru que... Le pire, c'est qu'au fond je le sentais... J'aurais dû suivre mon instinct.

Elle prend les fleurs sur la table, les contemple un instant avant de couper le ruban qui les lie.

— Cette fois, tu as pensé à acheter des jaunes, plutôt que des rouges, dit-elle avec douceur.

Je hoche la tête, elle ne m'en veut pas, je pleurerais presque de soulagement.

— Pourquoi tu rentres à Marseille ?

Elle dispose les fleurs dans un vase, le pose dans l'évier pour le remplir d'eau avant de me répondre.

— J'avais... J'étais avec quelqu'un là-bas et elle est partie parce qu'au bout de trois ans de relation, je refusais toujours de la présenter à mes parents. Ils ne sont pas très ouverts sur ces sujets-là, tu vois.

La fille brune en photo dans les cadres, bien sûr, ce n'était ni sa sœur, ni une copine. Leurs sourires radieux, leurs joues collées l'une contre l'autre... J'aurais dû comprendre.

— Et tu vas la retrouver ?

— Oui, il faut que j'assume un jour ou l'autre de toute façon, fuir n'est jamais une solution et elle me manque chaque jour depuis qu'on s'est quittées. Bref... je rentre, elle m'attend.

Je me lève et la serre dans mes bras.

— Je suis contente pour toi.

Elle me rend mon étreinte, dépose un léger baiser sur ma joue.

— Tu sens toujours aussi bon, Chloé, dit-elle en riant, garde mon numéro quand même, pour le jour où tu changes de bord.

J'éclate de rire, elle me demande si je veux boire un café, je refuse gentiment. J'ai encore deux visites à faire avant de repartir. Elle propose de me déposer en voiture à Château-Lyran, ce qui m'arrange bien, et nous nous séparons devant la grille, en nous promettant de nous appeler, si elle monte à Paris, si je descends à Marseille.

Tonton Gonz et Jacqueline m'accueillent à bras ouverts. Enchantés de ma visite, ils acceptent immédiatement mes excuses pour mon départ précipité et m'invitent à rester toute la semaine. Ils me gavent de pâté de canard et me font boire un demi-litre de rosé sur la terrasse, en plein soleil. Je ne cesse de jeter des coups d'œil sur la droite, vers les tours de Laneyronie, maintenant recouvertes de vigne vierge. Une camionnette bordeaux vient s'arrêter devant la grille. C'est sans doute le véhicule d'un artisan, mais je suis trop loin pour lire le logo qui s'étale sur la portière. La porte s'ouvre et la silhouette de Vincent apparaît dans l'encadrement. J'ai la tête qui tourne un peu trop vite. Je me lève sans terminer mon verre.

— Il faut que j'y aille, dis-je, je repasserai avant de prendre mon train...

Tonton Gonz ouvre la bouche pour me retenir, puis il suit mon regard et un imperceptible sourire éclaire ses joues rebondies.

— Une dernière chose avant de partir, Chloé… J'ai une confession à vous faire.

— Une confession ?

— Oui… C'est moi qui ai pris l'initiative de modifier le plan de table au mariage… Quand j'ai appris que vous n'étiez pas lesbienne, j'ai pensé que vous aimeriez dîner à côté de ce charmant Anglais. C'était avant qu'il ne termine la soirée en tentant de séduire toutes les filles présentes, bien entendu.

Je ne réponds pas tout de suite. En y repensant, j'ai envie de rire.

— Je suis désolé, poursuit-il, je ne pensais pas créer un incident diplomatique…

J'éclate de rire et, prise d'une soudaine impulsion, je me penche vers lui et le serre dans mes bras.

— C'est sans importance, Tonton Gonz, tout est réglé maintenant, enfin presque…, dis-je en regardant de nouveau le chemin qui monte à Laneyronie.

Il lève son verre et me dit avec un clin d'œil :

— Allez-y, jolie Chloé, je suis sûre qu'on vous reverra bientôt.

Je descends presque en courant les marches de pierre de la terrasse. Pour une fois, j'ai pensé à mettre des baskets. Je remonte d'un pas rapide le sentier qui longe les vignes bien alignées jusqu'à Laneyronie. Les deux hommes s'éloignent de la grille et s'enfoncent dans les cépages. Quelques minutes plus tard, j'arrive à leur hauteur. Ils me tournent le dos. Vincent, accroupi entre deux plants, montre à l'homme une feuille tachée de noir, un pli contrarié barre son front. L'autre, un grand chauve à lunettes, secoue la tête d'un air navré. Je m'approche et mon cœur s'accélère, j'entends des bribes de la conversation :

— ... depuis quelques années... apparitions de souches de mildiou résistantes aux pesticides, vous allez perdre au moins la moitié de la récolte... il faut agir au plus vite, avant la propagation.

— Décidément c'est pas mon année, soupire Vincent.

Il se relève et m'aperçoit. Je suis plantée derrière eux, aussi immobile qu'un cep de vigne. J'ai oublié tout ce que j'avais à lui dire. L'homme se retourne, m'aperçoit et me tend la main avec un sourire affable.

— Bonjour Mademoiselle, je ne vous avais pas vue.

Je lui tends une main d'automate, les yeux toujours rivés à ceux de Vincent, qui semble s'être transformé en pierre. Impossible de lire sur son visage s'il est content, surpris ou encore en colère. Le regard du chauve va de Vincent à moi, puis de moi à Vincent, il se racle la gorge, avant de ranger avec soin ses lunettes dans sa sacoche.

— Vous avez mes coordonnées pour la commande de sulfate de cuivre, je ne vous ferai pas payer la livraison.

— Attends deux minutes, je raccompagne Monsieur, dit Vincent.

Son ton est flegmatique, presque indifférent, et je réalise que j'ai fait six cents kilomètres pour le voir, mais que je ne sais absolument pas quoi lui dire.

Vincent raccompagne l'homme à la voiture, ils discutent quelques minutes devant la camionnette. Le ventre noué, j'enfonce des petits cailloux gris dans la terre de la pointe de ma basket pour passer le temps. Il ne s'est jamais rien passé entre nous. On s'est embrassés, mais il embrasse toutes les filles qui lui passent sous le nez… Et la bouteille de sauternes ? Cette soirée doit bien signifier quelque chose pour lui… Tant pis si je me ridiculise, de toute façon il est trop tard pour reculer.

Le moteur de la camionnette recouvre un court instant le craquètement des cigales, le véhicule rapetisse derrière un nuage de poussière, avant de disparaître sur le chemin qui descend vers la départementale. Vincent revient vers moi, les mains dans les poches de son jean usé. Je voudrais qu'il me propose d'entrer, mais il se tait. Son air est impénétrable et j'ai l'impression qu'il y a un mur entre nous.

— Il fallait que je te parle, commencé-je, je voulais te dire… Je suis arrivée ici avec mes préjugés de Parisienne, j'avais une vision étriquée et bête de Marinzac. Je me suis comportée comme une idiote. C'est vrai que j'ai pensé que tu étais un beauf… avant de te connaître, avant de te parler… mais je ne le pense plus, et je le regrette, si tu savais tout ce que je regrette, de ne pas avoir compris plus tôt que… Je ne sais pas, je crois qu'il y a quelque chose entre nous, enfin, de mon côté en tout cas et je sais que…

— Tu n'as pas récupéré Guillaume, finalement ? coupe-t-il abruptement.

Je le dévisage un instant sans comprendre et murmure :

— Guillaume…

J'avais oublié Guillaume. Je jette un coup d'œil à ma montre, il est presque dix-huit heures. Guillaume est marié. Il a dû dire oui dans l'église d'Avranches, fleurie pour l'occasion, il y a quelques minutes. Le moment fatidique qui me terrifie depuis des mois est passé sans que je m'en rende compte, j'avais complètement oublié jusqu'à l'existence de Guillaume Favreau.

— Je me fiche de Guillaume, c'est toi que je veux.

J'ai parlé à voix basse, mais avec fermeté. Et en entendant les mots sortir de ma bouche, je réalise à quel point ils sont vrais et je répète :

— C'est toi que je veux, toi qui as été là quand ça n'allait pas, alors qu'on ne se connaissait pas et, depuis Guillaume, tu es le seul avec qui j'ai eu envie d'être, d'être vraiment je veux dire, pas seulement… enfin bon, je pensais que je voulais juste coucher avec toi, comme les autres, mais au fond je n'ai jamais eu envie de coucher avec les autres, j'ai pensé que j'avais tout gâché, je voudrais que tu… je voudrais qu'on…

Je m'arrête net, je me mords les lèvres. Je suis complètement incohérente, il doit me prendre pour une folle. À nouveau m'envahit la peur diffuse qu'il n'y a rien d'autre entre Vincent et moi qu'une vague attirance, du moins de son côté. Qu'est-ce qui me prend de lui faire de grandes déclarations ? Je ne le connais pas si bien. Il laisse le silence s'installer. Ses yeux sombres impassibles m'analysent. Comme d'habitude, j'ai l'impression qu'il me déshabille l'âme, mais je suis incapable de savoir ce qu'il pense.

— Dis quelque chose, s'il te plaît, n'importe quoi, demande-moi de partir et je m'en vais.

Il a un haussement d'épaules, un léger sourire se dessine derrière la barbe qu'il a laissé repousser.

— Je suis ruiné. Je vais perdre la moitié de la récolte cette année.

Je ne m'attendais pas à ça, mais au moins il me parle. Je pose ma main sur son bras, il me laisse faire.

— Ça va sûrement s'arranger… Je sais que je n'y connais rien, mais ça ira mieux. Je suis tellement désolée, d'autant plus que tu as gaspillé ta meilleure bouteille avec moi qui ne comprends rien au vin…

Je suis au bord des larmes tout d'un coup, secouée de sentiments contradictoires. Il fait un pas vers moi. Et je repense au soir de l'enterrement de Mamie Rose. Au goût de ses lèvres, à l'assurance de ses gestes. Il m'attire vers lui, toujours sans rien dire, d'un coup j'ai la joue sur sa poitrine.

— Tu es insupportable, Chloé Lacombe, murmure-t-il dans mon cou, depuis ce jour où je t'ai trouvée pieds nus sous la pluie à la gare de Langon, tu m'as rendu la vie impossible, belle comme un ange, arrogante, prétentieuse, mais crois-moi, je n'ai rien gaspillé du tout, t'embrasser ce soir-là valait bien mon Château d'Yquem 1985.

Il rigole doucement, se redresse un peu et poursuit :

— J'aurais été prêt à payer le triple, même après m'être fait traiter de péquenaud.

Belle comme un ange. Je sens un sourire crétin s'imposer sur mes lèvres. Il attrape mon menton entre son pouce et son index, puis il m'embrasse.

Doucement d'abord, puis avec de plus en plus de fougue. Il s'éloigne ensuite un instant, pour me dire les sourcils froncés :

— J'ai bien réfléchi à ton problème d'écriture.

— Quel problème d'écriture ? balbutié-je.

J'ai les jambes en coton et même Constance, si elle me voyait, me trouverait totalement niaise.

— Ton manque de connaissance sur la région pour écrire ton roman viticole… Il va falloir que tu t'installes quelque temps ici et je vais te donner des cours, comme ça le prochain Goncourt se passera dans le Bordelais et ça nous apportera du tourisme.

— J'ai pas besoin de cours, dis-je en me serrant un peu plus contre lui, j'ai besoin que tu m'embrasses encore.

— J'insiste, murmure-t-il en frôlant mon menton de ses lèvres, on va commencer tout de suite parce que je sens que tu vas être une très mauvaise élève et qu'il va te falloir au moins cinq ou six ans avant que je ne t'autorise à rentrer chez toi.

Il me prend par la main et nous traversons la cour de gravier, il me fait monter les marches de l'escalier et me prend dans ses bras pour franchir le seuil de l'entrée. Dans ses yeux, quand il me repose sur le sol, il y a de quoi dissoudre mes habits instantanément.

— Première leçon, Cendrillon, je vais te montrer comment on fait les enfants en Gironde.

Je pouffe comme une collégienne, je crois que je vais rester quelque temps à la campagne, finalement.

Journal
de Constance Delahaye

Londres, 3 septembre 2013 – 16 h 06

Une fois de plus le ciel est contre moi. Pourquoi ? Pourquoi faut-il toujours que tout aille mal, jamais un instant de répit. La vie est abominable.

I AM SO DISAPPOINTED : ce matin j'ai appris avec horreur que ce serait Jamie Dornan, soit un illustre inconnu, mais que je déteste déjà, qui jouera le rôle de Christian Grey dans l'adaptation au cinéma de *Cinquante Nuances de Grey*.

Je suis inconsolable. Même après trois paquets de scones aux raisins.

Chloé

Sur la banquette arrière du Kangoo, Raphaël pleure et Sophie, le pouce enfoncé dans la bouche, considère son petit frère d'un œil désapprobateur que lui autorise désormais son statut de grande sœur. Assis entre les deux sièges auto, Greg tapote la tête de son fils avec l'air d'un ado qui ne réalise pas encore tout à fait que c'est lui, le père de ces deux enfants.

— Très sympa, ta voiture, déclare Charlotte en claquant la portière de la camionnette.

Je ne relève pas, je souris et allume le contact, trop contente de les avoir avec moi pour le week-end.

Nous mettons moins d'une demi-heure pour parcourir le chemin entre la gare de Langon et Laneyronie. Dès qu'ils l'aperçoivent au bout du chemin de terre, Charlotte et Greg s'extasient sur le domaine recouvert de vigne vierge roussie par l'automne.

Juste au moment où nous descendons de la voiture, Vincent, avec son habituel sourire tranquille, descend les marches de pierre du perron. Il me prend par la taille et m'embrasse.

— Voilà Vincent, dis-je toute fière à Charlotte et Greg, comme s'il pouvait s'agir de qui que ce soit d'autre.

Charlotte me jette un coup d'œil amusé et s'avance pour lui faire la bise.

— Alors c'est toi le fameux Vincent Laborde ? Depuis que tu as enfermé ma Chloé dans ton château, elle ne donne plus de nouvelles.

— Je n'y suis pour rien, c'est elle qui a tenu à rester jusqu'aux vendanges et maintenant, impossible de la laisser repartir.

Raphaël pleure toujours dans les bras de sa mère et Sophie, planquée derrière une jambe de Charlotte, observe Vincent avec attention avant de sortir d'un coup son pouce de sa bouche.

— Monsieur, moi, je veux une tartine kiri-ketchup.

— Hmm, tu es sûre que tu veux seulement du kiri et du ketchup ? demande Vincent en riant. Ça ne va pas être un peu sec ?

— On ne dit pas « moi je veux », soupire Greg.

— Avec du fromage râpé, continue Sophie.

— On doit pouvoir trouver ça dans la cuisine, répond Vincent à Sophie.

Il tend la main à la petite fille. Elle hésite, se mordille les lèvres puis s'approche prudemment et dépose sa main potelée dans la grande main brune.

— Allez-vous installer derrière, dit Vincent, Constance vous attend et j'ai sorti une bouteille.

Profitez-en, d'ailleurs, l'air devient frais, ce sera sans doute le dernier rosé de l'année.

Puis il se tourne vers Greg :

— Je t'aide à monter les bagages ?

— Avec plaisir, répond Greg en empoignant une des deux valises dont la taille laisserait supposer à un œil non averti que la petite famille est là pour deux semaines et non un week-end.

Ils s'éloignent en discutant, Sophie trottine à leur côté, sa main toujours glissée dans celle de Vincent.

— Très bien, ils vont pouvoir faire connaissance sans nous, dit Charlotte.

Nous traversons la maison pour rejoindre la cour de gravier ensoleillée. En arrivant sur le perron sud, Charlotte s'immobilise et Raphaël s'arrête enfin de pleurer, comme s'il était lui aussi subjugué par le vignoble vallonné qui s'étend jusqu'à l'horizon. D'ici une semaine, on ramassera les feuilles mortes à la pelle, mais pendant quelques jours encore, Marinzac portera sa robe flamboyante et la lumière gardera la teinte dorée des derniers jours d'automne.

Nous avons terminé les vendanges la semaine dernière. La récolte a été aussi mauvaise que prévu et les deux mois qui viennent de passer ont été épuisants, mais le week-end s'annonce bien. Je n'ai pas vu Constance et Charlotte depuis une éternité. Entre le déménagement à Londres de la première et la maternité de la deuxième, nous avons beaucoup de choses à nous raconter.

— C'est magnifique, murmure Charlotte, je comprends que tu ne sois pas revenue à Paris.

Ce n'est pas pour le paysage que je suis restée à Marinzac, mais je dois dire que je ne me lasse pas d'ouvrir mes volets le matin.

Assise devant la table en fer forgé, un verre de rosé dans une main, une feuille de papier dans l'autre, Constance, plongée dans sa lecture, ne nous entend pas arriver.

— Salut Miss, dit Charlotte.

Elle sursaute, lève la tête, les yeux perdus comme si elle ne savait plus très bien où elle était. Je connais ce visage, c'est le visage du lecteur qui n'a pas envie d'être dérangé.

Charlotte et Constance s'embrassent, se donnent quelques nouvelles. Constance s'émerveille devant Raphaël qu'elle n'a pas vu depuis sa naissance. Nous nous installons autour de la table où je m'apprête à remplir les verres.

— Jus d'orange pour moi, déclare Charlotte, aujourd'hui j'ai décidé d'être raisonnable.

— J'ai fini ton roman, Chloé, déclare Constance en déposant avec délicatesse la feuille qu'elle tenait encore dans les mains sur le reste du manuscrit.

— Moi aussi ! s'exclame Charlotte, je l'ai terminé dans le train sur mon téléphone.

Ma main tremble un peu et le goulot de la bouteille de rosé tinte sur le rebord du verre. Je prends l'air le plus détaché possible.

— Alors ? Ça vous a plu ?

Pendant le court silence qui suit, j'ai envie d'aller me cacher sous mon lit.

— J'ai pleuré, dit Constance.

— J'ai rigolé, dit Charlotte.

Elles se regardent et éclatent de rire, et je plonge le nez dans mon verre pour dissimuler mon sourire.

— C'est marrant, un des personnages m'a fait penser à toi, Charlotte, dit Constance songeuse.

Charlotte ouvre son chemisier, cale Raphaël qui a recommencé à râler contre son sein nu.

— Ah je n'ai pas remarqué, mais en revanche, je suis sûre que Chloé s'est inspirée de toi pour le personnage de la blonde romantique.

Constance éclate de rire.

— Quoi ? Mais je n'ai rien à voir avec cette fille ! N'est-ce pas, Chloé ?

J'avale une gorgée de vin de travers et m'empresse de changer le sujet.

— Dis donc, Constance, j'y pensais l'autre jour, tu n'as jamais respecté ta partie du pacte en fin de compte ?

Constance ouvre la bouche puis la referme, elle ne s'attendait pas à cette question, mais elle sourit.

— Toujours plus que toi, rétorque-t-elle en croisant les bras sur sa poitrine, si tu étais moins occupée à vendanger les campagnes et que tu appelais tes copines, tu saurais que je suis sortie du *No Sex Land*, et pas plus tard que cette semaine.

— Non ? dis-je stupéfaite.

Charlotte repose son verre d'un geste furieux sur la table.

— Quoi ?! Tu as couché avec un inconnu ? Pourquoi est-ce que personne ne me met plus au courant de rien ? J'en ai marre d'être mère.

Dans sa frustration elle retire son sein de la bouche de Raphaël qui gémit de contrariété.

— Et un Anglais, en plus ? Mais tu es arrivée il y a moins de deux mois, poursuit-elle en recollant son téton dans la bouche de Raphaël, tu as déjà eu le temps d'apprendre à parler anglais, de trouver un mec et de tomber amoureuse de lui ?

— Il habite Paris, je le connaissais avant de partir et il vient à Londres de temps en temps pour le travail, mais c'est une relation à distance…

Je veux poser les mille questions que j'ai au bout de langue, mais je n'en ai pas le temps.

— Il s'appelle comment ? Il est français alors ? Il est fan de Jane Austen ? Tu vas tarir mon lait avec tout ce suspense, soupire Charlotte, c'est toi qui devrais écrire des romans, tu l'as rencontré comment ?

Constance pouffe dans son verre, les joues rosissantes.

— Ça vient de commencer, je vais essayer de ne pas m'emballer et je ne dirai rien avant de savoir si c'est sérieux.

J'ai un doute soudain sur l'identité du mystérieux amant de Constance. Des hommes qu'elle connaissait avant de partir, susceptible d'aller à Londres pour le boulot, je n'en vois qu'un et si c'était lui, ce serait…

— Dis-nous au moins si c'est un bon coup, supplie Charlotte, avec deux enfants à élever, c'est moi qui suis dans le *No Sex Land,* maintenant, j'exige au moins de vivre votre vie par procuration !

Constance a de nouveau son beau sourire énigmatique, elle se recule dans le dossier de son siège l'air rêveur.

— Pour être honnête, je ne m'y attendais pas, mais oui, c'était… c'était vraiment bien, très bien, même.

Elle rougit avant de poursuivre très vite :

— Bref, tout ça pour dire que, même si ce n'était pas le premier soir, j'ai partiellement rempli ma partie du pacte alors que je soupçonne Chloé d'avoir rompu sa période d'abstinence avant les six mois requis.

Je remplis une nouvelle fois les verres presque vides.

— Techniquement, je n'ai pas couché avec Vincent le premier soir, puisqu'on se connaissait depuis plusieurs mois et qu'on s'était embrassés bien avant, donc j'ai respecté ma partie du pacte au moins autant que toi.

Raphaël a fini de téter et Charlotte reboutonne son chemisier avant de placer avec douceur le bébé sur son épaule.

— Je vais trancher, déclare Charlotte, vous n'avez ni l'une ni l'autre respecté le pacte d'origine, heureusement, et arrivez donc dernières *ex aequo*. De toute façon, premier soir ou pas, qu'est-ce que ça peut faire ? Dans ce monde d'abrutis, une fille couche toujours trop ou pas assez. La vraie liberté, c'est de faire ce qu'on a envie quand on en a envie et sans se poser de questions, raison pour laquelle j'ai couché le premier soir avec Greg, d'ailleurs.

Constance s'étrangle avec son rosé.

— Toi ? Mais ce n'était pas ta première fois ?

— Si, et je ne vois pas le rapport, j'avais envie et lui aussi.

En entendant le bruit des pas sur le gravier, elle pose son doigt sur ses lèvres et nous fait un clin d'œil.

— Y avait plus de ketchup alors on a fait une tartine de bolognaise !! hurle Sophie en se jetant sur moi.

— Tu disais que tu avais envie de quoi ? demande Greg en s'installant à côté de Charlotte.

— De passer un week-end à la campagne avec toi, mon cœur, dit Charlotte en l'attirant vers elle.

Vincent s'assied près de moi. Sophie, qui a de la bolo jusqu'en haut des sourcils, grimpe sur mes genoux. Je la cale contre moi et lui essuie la bouche avec une serviette en papier.

Nous ouvrons une autre bouteille et une boîte de pâté de campagne. Tonton Gonz viendra dîner tout à l'heure, peut-être même qu'il nous apportera des cèpes. Vincent me prend la main.

Un moment parfait. Je n'aurais pas imaginé mieux, même dans un livre. Je pose ma tête sur son épaule et ferme les yeux, l'odeur des pins me rappelle Mamie Rose qui dort sous un tapis d'épines sèches et un court instant je la sens toute proche. Je sais qu'elle aurait aimé me voir aujourd'hui, elle aurait été fière de moi.

— Tu vois, moi aussi, j'ai une jolie vie, Mamie.

— Tu parles toute seule, ma chérie ? demande Vincent.

J'ouvre les yeux, je souris. Peut-être bien que oui. Que voulez-vous, j'ai lu trop de romans.

Journal
de Constance Delahaye

Londres, 17 octobre 2013 – 16 h 06

Ce matin, Hans m'a emmenée bruncher à Notting Hill.

J'ai mangé deux assiettes d'*Eggs Benedict* au bacon et il a gentiment patienté vingt-cinq minutes dans la boutique de livres de voyages où Hugh Grant rencontre Julia Roberts dans *Coup de foudre à Notting Hill.*

Pour nos un mois et trois semaines, j'ai offert à Hans une Smartbox « Atelier découverte œnologie pour 2 ».

Point négatif : Hans n'avait pas prévu de cadeau pour nos un mois et trois semaines. En bon Allemand, il a bêtement décrété qu'il attendait nos deux mois.

Point positif : cette fois, je n'aurai pas à boire tous les verres en double.

Remerciements

Merci à Vincent d'être Vincent, d'être Mark, Sol et Pierre tout à la fois (comprenne qui pourra), de me soutenir, de m'encourager, de me secouer les puces, d'y croire, parfois même plus que moi, de supporter mes sautes d'humeur, mes doutes permanents, bref, d'être parfait, et ce malgré mon incapacité à faire les cadeaux en temps et en heure et à me coucher après 22 h 30.

Merci à mes parents et à Olivier, Camille, Clément et Paul pour leurs lectures et leur soutien depuis maintenant plusieurs années et sans qui je ne serais jamais devenue écrivain.

Pour leurs relectures patientes et compréhensives, en dépit du gap générationnel : merci à mes grands-parents et tout particulièrement à mon Grand-Père Jean Lemaire pour ses multiples remarques toujours pertinentes et souvent hilarantes.

Spéciale dédicace à mes super copines et à mes cousines géniales, Adélaïde Bernardet, Charlotte Campanella, Justine Cheula, Marie Foubet, Diane Frachon, Irène Kapusta, Cécile Leclerc, Vicki Lesage, Pauline Morin, Elise Stoffaes, Lise et Noélie Vareille et les autres pour leurs relectures, leurs conseils, leur soutien, leurs campagnes de pub, les moments passés ensemble, les blagues, notre amitié et nos vies qui m'inspirent parfois (voire souvent) mes romans.

Merci aux Éditions Charleston et tout particulièrement à Karine Bailly de Robien et Laury-Anne Frut, pour leur confiance ; à Christine Cameau pour le travail éditorial fait ensemble sur *Je peux très bien me passer de toi* ; à Élise Iwasinta et Hélène Lorillard pour leur enthousiasme et leur investissement dans la super campagne de communication, avant même la sortie du roman.

Merci à Frédéric Thibaut chez City Éditions d'avoir réalisé l'année dernière mon rêve de petite fille en donnant à mon premier roman *Ma vie, mon ex et autres calamités* la possibilité d'être lu par des milliers de lecteurs. Merci à Éric Poupet, mon super attaché de presse pour son excellent travail et sa gentillesse.

Merci à mes belles rencontres Internet et Twitter, tout particulièrement à Sophie Henrionnet pour son enthousiasme de romancière, ses idées et son humour et aux lectrices Charleston pour ce premier semestre 2015 passé à lire ensemble.

Un très grand merci, du fond du coeur, à toutes les blogueuses passionnées de lectures qui me suivent et me défendent sur le web depuis un an et qui font découvrir mes romans à beaucoup de lecteurs.

Et enfin, merci à toi, lecteur d'avoir eu la patience de me lire jusqu'à la fin des remerciements.

J'espère que cette histoire vous a plu, n'hésitez pas à me donner votre avis sur les réseaux sociaux :

sur Facebook :

facebook.com/vareille.marie

Sur Twitter :

@Marie_Vareille

Sur mon site :

www.marievareille.com

Sur Instagram :

@marie-vareille

Achevé d'imprimer en Espagne
par BlackPrint CPI Ibérica S.L.
Sant Andreu de la Barca (08740)
Dépôt légal : janvier 2017